Frauke Bassin
Ragnarök

Ragnarök

Gedächtnis und Gedanke

Durch den Ausgleich von Ordnung und Chaos
wird ein Gleichgewicht entstehen, das dem wie-
dergeborenen Allvater Odin verhilft, eine neue
Welt zu schaffen.
Alles Böse bessert sich.

„Da kommt der Mächtige
zu seiner ordnenden
Herrschaft
kraftvoll von oben,
er, der alles steuert."

Hausbök, 65

TWENTYSIX
Eine Marke der Books on Demand GmbH
© 2022, Frauke Bassin
Herstellung und Verlag:
BoD – Books on Demand, Norderstedt
ISBN: 9783740711795

139

Ich weiß, dass ich hing am windigen Baum

Neun lange Nächte,

Vom Speer verwundet, dem Odin geweiht,

Mir selber ich selbst,

Am Ast des Baums, dem man nicht ansehen

Kann

Aus welcher Wurzel er sproß.

140

Sie boten mir nicht Brot noch Met;

Da neigt ich mich nieder

Auf Runen sinnend, lernte sie seufzend:

Endlich fiel ich zu Erde.

142

Zu gedeihen begann ich und begann zu denken ,

Wuchs und fühlte mich wohl.

Wort aus dem Wort verlieh mir das Wort,

Werk aus dem Werk verlieh mir das Werk.

143

Runen wirst du finden und Ratstäbe,

Sehr starke Stäbe,

sehr mächtige Stäbe.

Erzredner ersann sie, Götter schufen sie,

sie ritzte der hehrste der Herrscher.

145

Weißt du zu ritzen? Weißt du zu erraten?

Weißt du zu finden? Weißt du zu erforschen?

Weißt du zu bitten? Weißt du Opfer zu bieten?

Weißt du, wie man senden, weißt wie man

tilgen soll?

Odins Runenlied – ein Auszug

1.

Alle sind tot.

Ich lehne mich an den knorrigen Stamm des Apfelbaumes und sehe über das sanft abfallende Land hinweg bis auf den glitzernden Atlantik und weiter bis dorthin, wo er sich mit dem Indischen Ozean trifft.

Obwohl ich schwerlich bei Regen und Wind hier sitzen könnte, wünschte ich mir, es würde regnen und wehen. Noch lieber wäre mir ein Sturm mit Donner, Blitz und Hagel. Mit Donner, so heftig, dass ich erzittere, mit Blitzen, die den Himmel spalten und Hagel, der krachend auf die Erde trifft.

Aber die Sonne scheint vom himmelblauen Himmel auf ein meerblaues Meer und grasgrünes Gras, in welches die blühenden Apfelbäume um mich herum weiße und rosa Akzente werfen. Ein Frühlingstag am Kap der guten Hoffnung, wie er schöner im Oktober nicht sein könnte.

Ich wünschte mir ein Wetter so wie Friedas Melodien, die sie so oft zur Unterstützung ihrer Gefühle summte.

Ich kann kein passendes Wetter summen und ich kann auch nicht wie Frieda eine Melodie summen, obwohl ich damit aufgewachsen bin und für jede Stimmung ein Repertoire an Melodien kenne.

Das Wetter müsste heute etwas Wildes und Schmerzhaftes summen. Es müsste es brüllen! Es müsste es krachen lassen und die Welt in Regentränen ertränken. Blitze müssten den Himmel zerreißen – so wie mein Herz, mein ganzes Sein zerrissen ist und ich die Gewissheit habe, dass es nie wieder ganz sein wird – nicht so, wie es war.

Ich erinnere mich daran, was Frieda summte, als wir das letzte Mal gemeinsam vom Berg kamen, nachdem wir unsere Aufgabe erledigt hatten.

Es war „Die Moldau" und es klang, als ob es nicht Wassertropfen waren, die sich durch enge Schluchten pressten, um auf Felsen zur Gischt zu zerplatzen, sondern als sei es ihr Herz, was in Millionen Stücke zersprang. Unheilbar.

Heute, nur ein Jahr später, sitze ich hier mit nichts außer einem Schmerz, als sei ich auf den Felsen zerschmettert und für den es keine Worte gibt, nur einen Himmel, der es der Sonne erlaubt, ihre Strahlen auf meinen Bauch zu legen, über dem ich meine Hände gefaltet habe, während meine Augen durch die Baumblüte beschattet sind.

Auf jeden Fall bilde ich mir ein, bis dahin sehen zu können, wo sich der Atlantik und der Indische Ozean treffen, ganz einfach, weil ich die Vorstellung der Verbindung dieser zwei Giganten schön finde, tröstlich!

Warum das so ist, das weiß ich auch nicht.

Ich denke an gestern. Ich habe das getan, was ich zuvor schon zwei Mal gemeinsam mit Frieda getan habe. Diesmal war ich alleine, obwohl Frieda ja gewissermaßen doch dabei war. Zumindest eine Zeit lang – so lange, bis sie weg war.

Ich lehne am Baum und lenke meine Gedanken in unser Haus, diesen wundervollen Ort, den ich als Zuhause bekam und unter dessen Reetdach nun ein drittes Zimmer unbewohnt, aber voller Erinnerungen ist.

Pastor, Ben und Frieda!

Die Drei verband etwas. Es fällt mir jetzt zum ersten Mal so deutlich auf, dass es bei uns eine Gemeinschaft gab, weit über alltägliche Gemeinschaften hinaus, dass sie Gefährten waren, in einer Sache, die ich nicht durchschaute, von der sie nie erzählten, die sie aber weit über Gemeinschaften, wie ich sie von den Familien meiner Freunde kannte, verband.

Es gab keine bedeutsamen Blicke, kein Getuschel, das verstummte, sobald ich nähertrat, noch nicht einmal irgendwelche Versprecher, die mir Hinweise lieferten, aber es gab ein Band zwischen ihnen, das ich sogar als Kind wahrnahm, dessen Ursprung mir verborgen blieb und dessen Harmonie das Nest meiner Kindheit mit einer Wärme füllte, die ich nie hinterfragte.

Ein Band, das sie verband und mich umschloss. Es war da. Und es war schön. Und nun ist weg.

Tränen quellen aus meinen Augen, wenn ich an die leeren Zimmer denke, in denen der Staub der einzige Gast sein wird.

Empörung und Trauer pressen meine Tränensäcke zu immer mehr Tränen zusammen und in meiner Fantasie sehe ich, wie sie einen Strom bilden und sich durch Wiesen und über Geröll dem Atlantik entgegenstürzen – so wie die Moldau der Elbe und schließlich der Nordsee.

„DAS wird nicht geschehen", murmele ich und spüre einen Hauch von Entschlossenheit. Ich erhebe ich mich mit der Leichtigkeit meiner zwanzig Lebensjahre und wende mich dem Haus zu, dessen weißgetünchte Wände mir entgegenblitzen.

„Tupambaé" – so heißt mein Zuhause.

Jetzt, da niemand mehr da ist, den ich fragen kann, frage ich mich, warum sie der Plantage damals diesen Namen gaben. Bevor ich die rötliche Mahagonitür zwischen den zwei Rosensträuchern öffne, streichele ich aus der Macht der

Gewohnheit die beiden Raben, die in die Pfosten geschnitzt sind.

Solange ich zurückdenken kann, streicheln wir über die zwei Raben.

Manchmal im Vorübergehen, beinahe gedankenlos und mechanisch, doch meist, so erscheint es mir besonders heute, war diese Geste viel mehr als ein trainierter Automatismus. Heute erinnere ich mich – ich erinnere mich heute an so Vieles, was vergessen oder wenig beachtet war – dass meine Familie den Raben stets mit liebender Hochachtung Respekt zollte, fast so, als ob sie ehrwürdige Familienmitglieder seien und deshalb den hölzernen Tierkörpern eine rührende Aufmerksamkeit schenkte wollten.

Jahrzehnte während des Streicheln salzig-verschwitzter Hände hat sie heller und glänzender gebeizt als das übrige Holz, so dass sie sich fast leuchtend vom restlichen Holz der Pfosten abheben und deutlich, fast fordernd, in Erscheinung treten – mit dem Aussehen zweier im Alter ergrauter und erhabener Methusalems und das, obwohl die zwei Rosensträucher rechts und links der Eingangstür immer wieder ihre Ranken um die Körper der Tiere schlingen und sie mit ihren Blüten bekränzen und mit ihren Dornen schützen.

Eine weitere Besonderheit meines Lebens, die ich erst jetzt als Besonderheit wahrnehme, weil sie für mich keine Besonderheit war. Nur ein Ritual, das ich nicht hinterfragte.

Die geöffnete Tür lässt milde Frühlingsluft und mich in die Halle, unser Wohnesszimmer, deren Größe meine Familie mit Leben und Gemütlichkeit füllte.

Heute erscheint sie mir riesig.

Friedas leerer Sessel neben dem Kamin sieht mich an.

Friedas Sessel!

Von uns hat niemand außer ihr je darin Platz genommen und diejenigen unserer Gäste, die den Frevel begingen, wurden durch einen einzigen Blick – wie soll ich den beschreiben? – ihrerseits belehrt, dass es bessere Plätze für sie gab.

Frieda guckte nicht böse oder vorwurfsvoll. Es waren Blicke des Erstaunens. Sie sah die wenigen Platzräuber so ungläubig an, dass die es wohl selbst nicht mehr verstanden, warum sie sich in diesen Sessel gesetzt hatten und sofort das Feld räumten.

Friedas Sessel steht rechts neben dem Kamin. Etwas schräg gedreht, um sowohl den Kamin, als auch den Raum im Blick zu haben. Auf dem Tischchen daneben stand immer ihr jeweiliges Getränk oder es lag ein Buch dort. Meist beides.

Von dem Kaminsims lächeln mir meine Drei und ich selbst entgegen. Sogar Frieda, die Dekorationen eher kritisch gegenüberstand, mochte dieses Bild von uns vieren so gerne, dass sie es selbst dort hingestellt hat. Es zeigt uns am Ende eines Strandtages am Bloubergstrand. Es zeigt vier braune und fröhliche Gesichter, in Bens und meinem Gesicht kleben einige Sandkörner vom ausgelassenen Toben, Friedas Haare sind vom Wind zerzaust und fallen über ihr Lächeln, unter Pastors strahlenden Augen ist die Haut leicht gerötet. Ein Bild der Harmonie und Lebensfreude.

Während mein Herz vor Kummer zerbersten möchte, denke ich an Friedas Lachen, dessen leises Echo durch die Halle zieht. Wenn sie lachte, dann klang es so, als hätten sich Magmakammern, die nah an ihrem Herzen liegen mussten, mit Lachen statt mit Magma gefüllt. Lachen, das mit so viel Wärme aus ihrem Innersten kam und uns, statt mit einer Aschwolke, mit Liebe umhüllte.

Ich wende meinen verweinten Blick schnell von dem Bild und renne fast durch die Halle, um den Seitenflügel zu betreten. Hier sind die Schlaf- und Badezimmer. Nur Pastors Zimmer ist so groß, dass es eher einem weiteren Wohnzimmer gleicht mit einem geräumigen Bad nebenan.

Pastors Zimmer war nie verschlossen worden, aber ich kann mich nicht erinnern, jemals Frieda oder Ben danach darin gesehen zu haben und auch ich habe es nie mehr betreten, obwohl ich als Kind viele Stunden mit Pastor darin verbracht, seinen Geschichten gelauscht oder einfach auf dem dicken Teppich zu seinen Füßen gespielt habe, während er seine Pfeife rauchte oder einfach in seinem Sessel schlief.

Mein Herz pocht als ich die Türe öffne. Wie viele Jahre ist es her? Ich rechne zurück. Sieben.

Das erste, was ich denke, ist, dass keinesfalls sieben Jahre her ist, seit dieser Raum das letzte Mal betreten wurde. Nicht einmal sieben Tage vermute ich. Die Luft riecht frisch und es liegt kein Staub auf Pastors vielen vielen Büchern. Die Bücher stehen in Regalen, sie liegen quer über den Büchern und in zweiter Reihe vor ihnen. Zuletzt sind noch Stapel auf dem Fußboden dazu gekommen, die gen Zimmerdecke wuchsen, wie der Turm von Babel gen Himmel.

Unter all der Sauberkeit und der frischen Luft rieche ich noch seinen Tabak. Sein Zimmer gleicht unserer Halle in kleiner, es ist nur sehr viel vollgestopfter, denn anders als Frieda mochte Pastor es, wenn seine Regale überquollen. Aber auch hier steht sein Sessel neben dem Kamin. Tatsächlich steht er auch rechts neben dem Kamin, mit einem

Tischchen daneben und dem Blick ins Zimmer hinein mit den Füßen auf dem kleinen Hocker, den er extra dafür geschenkt bekommen hatte. Ben hat ihn heimlich in den Werkstätten gezimmert.

Sehnsüchtig schnuppere ich nach den vergangenen Tagen und Abenden und gleichzeitig mustere ich seine Regale und Borde und frage mich, ob ich etwas finden werde, was mir weiterhilft. Ich weiß nicht, was ich suche, aber ich glaube, dass es am ehesten Pastor gewesen sein könnte, der sich Notizen gemacht hatte. So oft habe ich ihn an seinem Schreibtisch sitzen sehen, mit seinem Füller in der Hand über irgendwelche Papiere gebeugt.

Sein Schreibtisch. Ich gehe durch den Raum zum Fenster, unter dem der große Schreibtisch aus dunklem Holz steht. Vorsichtig sinke ich in den Sessel davor und schaue aus dem Fenster. Es ist ein schöner Platz. Auch von hier kann man sehen, wo sich der Atlantik und der Indische Ozean treffen – wenn man es nur will. Wem hier keine Gedanken kommen, dem kommen gar keine.

Ich taste nach der obersten Schublade rechts und ziehe sie problemlos auf. Neugierig sehe ich hinein. Sein alter, schöner Füllfederhalter liegt dort, seine Pfeife und etwas Tabak. So ordentlich wie sie da liegen, wird sie wohl Frieda dorthin gelegt haben.

Die nächste Schublade hat ein Schloss, in dem ein kleiner goldener Schlüssel steckt. Ich drehe ihn nach links und ziehe die Schublade auf.

Vor mir liegt eine Mappe, ein grüner Schnellhefter aus Papier. *Hugo* steht darauf.

Ich nehme ihn aus der Schublade und schlage ihn auf:

Meine Augen fliegen über die ersten Sätze, dann stocken sie und rasen schneller weiter:

„Mein Blick fällt auf einen Stapel weißen Papiers neben dem Drucker und plötzlich weiß ich, was ich tun muss. Ich weiß genau, wo sie liegt und wühle schnell meine alte Pfeife hervor und den Tabak – obwohl ich mir schon vor Jahren geschworen habe, sie nicht mehr zu benutzen.

Der Tabak riecht so, wie etwas riecht, was alle seine Aromen verloren hat. Schnell stopfe ich die Pfeife und merke, als ich das brennende Zündholz daran halte, dass meine Hände zittern. Mit zitternden Händen greife ich nach meinem schönen alten Federhalter, schraube seine Kappe ab und beginne mit krakeliger Schrift zu schreiben:

In den 37 Jahren meiner Dienstzeit als Pastor habe ich sehr viele Geschichten gehört, sogar Geschichten von Mördern oder solchen, die Mörder werden sollten, von Betrügern und Schlägern, von Geschlagenen und Betrogenen, Geschichten, die mich erschütterten, die mich wütend oder traurig machten, die mein Mitleid oder meinen Zorn erregten, aber nie, niemals habe ich eine Geschichte gehört, wie die der Frau, die gerade eine Melodie summend mein Zimmer verlassen hat, keine fröhliche Melodie, sondern eher eine erhabene, die mir bekannt vorkommt, die ich aber gerade nicht zuordnen kann und mich zurücklässt als einen alten Mann, der alles, was er je getan und geglaubt hat, nun bezweifeln muss.

Ich schreibe diese Geschichte auf, um zu verstehen, was ich nicht verstehen kann. Normalerweise würde ich jetzt schreiben „Gott helfe mir - aber wie kann ich?"

Aufstöhnend sinke ich in seinen Sessel zurück. Jedwede Form der Fassungslosigkeit, die Pastor – die DER Pastor damals verspürt haben muss, kann meine nicht überbieten. Meine Gedanken rasen aus allen Himmelsrichtungen gleichzeitig aufeinander zu und krachen ungebremst ineinander. Totalschaden in allen meinen Gedanken!

Ich habe anderthalb Seiten gelesen! Ich weiß, dass der Mann, den ich und alle anderen immer nur Pastor riefen, ein Pastor war und ich weiß, dass die Geschichte, die er mit krakeliger Schrift zu Papier gebracht hat, Friedas Geschichte sein muss.

Ansonsten weiß ich noch, dass ich jetzt ein Kaminfeuer brauche, Pastors Pfeife rauchen und weiterlesen will.

Das Kaminfeuer weigert sich, sich schnell entzünden zu lassen – wie immer, wenn es schnell gehen soll, geht es langsam. Aber dann flackert es nicht mehr, sondern brennt und ich stopfe Pastors Pfeife, wie ich es manchmal für ihn getan habe, nehme mir ein Glas Rotwein und setzte mich in seinen Sessel neben dem Kamin. Und dann lese ich!

Ich lese und lese. Zwischendurch und währenddessen trinke und rauche ich, lege Holz auf das Feuer auf - ich merke es kaum.

Ich lese und lese und lese und dann lese ich:

„Nein! Dieses Leben ist vorbei. Ich bin alt und meine Hände zittern. Aber mein Herz zittert nicht. Ich gehe jetzt. Ich kann nicht anders!

Ende."

Ende. Ende. Ende. Ende steht dort, aber das Einzige, was ich wirklich begriffen habe, ist, dass es nicht das Ende war. Es war ein Anfang! Der Totalschaden meiner Gedanken qualmt und raucht. Ich rauche. Ein Trümmerhaufen. Ein rauchender Trümmerhaufen.

Benommen stehe ich auf. Ich gehe in Pastors Zimmer auf und ab und ringe mit den Trümmerteilen in meinem Kopf. Ich muss sie sortieren. Aber dann verstehe ich, dass ich etwas, dessen System ich nicht verstanden habe, auch nicht sortieren kann.

Ich gehe zu Pastors Schreibtisch. Ich ziehe die dritte Schublade auf. Ein weiterer Stapel Papier. Kann ich das?

Ich blättere die Papiere durch und begreife, keine fertige Geschichte vor mir zu haben. Es scheint wie ein Haufen Notizen, die mal gründlich und mal weniger gründlich zusammengefügt wurden.

Pastor hat sich auf die Suche nach Frieda gemacht – so viel verstehe ich. Und immer wieder taucht Bens Name auf. Fast immer ist er mit einem Fragezeichen versehen.

In meinem Leben war er kein Fragezeichen. Womit hat Ben sich all diese Fragezeichen verdient?

Ich schiebe alle Papiere an ihren ursprünglichen Ort und verlasse Pastors Zimmer. Ich muss zu Ben.

Frieda und Ben hatten zwei Zimmer, die durch ein gemeinsames Bad zwischen ihnen verbunden sind. Bens Zimmer! Bei uns hieß es immer „die Zelle". Spiegelverkehrt sieht es genauso aus wie Friedas Zimmer. Damit sind aber auch alle Ähnlichkeiten genannt. Die Einrichtung seines Raumes kann man gerade noch Einrichtung nennen. Außer einem schmalen Bett, einem Schreibtisch, einem Bücherregal und einem sehr kleinen Kleiderschrank gibt es dort nichts.

Der Schreibtisch und das Regal waren immer penibel aufgeräumt. Ich finde es mönchisch. Ben meinte immer, es sei ausreichend und übersichtlich. Übersichtlich hat er immer besonders betont. Obwohl in meinem Kopf der Trümmerhaufen qualmt, verstehe ich gerade heute, dass

„übersichtlich" für ihn wichtig war. Er hat das Wort oft benutzt. Und er hat übersichtlich gelebt.

Ich mache das, was ich bei Pastor auch gemacht habe: Ich gehe zum Schreibtisch und ziehe die oberste Schublade auf. Säuberlich zusammen geheftet liegt dort ein Stapel Papier. Auf dem Deckblatt steht *Hansens Haus*. In großen Buchstaben und am Computer geschrieben. Es liegt dort, wie für mich hingelegt. Aber anders als bei Pastor bietet Bens Zimmer keinen gemütlichen Sessel, in dessen Tiefe ich gleichzeitig mit der Lektüre versinken kann. Zögerlich betrachte ich sein Bett. Schließlich setze ich mich im Schneidersitz darauf und blättere die erste Seite auf.

Das Haus wuchs. Es wuchs und es starrte ihn an. Wütend!
Nein!
Doch!
Er schloss die Augen. Er atmete. Tief in den Bauch.
Sein Haus wuchs nicht und es starrte ihn auch nicht an. Bestimmt nicht!
Er atmete. Tief in den Bauch. Atmete langsam.
„Komm!"
Er hatte es nicht gehört. Bestimmt nicht!
„Komm!"
Er hatte es nicht gehört. Er spürte es!
Nein! Er hatte es nicht gehört und er spürte es auch nicht. Sein Haus sprach nicht und wie sollte er es spüren?
Er stöhnte. Zwischen seinen geschlossenen Lidern traten Tränen hervor. Auf seiner Stirn wuchsen kleine Schweißperlen. Sie wuchsen, perlten über die Haut.
„Komm!"

Seine Fäuste umklammerten das Lenkrad. Sie zitterten. Immer fester schloss er seine Finger um das abgewetzte Leder. Er zitterte am ganzen Leib. Sein Auto vibrierte. Seine Knöchel starrten ihm weiß entgegen.

Er hatte es gespürt. Und er hatte es gehört.

Er hatte gespürt, wie sich seine eigenen Lippen öffneten, wie sie sich formten und wie sie sich schlossen.

Er hatte gehört, was sie ihm sagten:

„Komm!"

Fieber! Er hatte Fieber. Er war krank!

Bereits nach der ersten Seite Lesens habe ich einen Krampf im Bein und einen im Herzen. Ich bin mir sicher, dass Ben das geschrieben hat. Es ist auf eine seltsame Art und Weise seine Art und Weise, obwohl es inhaltlich nicht zu ihm passt und ich mir nicht vorstellen kann, dass Ben so verstört sein kann. Obwohl er distanziert in der dritten Person schreibt, weiß ich sofort, dass er von sich schreibt. Oh weh! Ich rutsche in eine liegende Position und lese weiter. Lese, lese und lese. Und dann halte ich atemlos und tränenverschmiert die letzte Seite in meinen Händen.

Er lief, er rannte den Weg entlang. Er schrie. „Mörder!", schrie er. „Ihr habt mich umgebracht! Ihr seid alle Mörder!" Tränen und Spucke liefen aus ihm. Seine Schritte hämmerten. Sein Herz hämmerte.

„Mörder", hämmerte es. „Mörder, Mörder, Mörder."

Er rannte und schrie, schrie und rannte. „Mörder!", gellte es aus seinem sabbernden Mund.

„Mörder!", keifte er. „Ihr habt mich umgebracht, umgebracht! Ihr alle habt mich umgebracht! Getötet! Ilsebill, I – L- S – E – B – I – L – L", kreischte er in den Himmel.
Die Sterne blickten stumm auf ihn herab.
Er stolperte, rannte den Berg hinauf. „Eva", schrie er. „Du hinterlistige Schlange! Miststück, Mörderin! Eva, Miststück, Mörderin, Eva, Miststück, Mörderin!" Seine Stimme gurgelte, überschlug sich.
„Eva", weinte er. „Ilsebill, Eva, Bjarne, Moni!" Er spuckte und spuckte. Spuckte auf sich selbst. Spucke tropfte, er rannte. Er rannte und weinte und schrie. „Moni", heulte er. „Leah, Ilsebill. Manntje, Mantje Timpe Te, der Lars, der kommt und tut euch weh!" Er lachte. Er lachte und lachte. „Der Lars, der kommt und tut euch weh!" Sein Lachen gellte schrill in den Himmel. Spucke tropfte. Er rannte.
Links sah er die Bank. Auf ihr lehnte ein Bild. Onkel Wilhelm lächelte jung und frisch aus seinem Ölgemälde. Grüßend hob er die Hand.

Die Sterne blicken stumm auf mich herab. Was sollen sie auch dazu sagen? Von Ben hatte ich mir Klarheit erhofft. Stattdessen weiß ich jetzt zwar, wie er Frieda kennengelernt hat, aber sonst könnte ich direkt zu Pastors Aufzeichnungen zurückgehen und seinen Fragezeichen noch viele weitere Fragezeichen hinzufügen.
„Ich bin niemand", sagt er in seinen Aufzeichnungen, woraus Ben Niemand wird. Offensichtlich ist sogar sein Name falsch. Wer ist Ben? Was ist passiert? Wie kommt er zu Frieda zurück? Wie hat er das überstanden? Überlebt?
Übersichtlichkeit! Die hätte ich jetzt auch gerne, aber Ben kann sie mir nicht bieten.

Während Pastors Aufzeichnungen so klingen, als sei ihm die Fantasie in übermütigen Sprüngen durchgegangen, lesen sich Bens Aufzeichnungen wie die eines Irren – zumindest aber wie die eines schwer psychisch kranken Menschen.

Obwohl es mir wehtut, seine Sätze zu lesen, lese ich die letzte Seite noch einmal: „Der Lars, der kommt und tut euch weh."

Ob Ben in Wirklichkeit Lars heißt? Außer Ilsebill sagen mir die Namen, die er nennt, alle nichts. Und die Ilsebill ist eine Märchenfigur. Wie heißt das Märchen doch gleich?

Vom Fischer und seiner Frau. Eine Parabel zum Thema Maßlosigkeit.

Maßlosigkeit. Übersichtlichkeit. Ich sehe mich in Bens „Zelle" um. Ist es eine Büßerkammer? Die weißgetünchten und bilderlosen Wände schauen teilnahmslos und stumm auf mich. Acht Fragezeichen von mir zum Thema Ben. Vorerst acht!

Ich stehe auf und bringe das Manuskript zurück in die Schublade. Jetzt will ich wieder zu Pastor, in seine unordentliche Gemütlichkeit. An die Wärme seines Ofens. An die seines Herzens. Aber am allermeisten will ich zu Frieda. Ich müsste nur durch das Bad in ihr Zimmer gehen. In ihr aufgeräumtes und gemütliches Zimmer. Frieda brauchte nicht viele Möbel, um ein Zimmer gemütlich zu machen. Ihr Zimmer ist auch übersichtlich. Gewissermaßen. Gewissermaßen aber auch nicht. Wie soll ich es beschreiben? Die Struktur ist übersichtlich, aber innerhalb der übersichtlichen Struktur ist es… Ich weiß nicht, wie ich es beschreiben soll. Ich bin gerne dort. Nur jetzt graut mir vor einer Schublade ihres Schreibtischs.

Was schreibe ich da? Mir graut vor denen, die ich so liebe. Die mir so vertraut waren. Bei denen ich mich geborgen gefühlt habe. Geborgen, geborgener, am geborgensten. Punkt. Ich gehe in das Bad und hindurch und öffne Friedas Zimmertür. Sofort rieche ich sie. Der typische Frieda-Geruch. Mit ihrem Geruch ist das wie mit ihrem Zimmer. Er ist schwer zu beschreiben. Gerüche sind allgemein schwer und nur durch Vergleiche beschreibbar. Womit soll ich aber Unvergleichliches vergleichen? Es riecht nach…nun, es riecht auf jeden Fall immer ein wenig nach den jeweiligen Kerzen, die sie überall in ihrem Zimmer stehen hat und ein wenig nach Zigarettenrauch, obwohl sie nie in ihrem Zimmer und nur wenig draußen geraucht hat. Das klingt völlig falsch. Wer das liest, stellt sich jetzt etwas ganz Falsches vor. Es riecht gut, behaglich, ehrlich. Es riecht nach Frieda.

Was werde ich in ihrer Schublade „erschnüffeln?"

Entschlossen gehe ich zu ihrem Schreibtisch und ziehe die unterste Schublade auf. Es ist, als ob ich es wüsste. Darin liegen mehrere Collegeblocks. Ich nehme sie alle und dann gehe ich. Ich gehe in die Halle, durch sie hindurch und setze mich in Friedas Sessel. Einzig und alleine hier will ich lesen, was Frieda mir zu sagen hat. Und ich weiß, dass sie es auch will.

Ich nehme den obersten Block und schlage ihn auf:

RAGNARÖK?

Ragnarök steht dort als Titel und mit einem Fragezeichen versehen.

Wer oder was ist Ragnarök? Ich schlage die nächste Seite auf und sehe, dass sie teilweise zusammenhängende Texte, aber auch einzelne Gedanken notiert hat – ähnlich wie Pastor einem Assoziogramm gleichend. Vieles ist mit Frage-

oder Ausrufezeichen oder Pfeilen und Sternchen versehen. Das wird nicht leicht!

Aber den Anfang hat sie mir leichtgemacht. Wie Ben schreibt sie in der dritten Person, obwohl sie ganz sicher von sich selbst schreibt. Sie nennt sich selbst beim Namen – genau so, wie sie die Dinge immer beim Namen genannt hat.

„As lonely as one can be", sagte Frieda und lauschte in die beginnende Nacht wie ihre Worte sich anhörten.

Gar nicht, stellte sie fest. Sie verschwanden kraftlos, sie kamen nicht weit. Sie verhallten nicht einmal. Zum Verhallen hätte Kraft gehört.

Das Knistern des kleinen Feuers vor ihr war lauter als es ihre Worte waren. Frieda überlegte, ob sie es noch einmal und kraftvoller sagen sollte, um dem Echo ihrer Einsamkeit lauschen zu können, aber sie beschloss, dass es besser passte, ihre Kraftlosigkeit nicht kraftvoll klingen zu lassen, obwohl ihre Einsamkeit so gewaltig war, dass kein Schrei laut genug dafür sein könnte.

„Who'll come with me?", summte sie stattdessen leise ins Feuer und es war ihr egal, dass es zu leise war, das Knistern zu übertönen, denn es gab sowieso niemanden, der mit ihr ging. Nicht mehr!

Frieda saß auf einem kurzen Baumstamm, den sie vor eines der Räder ihres Bauwagens gerollt hatte, mit einem Kissen im Rücken und ausgestreckten Beinen.

Sie dachte an ihr rotes Haus vor dem kleinen Wald mit dem Hügelgrab darin und an die Menschen, die dortgeblieben waren. Und sie dachte an den, der weggegangen war. Hugo!

Hugo. Ich kenne die Geschichte von Hugo und Frieda. Die hat Pastor niedergeschrieben. Aber sie ist völlig unglaubwürdig.

Hier enden jedenfalls vorläufig die ausgeschriebenen Sätze. Ich sitze in Friedas Sessel, ich halte ihre Gedanken in meinen Händen und ich weiß, dass ich sie sortieren muss. Wahrscheinlich muss ich sie mit Pastors Aufzeichnungen gemeinsam durchgehen und versuchen, Klarheit in die Manuskripte zu bekommen. Oder mit Bens Worten: Übersichtlichkeit.

2.

„Es ist völlig hoffnungslos", murmele ich vor mich hin. Nach einer kurzen Nachtruhe mit wenig Ruhe sitze ich mit Friedas Collegeblocks und Pastors losen Blättern im Garten unter dem Lieblingshibiskus von Frieda. Das Rot seiner Blütenblätter ist unvergleichlich, unbeschreiblich. Es ist ein solch warmes Rot, dass es sich anfühlt, als ob man unter einer kleinen Heizung säße, die ihre Wärme durch die Pupillen direkt ins Herz leitet.

Während über mir der Himmel ungetrübtes Blau zeigt und ringsherum die Vögel zwitschern, starre ich auf die Notizen, die so kryptisch sind, dass ich einen Codebreaker engagieren müsste, um sie zu verstehen. Die Zwei haben keine bestimmte Verschlüsselung gewählt, um ein Geheimnis zu hüten. Sie haben auf sich auf Wissen bezogen, das ich trotz der Lektüre von Pastors und Bens Manuskripten nicht habe, keine ganzen Sätze geschrieben, sondern nur Stichworte, gestrichen, geschmiert, geschlurrt. Für solche

Hausaufgaben hätte ich höchstens Gelächter geerntet und den freundlichen Hinweis, es doch bitte noch einmal zu machen.

Es ist frustrierend. Mir ist, als habe ich einen Schlüssel in der Hand für eine unbekannte Tür, oder besser ein Zahlenschloss, dessen Code ich nicht knacken kann und deshalb draußen bleiben muss, während die anderen drinnen sind. So gerne möchte ich die Türe öffnen und zu ihnen hineingehen. Wieder bei ihnen sein. Eigentlich muss ich sogar sagen, ich möchte bei ihnen sein auf eine Art, auf die ich nie bei ihnen sein konnte, weil mir diese Tür verschlossen blieb. Dinge, die ein Kind nicht versteht.

In den feuerroten Blütenkelchen summen die Bienen vor Freude über den leckeren Nektar. Mein rechtes Bein wippt unruhig über dem linken. Eine Biene landet auf meinen Füßen – offenbar hält sie meine roten Zehennägel auch für Blütenblätter. Suchend fliegt sie von Zehe zu Zehe. Sie gibt nicht auf. SIE gibt NICHT auf, denke ich und greife wieder nach Friedas Collegeblocks. Ich blättere mich durch die Seiten.

Ortsnamen von Orten, die ich nicht kenne. Namen von Menschen, die ich nicht kenne. Typisch Frieda: Telefonnummern und Einkaufslisten mittendrin.

Frieda schrieb sich ständig irgendwelche Dinge auf, die ihr wichtig waren oder die sie nicht vergessen wollte oder durfte. Ich lächele bei der Erinnerung daran, wie sie erst nach ihrer Brille, dann nach einem Stift suchte und schließlich das erstbeste Papier nahm, das ihr in die Quere kam, um zu notieren, was sie gerade im Kopf hatte.

Meistens waren dann die Zettel verschwunden oder sie wusste nicht mehr, wohin sie ihre wichtigen Gedanken notiert hatte. Trotzdem hat immer alles irgendwie geklappt.

Wieder blättere ich durch ihre Collegeblocks. Sie hat sich alles notiert. Irgendwo hier liegt der Schlüssel!

Vielleicht müsste ich systematischer vorgehen? Aber welche Systematik ist es, die ich hier anwenden muss? Ich nehme den ersten Block und lese noch einmal die ersten ausgeschriebenen Zeilen. Dort finde ich nichts als Trauer. Traurig blättere ich weiter. „Bens Bank" steht da. Daneben hat sie einen Vogel gezeichnet. Was soll ich damit anfangen? Frieda konnte nicht gut zeichnen. Der Vogel ist gerade eben so als Vogel zu erkennen. Ich blättere weiter. Wieder ein Vogel. Nun ja – Frieda liebte Vögel. Selbst hier, wo Vögel kaum Not leiden müssen, hat sie immer wieder Futter zu ihren Vogelhäuschen gebracht und sich gefreut, wenn einer erschien, den sie vorher noch nie gesehen hatte. Dann nahm sie ihr Bestimmungsbuch und suchte so lange, bis sie das Tier identifiziert hatte.

Ich muss unbedingt ein paar Körner in ihre Häuschen streuen.

Neben der Zeichnung stehen ein paar Buchstaben. „Muu" oder „Muh" glaube ich zu entziffern. Vielleicht heißt es auch „Mun".

„Muh", sage ich vor mich hin. „Muu. Mun", probiere ich dann. „Muninn", brülle ich plötzlich auf, als sei die Biene auf meinen Zehen eine Wespe und habe mich gestochen. „Muninn!"

„Muninn und Huginn", so heißen die beiden hölzernen Methusalems vor unserer Eingangstür.

„Kann das sein?", frage ich mich. Aber natürlich kann das sein! Warum sollten die beiden dort stehen und so heißen, wenn sie nicht irgendeine Bedeutung für Frieda, Pastor und Ben gehabt hätten.

Schnell stehe ich auf und renne durch den Garten, um die Ecke mit dem Oleander, der empört seine Blütenblätter nach mir wirft und zur Eingangstür mit den beiden Raben. Schnaufend bleibe ich vor ihnen stehen, schiebe die dornigen Ranken beiseite und streichele über ihre Köpfe.

Der rechte ist Huginn, links steht Muninn. Ich drehe mich zu Muninn und streichele ihn mit beiden Händen – nicht nur über den Kopf, sondern auch seitlich über seine hölzernen Flügel und dann über den Schwanz. Liebevoll klopfe ich seine vorgewölbte Brust. Sie klingt hohl.

Sanft klopfe ich mit dem Knöchel meines Zeigefingers erneut gegen ihn. Der Vogel ist hohl. Der Vogel hat Geheimnisse. Wie bei Dornröschen sind sie durch Dornen geschützt.

Mit der rechten Hand streiche ich durch die Dornen über seinen Unterleib und taste nach etwas, was sich bewegen lässt. An Muninn sind keine versteckten Hebel angebracht, stelle ich fest. Enttäuscht ziehe ich meine verschrammte Hand aus den Rosen und stoße vor Schreck gegen ihn, als sich eine Dorne in meinem Handrücken verhakt.

Muninn schwenkt knarzend zur Seite. Vor Aufregung schnaufend, schiebe ich meine blutige Hand unter ihn und in die Öffnung hinein, die sich mir preisgibt. Meine Hand taucht in eine hölzerne Höhle. Ich spüre etwas aus Metall, etwas Rundes und ziehe vorsichtig daran. Kurz darauf halte ich eine Metallröhre in der Hand. Obwohl ich vor Ungeduld zittere, schiebe ich Muninns Leib sanft an seine richtige Stelle zurück, streichele ihm über den Kopf und drücke ihm ein Küsschen auf den silbern glänzenden Scheitel.

„Danke!", flüstere ich, bevor ich zurück um die Ecke mit dem Oleander, durch seine abgeworfenen Blütenblätter hindurch in den Garten rase und mich schnaufend in meinen Liegestuhl werfe.

Die Röhre hat unten eine Öffnung, die mit einem Gummipfropfen verschlossen ist, der sich leicht lösen lässt. Ganz vorsichtig greife ich hinein und dann halte ich eine dicke Rolle fest verschnürter Papiere in meiner Hand. Meine bebenden Hände schaffen es kaum, die Knoten zu lösen, die die Papiere zusammenhalten. Es ist ein dicker Stapel, Blatt für Blatt mit feiner blauer Schrift überzogen, die weder Friedas, noch Bens oder Pastors ist.

Meine Augen suchen nach den ersten Worten und weiten sich, als sie sie finden:

780 Jahre. 780 Jahre habe ich in Kälte, Nebel und Dunkelheit gesessen. Und dann stand er plötzlich vor mir. Der mit dem flammenden Auge – Gungnir in seiner rechten Hand. Er stupste mich mit seinem Speer an, sprach ein paar für mich nicht verständliche Worte und sagte dann: „Komm!" Das verstand ich und erhob mich von meinem moosigen, feuchten Stein, auf dem ich gesessen und in den Nebel gestarrt hatte.

Die Papiere an meine Brust gedrückt, stehe ich auf und flitze ins Haus. Das verlangt nach etwas für die Nerven. Ich eile in Pastors Zimmer und hole mir seine Pfeife, ich eile in die Küche und hole mir eine Flasche kalten Weißwein.

So schnell ich kann, renne ich mit meiner Beute wieder in den Garten, stopfe hastig die Pfeife und ziehe den Korken aus dem beschlagenen Flaschenhals. „Plopp", sagt er, bevor der duftende Wein in mein Glas gluckert. Er rinnt durch meine trockene Kehle, während meine Augen die kommenden Worte verschlingen.

3.

Ich bin Snorri Sturluson, isländischer Gelehrter, Politiker und Poet des 12. und 13. Jahrhunderts. Ermordet im Jahre 1241 und vom Allvater aus Niflheim, dem Totenreich, erlöst.

Ich sitze hier in der Mitte von Bifröst, der Brücke von Midgard, dem Menschenreich, nach Asgard, weit unter mir liegt Niflheim, weit über mir Asgard, der Sitz der Götter, von Heimdallr bewacht. „Machst du deine Sache gut", sagte er zu mir, bevor er mich mit einem großen Tintenfass, einigen Federn und einem dicken Stapel Pergament, so weiß und fein, wie ich es noch nie gesehen habe, zurückließ, „dann sehe ich dich in Walhalla!" „Ich möchte lieber nach Sessrumnir", wagte ich einzuwerfen, „denn ich mache meine Sache gut!" „Daraus wird nichts", lächelte der Wunscherfüller und blickte mich bedeutsam an. „Du warst sogar zweimal verheiratet und Sessrumnir gehört den unvermählten Helden!"

Nun, dann eben Walhalla mit dem Allvater und nicht Sessrumnir, die Halle der bezaubernden Freya. Für jemanden, der das Paradies erhofft und erwartet hatte und dann nach Niflheim kam, ist Walhalla das Paradies. Obwohl?

„Ragnarök naht", hatte der Speergott meinen Auftrag er-
läutert „und du wirst besonders die drei Menschen, die
ich dir zeige, beobachten und schreiben, was du siehst."
Wenn Ragnarök naht, ist das Zechen in Walhalla zu Ende
und alle Krieger ziehen in den Kampf. Aller Wahrschein-
lichkeit nach sterbe ich dann im Kampf, der mir nicht
liegt und wenn ich heldenhaft sterbe, komme ich... nach
Walhalla, das es dann nicht mehr gibt, wenn die Götter
verlieren. Also vielleicht wieder nicht nach Walhalla und
vermutlich noch weniger ins Paradies kommen.

„Immer noch besser als die Hölle", hatte der sehr Weise
gelächelt, als ich mir auf dem Weg aus Niflheim die kalten Glieder rieb. Übrigens ist die Brücke Bifröst auch ein
kühler Ort im Nirgendwo, deren Regenbogenfarben unter mir leuchten und flimmern. Wirklich warm wird es
mir hier bis jetzt nicht.

Ich reibe meine klammen Finger und zwinge mich, mich
nicht umzuschauen. Dort oben steht Heimdallr, der uner-
bittliche und strenge Wächter Asgards und schaut mir
kalte Flecken zwischen die Schultern. Ich reibe meine
Finger warm, damit sie gefügig schreiben, was ich ihnen
befehle. Meine Augen richten sich gen Midgard, der Menschenwelt und suchen die drei, die mir der Graue genannt
hat. Wie die Menschenwelt und die Menschen wohl aussehen werden – fast 800 Jahre nach meiner Zeit?

Ich fokussiere meine Augen auf einen Punkt, der immer
deutlicher und größer vor mir entsteht und aus dem ein
kleines Haus erwächst. Ein kleines rotes Haus nahe einem
Wald. Ein einzelner Mann geht auf das schiefe Holztor zu,
geht hindurch und rückt es hinter sich gerade.

4.

Er umklammerte den kleinen Schlüssel in seiner rechten
Hand und ging auf das weiße Gartentor zu, das etwas
schräg in den Angeln hing. Es sah so traurig aus, wie ein
Vogel, der die Flügel hängen lässt. Traurig, weil es verlassen war – dabei war Frieda höchstens seit zwei Wochen fort.
Nachdem er hindurchgegangen war, schloss er es richtig.
Jetzt war wieder jemand hier. Er schritt auf die weiße kleine
Veranda zu. Die Haustür würde sich zu einem Vorraum
öffnen, in dem die Garderobe und das Schuhregal Friedas
standen. Von da ging es in die Küche, die zum Wohnesszimmer hin offen war. Das wusste er, obwohl er noch nie
hier war.

Frieda hatte Äpfel auf der bullernden Küchenhexe entsaf-
tet, als Hugo plötzlich zu ihrer Tür hineingestürmt kam.
Während ein Chor im Radio „Freude schöner Götterfunken" sang, hatten Frieda mit ihrem Küchenmesser in der
Hand und er mit seinem mächtigen Schwert einander ge-
genübergestanden.

Pastor steckte den kleinen Schlüssel ins Schloss und ließ
Friedas Bericht über die Geschehnisse von damals in seinem Kopf Revue passieren.

Wie schön es wäre, jetzt in eine Küche zu treten, in der es
nach Ofenfeuer und frischem Apfelsaft duftete, dachte er
und trat entschlossen durch die zweite Tür hinein in die
kühle Küche, die nach wenig roch. Eine schöne Küche. Eine
sachlich-moderne Küche, die durch Details Atmosphäre
und Gemütlichkeit gewann. Durch die alte Küchenhexe.
Durch Borde, auf denen Flaschen standen. Durch Bilder, die

die Weite der Landschaft Angelns zeigten. Kräutertöpfe standen auf den Fensterbänken.

Er war nicht zum Riechen hier, ermahnte er sich selbst. Er wollte nach Hinweisen suchen, wo Frieda sein könnte. Er glaubte nicht oder wollte nicht glauben, dass sie spurlos – so spurlos wie Hugo – verschwunden war. Pastor ging durch die Küche ins Wohnzimmer. Aufgeräumt. Er ging ins Arbeitszimmer, ins Schlafzimmer, ins Bad. Aufgeräumt. Ausgeräumt. Hier lagen keine Notizzettel mit Zugverbindungen oder Telefonnummern von Hotels. Keine Reiseführer. Hier lagen noch nicht einmal Dinge, die keine Auskunft über Friedas Aufenthalt gaben. Es lag gar nichts herum. Aufgeräumt wie ein Ferienhaus. Er würde Schubladen öffnen müssen, aus dem ihm Leere entgegen gähnte. Ausgeräumt wie ein Kühlschrank in einem Ferienhaus.

Er stellte seine Reisetasche ins Gästezimmer und ging zurück in die Küche. Anmachholz lag neben dem Ofen und Feuerholz hatte er in und neben der Garage aufgestapelt gesehen. Schnell ging er hinaus und stapfte durch das welke, bunte Laub, dass der Apfelbaum weggeworfen hatte und sammelte sich einen Arm voll Holz. Ebenso schnell hatte er ein kleines Feuer in der Küchenhexe entzündet. Nachdem es ordentlich brannte, ging er noch einmal hinaus, um einen zweiten Arm Holz zu holen. Aus dem dämmrigen Garten betrachtete er das kleine rote Haus am Waldrand, aus dessen Küchenfenster nun ein sanftes Licht flackerte. So ähnlich musste es für Hugo ausgesehen haben, als er zu Frieda kam.

„Ich möchte jetzt Äpfel entsaften", brummelte Pastor vor sich hin. „Und im Radio sollen sie „Freude schöner Götterfunken" spielen." Pastor setzte sich an den Küchentisch und kramte seine Pfeife und den Tabak aus seiner Jackentasche. Er betrachtete seine alten Hände, die den Pfeifenkopf umschlossen.

„Ihr wart zu lange untätig", warf er ihnen vor. Auch jetzt taten sie nichts anderes als das bisschen, was er von ihnen verlangte. Sie hielten die Pfeife und führten sie zu seinem Mund, wenn sein Gehirn dies von ihnen wollte. „Du warst zu lange untätig", sagte er zu sich selbst und dachte an die langen Jahre der Berufstätigkeit, die er neulich so abrupt beendet hatte.

Gut und Böse! So viel Gutes und Böses hatte er gesehen. Er war einer der Guten – hatte er geglaubt. Bis Frieda zu ihm kam.

Seine Augen wanderten die Küchenregale entlang.

Er musterte das üppige Sortiment alkoholischer Getränke in Friedas Küchenregal und überlegte.

Während der alte Mann dort in einer gemütlichen Küche sitzt und begehrlich die Getränke mustert, überlege ich mir, was der Göttliche wohl mit mir machen wird, wenn ich meine Sache nicht gut mache.

Walhalla selbst ist schon eine zwiespältige Option. Zurück nach Niflheim? Oder gar in die Hölle?

Wie soll ich eine gute Geschichte über jemanden schreiben, dessen einzige Beschäftigung die Grübelei ist? Grübeln über die Untätigkeit. Eigentlich eine interessante Sache.

Ich wünsche dem Alten ein wenig mehr Energie, bevor ich meine Augen auf den anderen richte, den der auf dem Felsen Wohnende von mir beobachtet haben möchte.

Bens Hände lagen auf der Fensterbank und er starrte hinaus. Es regnete. Er beobachtete, wie die Regentropfen auf dem Asphalt zerbarsten. Hätte er den Mut, irgendwo hinunterzuspringen, würde er genauso zerbersten. Im Gegensatz zum Wasser wäre sein Leben dann vorbei. Wollte er das? Zerborsten war er schon längst.

Walhalla ade! Der Mächtige hat sich eine neue Hölle erdacht. Einen Ort der Bestrafung nach dem Tod, etwas, was es für uns Nordmannen bisher nicht gab. Ich verstehe allerdings immer noch nicht, warum der neue Gott mich nicht in sein Paradies nahm.
Der eine sitzt in der Küche und starrt auf die Flaschen, der andere steht am Fenster und starrt in den Regen. Was soll bloß aus mir werden?
Schauen wir, was die Dritte macht.

Frieda starrte in das Züngeln der Flammen. Tränen rannen über ihre Wangen, als sie an den einen Abend dachte, der ihr Hugo gebracht hatte. Da hatte das Feuer in der Küchenhexe gebrannt. Es hatte nach Äpfeln geduftet und das Leben war wunderbar gewesen. Endlich wieder wunderbar! „Mit all diesen Tränen könnte ich das Feuer löschen", dachte sie und schluchzte noch mehr.

Der in den Tod versetzt sollte mir diese Gunst ohne diese Drei gewähren. Ich heule gleich mit. Wie kann der sehr Weise auf diese Jammergestalten setzen? Ist Midgard heute so? Sind das Midgards Helden?
Allvater, du hast den schwarzen Humor entdeckt. Ich schreibe ein Epos über Mut- und Tatenlosigkeit.

Trostlos starre ich auf die trostlos Starrenden. Genau genommen, könnte ich mich dazu setzen – am liebsten zu dem Alten.

Mit den anderen Toten in die Nebel Niflheims zu starren, war nicht langweiliger. Und kälter als auf dieser Brücke, war es im Totenreich auch nicht.

Ich werde jetzt meine Augen schließen.

5.

Frieda fuhr entsetzt aus dem Schlaf. Sie hatte von Ben geträumt. Sie wollte nicht von Ben träumen, sondern von Hugo. Es fühlte sich an wie Verrat!

Obwohl sie keine Lust zum Aufstehen hatte, stand sie auf. Sie wollte sich bewegen. Ben aus ihrem Kopf laufen. Schnell schlüpfte sie in ihre Jeans und den dicken Pullover. Sie griff nach den zwei Bananen, die auf dem Tischchen lagen und ging die drei Stufen vor ihrem Bauwagen hinab. Prüfend schaute sie sich um. Der Tag begann gerade erst und hatte sich noch nicht entschieden, ob er es regnen lassen wollte. Unentschlossen hingen die Wolken über ihr herum. Richtung Dorf wollte sie keinesfalls gehen, zu viele wussten bereits, dass sie zurück war.

Frieda ging durch das feuchte Gras in Richtung der schmalen Asphaltstraße, die zu dem Parkplatz am Waldrand führte. Sie wollte hoch in den Wald steigen, den steilen Weg gehen, der sie in Kehren immer weiter nach oben bringen würde. Sie wollte sich anstrengen. Ben aus ihrem Kopf schnaufen und keuchen. Die Regenwolken verharrten über ihr, ohne es regnen zu lassen.

Sie schritt auf der schmalen Straße dem Waldrand entgegen. Knorrige Apfelbäume säumten ihren Weg. Die meisten Äpfel lagen im Gras neben der Straße, über einige waren Autos gefahren und hatten sie zu duftendem Mus gequetscht. Die ersten Wespen schwirrten durch den süßlichen Geruch. Frieda bückte sich, um ihr Frühstück zu vervollständigen – wer weiß, wie lange sie unterwegs sein würde.

Da träumt das Mädchen von dem Jammerlappen am Fenster. Kein Wunder, dass sie entsetzt ist. Diese Bemerkungen, die ich mir nicht verkneifen kann, werde ich später aus meinem Epos entfernen – bevor der Wahre es in die Finger bekommt. Gott bewahre mich vor seiner Wut. Immerhin bewegt sich heute Morgen eine.

Das Asphaltband endete an dem Parkplatz, auf dem so früh am Morgen noch keine Autos standen. Sie ging weiter und wählte den moosigen Mittelstreifen des Waldweges, der sich durch düster aussehende Fichtenwälder schlängelte. Sie wollte das Knirschen ihrer Schuhe auf dem Kies nicht hören. Es war so still an diesem Morgen, dass sie keine Geräusche machen wollte. Es schien ihr falsch, die Ruhe des Waldes zu stören. Es war ein dummer Gedanke, aber geräuschlos zu sein, schien ihr, wie gar nicht zu sein.

Schnell schritt sie den Weg empor, absichtlich schnell, mit ihrem Atem als einziger Begleitung. Kurve um Kurve stieg sie den Berg empor, bis sie zu der Bank kam, die sie noch aus Kindertagen kannte: In Gedenken an Wilhelm Wagner stand darauf. Die geschnitzte Inschrift war ziemlich verwittert. Bei den Dorfbewohnern hieß diese letzte Kurve vor dem Gipfel mit der Aussicht über das Bergland und die Täler Kummerkurve, weil die Menschen seit eh und je hierherkamen, wenn sie Sorgen hatten und diese beim Blick in die Ferne vergessen wollten. Wilhelm Wagner hatte hier besonders oft gesessen und schließlich beim Schreiner im Dorf die Bank bestellt und aufstellen lassen.

Frieda stieg über den kleinen Graben an ihrer linken Seite und die schiefen, modernden Stufen zur Bank empor. Der Kummer im Dorf schien geringer geworden zu sein. Das Brombeergestrüpp hinter der Bank rankte inzwischen beidseitig um die Bank herum und ließ nur einen Einzelplatz in der Mitte zum Sitzen übrig. Der kleine Abfalleimer, der neben der Bank stand, war völlig unter den Ranken, die schwer an den dunkelvioletten Früchten trugen, verschwunden. Seufzend setzte sie sich auf den dornigen Thron und zog eine der Bananen aus ihrer Tasche. Ob der Blick in die Ferne helfen würde?

Ein Flattern schreckte sie aus ihren Gedanken. Suchend sah sie sich um. Eine Krähe saß etwas abseits von ihr und blickte sie an. Ein Flügel hing schlaff zur Seite. Mitleidig warf Frieda ein Stück ihrer Banane zum dem Vogel. Für eine Krähe war er eigentlich zu groß. „Wer bist du denn?", fragte Frieda. Sie überlegte, ob es hier Raben gab. Der Vogel versuchte mit den Flügeln zu schlagen und gab ein heiseres „Krok" von sich. Dann hüpfte er auf seinen langen Beinen ein Stück in die Brombeerhecke hinein.

„Was hast du? Bist du verletzt?", wollte Frieda wissen. Der Vogel antwortete mit einem weiteren „Krokkrok."

Allmächtiger Rabengott! Plötzlich bin ich hellwach, denn anders als die Frau auf der Bank, weiß ich mit einem Mal

sehr genau, wer dort sitzt. Nein, das stimmt nicht. Ob es Huginn oder Muninn ist, kann ich nicht unterscheiden. Aber sicherlich ist es eines von den Viechern, die unseren Mächtigen so gerne begleiten oder ihm Nachrichten bringen von Orten, an denen er nicht sein kann oder will.

Deutlich eifriger als vorher beobachte ich die Frau namens Frieda und umklammere meine Feder, damit sie nichts von dem, was dort unten geschieht, versäumt in geschmeidigen Worten für den Zauberer niederzuschreiben.

Frieda erhob sich von der Bank und ging langsam dorthin zu den Dornen, in die der mächtige Vogel verschwunden war. „Krok", lockte er sie und sie folgte seinem Rufen.

Vorsichtig bog sie die langen Ranken beiseite, nicht ohne sich ein paar schwarze Früchte abzustreifen und in den Mund zu stecken. Unmittelbar vor ihr hüpfte der Rabe, mit einem Flügel schlagend, weiter ins Gebüsch.

„Bleib stehen, damit ich dir helfen kann!", raunte sie in die Hecke."Krok", sagte - ich glaube, es ist Muninn – der Rabe und hüpfte weiter, nachdem er sich davon überzeugt hatte, dass die Frau ihm folgte.

Sie bog ein paar weitere Ranken aus dem Weg und stieg über andere hinweg. Der Rabe lockte: „Krok, krok!"

Endlich stand sie auf einem schmalen Pfad, einem Wildwechsel wohl, von den Tieren, die hier durch ihre Wälder streiften. Suchend sah sie sich um. Der Pfad führte weiter in den lichten Buchenwald hinein und sie folgte dem Pfad, dem auch der Vogel folgte. Wieder und wieder drehte er sich nach ihr um. Dann blieb er sitzen und wartete, dass sie näherkam.

Frieda blickte hinter dem Vogel eine steile Böschung hinab, an deren Grund ein Bächlein sanft murmelnd über Wurzel und Steine eilte. Der Vogel flatterte hinab und hüpfte über einige Steine an die andere Seite. Frieda rutschte vorsichtig die Böschung hinab und kniete sich vor dem Bächlein nieder, um aus ihrer hohlen Hand etwas Wasser zu trinken. Dann erhob sie sich und stieg mit einem großen Schritt darüber hinweg, um dem Vogel die Böschung hinauf zu folgen.

„Krok!", sagte der. Er saß vor den Zweigen einer mächtigen Fichte, die am Rande einer kleinen Lichtung ihre Äste bis auf den Boden streckte, wo Moos über sie wucherte. Der Rabe verschwand unter den Zweigen.

„Was willst du bloß von mir?", fragte Frieda eher sich selbst als den Vogel, dessen Krok sie nicht übersetzen konnte. Sie schritt über die Lichtung zu der Fichte und bog ihre Äste vorsichtig beiseite.

Vor ihr öffnete sich eine Höhle. Irgendwann musste einmal jemand die untersten Zweige entfernt haben. Um den rauen Stamm herum war ein Raum entstanden, in dem sie aufrecht stehen konnte. Angenehmes Dämmerlicht herrschte hier und der Duft des Baumes und seiner Nadeln kribbelte in ihrer Nase. Von dem Vogel war nichts zu sehen. Frieda betrat das Versteck. Es war so einladend, auf den mit Fichtennadeln gepolsterten Boden zu sinken, mit dem Rücken am Stamm und im Zwielicht ein wenig auszuruhen. „Ein heiliger Ort", murmelte sie und ließ die alten Fichtennadeln durch ihre Hände gleiten, während sie an einen anderen heiligen Ort dachte. „Irgendwann wird Gras darüber wachsen", murmelte sie noch. Und dann schlief sie ein.

Der die Wahrheit Erratende – ich sehe und höre ihre Träume:

Irgendwann wird Gras darüber wachsen. Ich stelle mir eine Sanddüne am Meer vor – über die Gras wächst, während das Meer endlos rauscht und die Möwen darüber kreischen. Ich stelle mir vor, auf der Düne zu sitzen, den Geruch des Salzes und Tangs in der Nase, meine Sanduhr in den Händen.

Meine Hände spielen mit dem Sand. Ich lasse den Sand durch meine Hände rieseln.

Unsere vier Hände spielen mit dem Sand von der Düne.

„Mein Sand wurde viel zu schnell verrieselt", sagt Elisabeth Käsemann und lächelt mich traurig an. Sie sitzt neben mir und versucht, ihren Sand in ihren Händen zu behalten, aber ihr Sand entrinnt ihren Händen.

Die Düne, auf der wir sitzen, wächst unter uns zu einem riesigen Berg. Das Meer vor mir wird immer kleiner. Wir wachsen dem Himmel entgegen.

„Lass noch kein Gras über mir wachsen, Frieda", sagt sie und steht auf und streckt mir ihre leere Hand entgegen.

„Komm mit", sagt sie und nimmt meine Hand und ich komme mit. Hand in Hand rutschen wir den Himalaya aus Sand hinab und landen direkt unten auf LOS.

Elisabeth zieht zwei Würfel aus ihrer Tasche und lässt sie über das Spielfeld kullern – es wird eine Drei.

Ohne Geld in den Taschen wandern wir in die Turmstraße. Hier wohnen die Ärmsten von Buenos Aires und hier wohnt auch sie.

Ich betrachte die Armut und gehe weiter mit ihr – dorthin, wohin uns die Würfel führen. Von der Elisenstraße biegen wir in die Hafenstraße und gehen am Elektrizitätswerk vorbei. Nach der Berlinerstraße überqueren wir einen riesigen Parkplatz und kommen auf den Opernplatz.

Die Wohngebiete werden immer besser, die Häuser gepflegter, die Gärten größer. Wir gehen immer weiter und weiter.

Noch einmal lässt Elisbeth die Würfel rollen. Das Klappern der Würfel auf dem Spielbrett klingt wie eine Gewehrsalve. Ein Mann kommt uns entgegen. Im Vorübergehen sagt er: „Alea iacta est!" Der Mann und der Satz kommen mir bekannt vor.

Wir schlendern am Hauptbahnhof vorbei und stellen uns auf das Ereignisfeld, so, wie die Würfel gefallen sind. Vor uns liegen die Parkstraße und die Schlossallee.

Elisabeth zieht eine Karte.

GEH IN DAS GEFÄNGNIS! BEGIB DICH DIREKT DORT HIN!

Damit sie sich an die Regeln hält, stürmen mehrere schwer bewaffnete und vermummte Polizisten aus der Schlossallee auf uns zu.

Sie packen Elisabeth und zerren sie mit sich.

Niemand beachtet mich. Ich gehe hinterher. Wir gehen zum Gefängnis, durch dessen Türen ich unbemerkt schlüpfen kann.

Elisabeth wird in die Mitte eines großen Platzes im Inneren des Gefängnisses gebracht. Ringsherum stehen gemütliche Sitzgruppen. In Anzüge gekleidete Herren sitzen dort.

Gequält von Strom- und anderen Schlägen schreit Elisabeth. Die Herren scheinen irgendetwas zu spielen und beachten die Schreie nicht.

Ich trete näher an einen der Tische. Einige der Gesichter kommen mir bekannt vor.

Panzer, U-Boote und ein Atomkraftwerk stehen auf dem Tisch. Gewaltige Geldbündel liegen daneben. Die Herren platzieren ihre Einsätze.

„Nichts geht mehr!", schreit Elisabeth und stirbt im Kugelhagel.

Caesar steht mir gegenüber. Er sieht mich an. Eine strenge Falte zieht sich über seine Stirn.

„Jetzt ist der Rubikon überschritten!", sagt er und löst sich vor meinen Augen auf.

Mühsam öffnete Frieda die Augen. Über ihr ertönte ein zufriedenes „Krok!" Muninn schaute aus den Zweigen der Fichte auf sie hinab.

„Elisabeth Käsemann", flüsterte Frieda. Auf gar keinen Fall wollte sie diesen Namen vergessen. Und auch an den Traum wollte sie sich erinnern, der jetzt, ganz anders als viele andere Träume, so klar in ihrem Kopf war. Sie stemmte sich hoch und verließ das behagliche Baumzelt.

„Elisabeth Käsemann, Elisabeth Käsemann", murmelte sie und lief eilig über die Lichtung, kletterte die Böschung zum Bächlein hinab, auf der anderen Seite wieder empor und schnell den Pfad bis zum Brombeergebüsch. Vorsichtig bog sie die Ranken beiseite und schlängelte sich hindurch.

Frieda folgte den Kurven des Weges in Richtung Dorf und bog, nachdem sie den Wald beim Parkplatz verlassen hatte, in den Grasweg, der zu der Wiese führte, auf dem ihr alter Bauwagen stand.

Auf dem schmalen Holztisch im Inneren lag ihr Handy, das sie dort absichtlich liegen gelassen hatte.

„Elisabeth Käsemann", sagte sie vor sich hin und tippte die Buchstaben bei Google ein.

„Elisabeth Käsemann ist eines der bekanntesten deutschen Opfer der argentinischen Militärdiktatur", las sie und sie las weiter: „Sie wurde als Gegnerin der Diktatur, die sich aktiv für eine soziale Revolution einsetzte, in ein Geheimgefängnis verschleppt, zweieinhalb Monate unter schwerer Folter verhört und schließlich ermordet."

Die deutsche Menschenrechtsorganisation „Koalition gegen Straflosigkeit in Argentinien" schrieb innerhalb des Textes: „Ein lukratives Atomgeschäft und Waffenverkäufe in großem Umfang ließen die Politiker und führenden Wirtschaftskräfte in der Bundesrepublik darüber hinwegsehen, dass in Argentinien Menschen „verschwanden". Mit der Militärdiktatur wurden „freundschaftliche Beziehungen" gepflegt, um die, teils durch Bundesanleihen abgesicherten, Geschäfte der bundesdeutschen Privatwirtschaft nicht zu gefährden."

Frieda stöhnte auf. Das war weniger ein Traum, als eine Erinnerung, die sie nicht haben konnte. Sie hatte den Namen Elisabeth Käsemann vorher noch nie gehört.

Gewaltiger Gott! Bei der schrecklichen Hel: Da verschachern die ganzen Christenmenschen das arme Mädchen und ihren Gott und Glauben noch dazu. Allvater! Für einen Sack mit Talern haben sie das Mädchen über die Klinge springen lassen. Rabengott! Du bist der Wahre! Du bist das Gedächtnis und der Gedanke!"

Anders war das mit Caesar, den sie in ihrem Traum erkannt hatte. Aber warum sagte er: „Jetzt ist der Rubikon überschritten?"

Erneut tippte sie in ihr Handy. Caesar hatte mit seinen Truppen den Fluss Rubikon überschritten, in dessen Folge es zu einem Bürgerkrieg kam und Caesar die Macht im Römischen Reich übernahm. Als Alleinherrscher und Diktator!

Sie griff nach ihren Zigaretten und stieg aus dem engen Bauwagen. Sie wunderte sich nicht – sie wollte verstehen. Seit Hugo zu ihr gekommen war, hatte sie aufgehört sich zu wundern und begonnen nachzudenken.

6.

Ich wende meine Aufmerksamkeit dem zu, den der sehr Weise Pastor genannt hat. Die Frau Frieda läuft auf der Wiese hin und her und raucht. Das ist etwas, woran der Wünscherfüller auch hätte denken können: Mir etwas zu rauchen zu geben!

Pastor saß vor dem Ofen und frühstückte. Er dachte an das erste gemeinsame Frühstück von Frieda und Hugo. Das war hier gewesen. Wie traurig, dass er jetzt alleine hier saß. Viel lieber hätte er mit den beiden zusammen gegessen. Welch eine Perspektive auf die Vergangenheit. Er musste Frieda finden.

Beiläufig wischte er ein paar Krümel vom Tisch und stellte den Käse zurück in den Kühlschrank. Er würde mit dem Hügelgrab beginnen.

Pastor ging in den Vorraum der Küche und griff nach seinen Schuhen, die er zu Friedas Schuhen ins Regal gestellt hatte. Er stöhnte leise, als er sich herabbeugte, um die Schnürsenkel zu binden.

Der Wind stupste ihn an, als wolle er ihm die richtige Richtung zeigen. Pastor schritt auf das Gartentor zu und hindurch und bog nach links in den kleinen bunten Herbstwald. Genau wie Frieda es beschrieben hatte, führte ein Pfad am inneren Waldrand entlang, dem er eilig folgte. Kurze Zeit später sah er den mächtigen Hügel vor sich und horchte in sich hinein, ob auch er etwas „hören" oder spüren würde. Frieda hatte erzählt, dass der Hügel eine gewisse Magie auf sie ausgestrahlt hätte. Sie hatte gespürt, dass er nicht betreten werden wollte. Ein Gefühl, dass sie ihrem eigenen Respekt vor dem Grabhügel zuschrieb. Bis sie es besser wusste!

Enttäuscht hörte und spürte er nur sein eigenes Herz aufgeregt pochen. Hugos Grab! Er stand direkt davor und blickte hinauf. Die Buchen auf dem Hügel standen schon viele Jahre dort. Prüfend schaute er die anderen Bäume in der Umgebung an. Nein! Sie unterschieden sich nicht. Es waren Buchen. Einige von ihnen hatten bereits ihre größte Blätterlast zu Boden schweben lassen. Dort raschelte sie unter seinen Füßen. Vorsichtig trat er noch etwas näher. Er bückte sich und streichelte sanft über die feuchte Erde. Gleichzeitig schalt er sich selbst albern. Hugo würde er hier nicht finden und Hinweise auf Frieda auch nicht. Oder doch? Er ging langsam um den Hügel herum. Ein mächtiger Bau. Dann stieg er zögernd hinauf. Auf der Spitze fand er eine kleine Kuhle. Ob das die Stelle war, an der Frieda gegraben hatte? Pastor hockte sich hin. Den Rücken an eine der Buchen gelehnt, versuchte er, eine innere Stimme zu hören, die ihm sagte, was er tun könnte. Stille umgab ihn. Eine Stille, die wohltuend sein könnte, wenn sie nicht so unbefriedigend wäre.

Langsam erhob er sich wieder und stieg den Hügel vorsichtig hinab. Er ging den Pfad zurück, auf dem Frieda Hugo nach Hause geführt und Angst gehabt hatte, seine Hand könne so kalt wie die eines Toten sein, als sie nach seiner griff.

Seine Hände waren kalt. Er schob sie in die Jackentaschen und zog die Schultern hoch. Das Beste würde es sein, jetzt erst einmal Äpfel zu sammeln und zu entsaften. Vielleicht würde es ihn zu Frieda führen, wenn er tat, was sie getan hatte.

Etwas munterer als vorher durchschritt er die weiße Gartenpforte und achtete darauf, sie ordentlich hinter sich zu schließen. Im Süden des riesigen Gartens sah er den Apfelbaum, unter dem Hugo und Frieda so gerne gesessen hatten. Heruntergefallene Äpfel leuchteten ihm entgegen. Pastor stopfte sich die Taschen voll.

„Herr von Ribbeck auf Ribbeck im Havelland", summte er. Und etwas später: „Junge, wiste 'ne Beer?"

Seine Birnen waren Äpfel und ein Junge war er auch nicht mehr. Aber der Alte von Ribbeck war ein freigiebiger und ein weitsichtiger Mann, der Fürsorge weit über seinen Tod hinaus betrieben hatte. Das gefiel ihm.

„So spendet Segen noch immer die Hand
Des von Ribbeck auf Ribbeck im Havelland",

brummte er und dachte an den gestrigen Abend, als er seine Hände für tatenlos gehalten hatte. Jetzt taten sie etwas und er fühlte sich gut dabei. Er schritt durch das nasse Gras und ging in Friedas kleines Haus, wo er sich die Schuhe auszog und die Küche betrat. In der Küchenhexe glomm noch eine kleine Glut, der er ein Holzstück gab. Dann kramte er die Äpfel aus seinen Taschen und legte sie auf den Tisch. Suchend sah er sich um. In einem der Schränke würde der Entsafter stehen.

Ein paar Türe öffnen später hatte er ihn gefunden und auf die Küchenhexe gestellt. Er setzte sich so, wie Frieda ihm erzählt hatte, wie sie gesessen hatte, als plötzlich die Tür aufging und Hugo, mit drohend erhobenem Schwert, hineingestürmt kam.

Vor ihm lagen die Äpfel, die er in kleine Stücke schnitt. Sie dufteten. Verführerisch, dachte er und ließ das Messer sinken, um sich den mit den rotesten Wangen zu nehmen. Voll Freude biss er hinein. Süß. Und sauer. Und saftig! Noch einmal biss er hinein und kaute den Apfel.

„Ich Dummkopf", lachte er plötzlich. Frieda hatte ihm so vieles erzählt. Und er hatte alles aufgeschrieben. Und danach nie wieder in seine Aufzeichnungen gesehen.

„Da war doch dieser Mann", fiel ihm ein. Der Mann, den Frieda gesucht hatte und deshalb nach Angeln gekommen war. Er wusste, dass er etwas über diesen Mann notiert hatte – irgendwo in seinen Notizen stand etwas über ihn. Rasch biss er noch einmal in seinen Apfel, bevor er aufstand und in das Schlafzimmer ging. Daran hatte er gedacht. Er hatte seine Aufzeichnungen mitgenommen. Nicht, um sie zu lesen. Er hatte auf eine Fortsetzung gehofft. Vielleicht fand er den Schlüssel zu einer Fortsetzung in dem, was er schon wusste. Eilig zog er den Stapel Papier unter der wenigen Kleidung hervor, die er mitgenommen hatte.

Mit seinen eigenen Worten in der Hand sank er auf den Küchenstuhl zurück.

„„Das kann nicht wahr sein, das kann alles nicht wahr sein", höre ich mich selbst stöhnen", las er seine eigenen Worte und erinnerte sich an das Gefühl, das er hatte, als Frieda gegangen war und ihn mit dieser Unglaublichkeit zurückgelassen hatte. Er versank in dieser Geschichte, die nicht die seine war und es nun doch wurde. Er selbst hatte sich zu einem Teil davon gemacht. Machte es noch. Konnte nicht anders, als es immer mehr zu seiner Geschichte zu machen.

Pastor las und las. Als es bereits kühl in der Küche wurde, weil das Feuer fast nur noch Asche war, las er:

„„Brot und Spiele meinst du?", ergriff Frieda das erste Mal das Wort und verstummte gleich wieder, weil sie an einen vergangenen Sommer und Gespräche mit Ben denken musste, Ben, wegen dem sie ihre Apfelplantage verkauft hatte und nach Norddeutschland gezogen war. Ben, der verschwunden war und nun wieder in ihren Gedanken auftauchte, an dem Tag, an dem sie ihre Freundin glücklich um deren Hilfe bei der Organisation ihrer Hochzeit mit Hugo bitten wollte."

„Ben!", sagte Pastor. Jetzt erinnerte er sich daran, dass Frieda ihm erzählt hatte, dass sie die plötzlichen Gedanken an Ben beschämt und verwirrt hatten. Er hatte sie beruhigt, indem er ihr erzählte, wie viele zukünftige Brautleute sich mit solchen Erinnerungen an ihn wandten – gewandt hatten. Er hatte gekündigt.

Frieda war wegen dieses Bens nach Norddeutschland gekommen. Ben! Ein Mann, der wissen musste, woher Frieda gekommen war. Schließlich hatten sie sich in ihrer alten Heimat kennengelernt.

„Und wie finde ich nun diesen Ben, den Frieda nicht gefunden hat?", murmelte Pastor vor sich hin. Er griff nach seiner Pfeife.

Niemand hatte einen Ben gekannt, der auf ihre Beschreibung passte, hatte Frieda ihm noch erzählt.

„Ben Niemand", quoll plötzlich der Name mit dem Rauch seiner Pfeife aus seinem Mund. Der Name war Ben Niemand. Diesen Mann hatte Frieda gesucht und nicht gefunden – stattdessen hatte sie Hugo gefunden oder er sie.

Zufrieden blies Pastor in die Asche, jetzt hatte er Lust auf Apfelsaft!

Oh, schlecht Sehender, einst gabst du dein Leben, um in den Besitz der Runen zu gelangen und nun soll ich dir ein Epos schreiben. Du, der sehr Weise, weißt um die Macht des geschriebenen Wortes.
Und ich weiß, wo dieser Ben Niemand steckt, den alle suchen und ihm hinterherjammern. Er jammert selbst einmal wieder!

Ben dachte an seine Zeit unter der Fichte, während seine Hände sich in die Fensterbank krallten. Tränen liefen über seine Wangen. Und er dachte an Eva, die ihn so mutig in ihr Leben gelassen hatte.

Obwohl sie sich in der Psychiatrie viel Mühe mit ihm gegeben hatten, war sein Leben erloschen. Er existierte, er vegetierte – irgendwie. Leben erinnerte er sich, zu leben war ganz anders.

Leben bedeutete, neugierig zu sein. Er gähnte.

7.

Frieda dachte an Ben. Ben, für den sie die Freiheit ihres Bauwagens aufgegeben und ein Haus gekauft hatte. Ben, der in der Nacht nach dem Unterzeichnen des Kaufvertrags spurlos verschwunden war. Ben, den sie in seiner Heimat in Norddeutschland gesucht und dabei Hugo gefunden hatte. Hugo, der genauso spurlos verschwunden war wie Ben.

Warum war sie hierher zurückgekehrt? In eine fremdgewordene Heimat. Sie bewunderte die Schönheit der Berge und sehnte sich nach dem Rufen der Möwen und nach dem Wind, der sich immer anders anfühlte als sonst irgendwo. Wie konnte sich Vertrautes nur so fremd anfühlen?

War Argentinien Elisabeth Käsemanns Heimat? Waren der Geruch und die Geräusche von Buenos Aires ihre Heimat geworden? Hatte sie sich fremd gefühlt, wenn sie nach Tübingen oder Berlin zu Besuch kam? Warum dachte sie jetzt an Elisabeth Käsemann?

Sie hatte die ganze schlaflose Nacht an Elisabeth gedacht, die ihre Hand genommen und sie nach Monopoly geführt hatte. In ein Spiel, dessen Ziel es ist, ein eigenes Imperium aufzubauen und andere Spieler zu ruinieren. Monopoly hatte Elisabeth Käsemann nicht ruiniert. Es hatte sie getötet. Frieda raufte sich die Haare und wischte über ihr müdes Gesicht. Sie dachte an den Raben, der mit hängendem Flügel vor ihr her gehüpft war. Was wollte dieser Rabe von ihr? Während sie sich schlaflos in ihrem Bett gewälzt hatte, hatte sie den Druck von Elisabeths Hand auf ihrer gespürt. Elisabeth hatte sie sehr fest an der Hand genommen. Sie dachte an Hugos Hand, von der sie angenommen hatte, sie könne sich kalt und tot anfühlen. Warm und fest war sie gewesen. So warm und fest wie Elisabeths Hand, die ja auch kalt sein müsste…und tot.

Vielleicht war Ben inzwischen auch tot. Sie hatte ja offensichtlich ein Händchen für Tote. Frieda betrachtete ihre Hände.

Plötzlich wusste sie, was sie störte. Es war das Zurück! Nicht heim, sondern zurück.

Ob Elisabeth auch nicht zurück gemocht hatte? Wieder betrachtete sie ihre Hände. Zurzeit waren es tatenlose Hände. Das störte sie auch. Sie gähnte und blickte auf. Vor ihr auf der Wiese hockte der Rabe. Einladend schlug er mit den Flügeln.

„Soll ich dir wieder hinterherlaufen?", fragte sie ihn. Der Rabe schlug mit den Flügeln.

„Na gut!", sagte sie, „was soll ich auch sonst tun?"

Frieda stieg in ihren Bauwagen und nahm sich zwei Bananen. Dann kam sie wieder hinaus und schloss die Tür hinter sich.

Ihre Füße hinterließen eine dunkle Spur in dem morgendlich nassen Gras, als sie sich auf den Weg machte, den ihr der Rabe zeigen würde und den sie bereits kannte. Sie ging den Weg zur Kummerkurve, betrachtete Blechdosen, Zigarettenschachteln und Hundekottüten, die ihren Weg säumten, ohne sie wirklich zu sehen.

„Was willst du mir heute sagen, Elisabeth?", murmelte sie in Gedanken versunken, während sie Kehre um Kehre nach oben stieg.

Sie wollte an Hugo denken und dachte an Ben. Sie wollte von Hugo träumen und träumte von Elisabeth.

Frieda bog zur Bank ab und bog die Brombeerranken beiseite, ohne nach dem Raben zu schauen. Sie wusste, dass er dort war, sie beobachtete und begleitete. Sie wusste auch, dass sie hierher gehen musste. Nur warum? Das wusste sie nicht!

Gehorsam lief sie den Wildwechsel entlang, kletterte die Böschung hinab, trank aus der hohlen Hand einen Schluck Wasser und kletterte die Böschung, nachdem sie über das Bächlein gesprungen war, auf der anderen Seite wieder hinauf. Sie trat auf die kleine Lichtung, die heute Morgen im Sonnenschein lag und ging zur Fichte.

Sanft zog sie die Zweige auseinander und betrat das Innere, das ihr heute so feierlich erschien wie eine Kathedrale. Schon als sie sich setzte, mit dem Rücken an den Stamm gelehnt, fielen ihre Augen zu und sie ließ sich in ihren Traum gleiten.

Am Flughafen buche ich einen Flug nach Kinshasa und wandere mit meiner kleinen Tasche durch die endlosen Flure bis zum richtigen Gate.

Am Schalter wird mein Ticket kontrolliert.

„Halt!", sagt plötzlich eine strenge Stimme.

„Sie haben keinen Mundschutz. So geht das nicht!"

Ich ziehe meine 27 Kreditkarten aus der Tasche und halte sie mir vor Mund und Nase.

„Ich bin die Frau vom Gates", sage ich sicherheitshalber noch.

„Oh!", sagt die Stimme ganz freundlich.

„Möchten Sie nicht lieber in einem Privatjet reisen, Frau vom Gates?"

„Nein!", antworte ich. „Das möchte ich nicht!"

Im Flugzeug sitze ich neben Mark Twain. Er erzählt mir, dass er nach Leopoldsville fliegt, um dort König Leopolds Selbstgespräch zu belauschen und niederzuschreiben.

„Möchtest du mich heute Abend begleiten, Frieda?", fragt mich Mark. „Ich gehe zu einem Fest der Internationalen Afrika - Gesellschaft, einer wissenschaftlich - philantropischen Organisation."

Da ich vergessen habe, warum ich in den Kongo fliege und deswegen auch nichts vorhabe, nehme ich Marks Einladung gerne an.

Vom Flughafen fahren wir in einer offenen Kutsche direkt zu dem historischen Bauwerk der American Baptiste Missionary Society. Von überall rollen weitere Kutschen heran und sehr festlich gekleidete Menschen steigen aus und verschwinden in dem Gebäude.

Mark und ich folgen den anderen und kommen in einen großen Saal. Dort sitzen an prachtvoll gedeckten Tischen schon viele Menschen.

An einem kleinen Tisch sehe ich Patrice Lumumba sitzen, der mir fröhlich zuwinkt, als er mich erkennt.

„Komm, Mark", zupfe ich an seinem Ärmel, „wir setzen uns zu Patrice."

Ich stelle die beiden aneinander vor und dann nehmen wir an dem kleinen Tisch Platz.

Plötzlich wird es mucksmäuschen still. Ein Fanfarenstoß ertönt und eine gewaltige Doppeltür wird an der Stirnseite des Saals geöffnet.

Zwölf Kongolesen ziehen ein kolossales Reiterdenkmal hinter sich her und schieben es unter dem frenetischen Applaus der Anwesenden in den Saal.

„Leopold II", erklärt mir Mark.

„Sonst steht er in Brüssel herum", ergänzt Patrice.

Leopold II räuspert sich und beginnt dann mit einer etwas rostiger Stimme, die zunehmend metallischer klingt, seine Begrüßung der Gäste – er selbst und sein Ross bleiben völlig reglos:

„Liebe und hochverehrte Anwesende,

ich, Leopold II von Belgien, begrüße Sie zu unserer internationalen geografischen Konferenz, um mit Ihnen über unseren Kreuzzug des Fortschritts für die Entwicklung Afrikas und unseren philantropischen Interessen daran zu diskutieren."

Mark hat seinen Notizblock gezückt und schreibt mit fliegenden Fingern auf, was der König der Belgier erzählt.

Der spricht aber nicht lange, weil wir zuerst ein Festmahl zu uns nehmen sollen, weil es sich gesättigt sich doch besser unterhalten lässt.

Erneut schwingen die riesigen Flügeltüren auf und tausende kongolesischer Kinder hinken auf Krücken gestützt in den Saal. Andere haben nur Armstumpfe, auf denen sie riesige Schüsseln balancieren.

„In Zaire, in Zaire", intonieren sie, während sie zu uns an die Tische humpeln, um ihre Last dort abzulegen.

Einige der kleinen, monoton singenden Gestalten schwanken auch an unseren Tisch.

In den Schüsseln befinden sich, säuberlich voneinander getrennt, zarte schwarze Füßchen und Händchen.

Ich sehe, dass es die abgehackten Gliedmaße der Kinder vor uns sind, die sie uns opfern müssen.

Mark schreibt.

„Sie sind gestorben wie die Fliegen", sagt Patrice Lumumba.

Ich kratze an dem engen Kautschukreif um meinen Hals.

„Das sind die Kongogräueln", ergänzt Patrice noch in einem Tonfall, als sage er: „Das sind Königsberger Klopse." Und ergänzt noch einmal: „Die hat der Leopold angerichtet!"

Plötzlich fällt mir wieder ein, warum ich in den Kongo geflogen bin.

Ich wühle in meiner Tasche herum und ziehe die 27 Kreditkarten heraus.

„Das wollte ich dir noch geben", sage ich und reiche Patrice eine der Karten. Jetzt sehe ich zum ersten Mal, dass dort, wo sonst American Express oder Visa steht, ein Foto ist. Obwohl es winzig ist, sehe ich einen Mann, der auf eine kleine abgehackte Hand und ein abgehacktes Füßchen schaut, die vor ihm liegen.

Patrice freut sich. Mark schreibt. Ich weine.

Grausamer! Ist der Wolf von der Kette? Gieriger und mörderischer könnte Fenrir nicht sein!

Weinend schlug Frieda die Augen auf und sah direkt in die Augen des Raben, der vor ihr auf einem Ast wippte.

„Was willst du von mir?", schluchzte sie und versuchte das Bild vor ihrem inneren Auge zu verdrängen, das sie nur geträumt hatte und das dennoch auf ihre Netzhaut tätowiert schien.

Ein Vater, der auf das abgehackte Händchen und Füßchen seines Kindes starrt.

„Schrecklicher und gewaltiger Gott, was sind das für Bilder, die du uns zeigst?

„Krok", sagte Muninn. Dann schob er sich durch die Fichtenzweige und flatterte davon. Frieda riss plötzlich ihre Hände empor und schaute sie an. Sie waren noch da. Älter als ihr Gesicht, aber da!

Frieda überlegte, was sie mit ihren Händen schon alles getan hatte. Sie hatte viel getan.

Mühsam rappelte sie sich auf und taumelte aus der Baum - Kathedrale.

„Mark Twain", sagte sie. „Kongogräuel. Patrice Lumumba. Leopold II." Dabei rieb sie ihre Hände aneinander.

Sie taumelte über die Lichtung und die Böschung hinab. „Mark Twain, Kongogräuel, Patrice Lumumba. Leopold II."

Mit tränenblinden Augen suchte sie ihren Pfad durch die Brombeeren und den Weg zu ihrem Bauwagen zurück. Gestern wollte sie unbedingt nachlesen, ob es eine Elisabeth Käsemann gegeben hatte.

Heute wollte sie am liebsten gar nichts nachlesen, aber sie musste! Mark Twain kannte sie: Tom Sawyer und Huckleberry Finn. Was hatte er im Kongo zu suchen?

Mit Mark Twain würde sie beginnen. Mark Twain hatte Jugendbücher geschrieben.

Müde erreichte sie ihren Bauwagen und schloss die Türe auf. Ihr Handy hatte sie genau dort liegen lassen, wo sie es auch gestern gelassen hatte. Schnell griff sie danach. Was hatte Mark gesagt? Er wolle König Leopolds Selbstgespräche belauschen. Führte König Leopold Selbstgespräche?

Sie googelte: König Leopolds Selbstgespräche.

„Die zur Lenkung der Öffentlichkeit auf die Kongogräuel verfasste Streitschrift ist eine Vermengung von Zeugenaussagen, Missionarsberichten, Statistiken und Zeitungsmeldungen, über die sich der den Kongo-Freistaat beherrschende **Leopold II** in einem fiktiven Monolog ärgert. Twain forderte schließlich einen internationalen Gerichtshof, der Leopold wegen seiner Verbrechen zum Tode durch Hängen verurteilen solle", las sie bei Wikipedia.

Okay. Es gab also noch einen anderen Mark Twain, als den, der Tom Sawyer Streiche spielen ließ. Sie hatte den anderen getroffen.

Kongogräuel tippte sie als nächstes ein. Sie las und las und dann las sie über die Hände, über die Füße und über die Nasen:

„Ein anderes häufig angewandtes Zwangsinstrument war das Abhacken (die brutale Amputation) der Hände. Die *Force Publique* bestand aus Schwarzen – nur die Offiziere waren Europäer. Damit die Soldaten mit ihrer Munition nicht auf die Jagd gingen oder sie etwa für einen Aufstand zurückbehielten, musste genau Rechenschaft für jede abgeschossene Patrone gegeben werden. Dies wurde durch die Formel „Für jede Kugel eine rechte Hand" 'gelöst': Für jede Kugel, die abgeschossen wurde, mussten die Infanteristen den von ihnen Getöteten die rechte Hand abtrennen und sie als Beweis vorlegen. Oftmals wurden Lebenden die Hände abgehackt, um verschossene Munition zu erklären. Die Hände wurden geräuchert, um sie länger haltbar zu machen, da es lange dauern konnte, bis ein weißer Vorgesetzter die Anzahl der Hände kontrollieren konnte. Teilweise wurden an Stelle von Händen auch Nasen eingefordert, um die Arbeitskraft der versklavten Bevölkerung nicht zu schwächen."

Ihre Nase juckte. Sie dachte an Patrice Lumumba. Ob sie das jetzt auch noch lesen sollte, lesen wollte?

„Erster Ministerpräsident der in die Freiheit entlassenen jungen Republik (Kongo)", las sie und las etwas weiter unten einen Teil seiner Rede anlässlich der Unabhängigkeitsfeier:

„[…] erniedrigender Sklaverei, die uns mit Gewalt auferlegt wurde. […] Wir haben zermürbende Arbeit kennengelernt und mussten sie für einen Lohn erbringen, der es uns nicht gestattete, den Hunger zu vertreiben, uns zu kleiden oder in anständigen Verhältnissen zu wohnen oder unsere Kinder als geliebte Wesen großzuziehen. […] Wir kennen Spott, Beleidigungen, Schläge, die morgens, mittags und nachts unablässig ausgeteilt wurden, weil wir *Neger* waren. […] Wir haben erlebt, wie unser Land im Namen von angeblich rechtmäßigen Gesetzen aufgeteilt wurde, die tatsächlich nur besagen, dass das Recht mit dem Stärkeren ist. […] Wir werden die Massaker nicht vergessen, in denen so viele umgekommen sind, und ebenso wenig die Zellen, in die jene geworfen wurden, die sich einem Regime der Unterdrückung und Ausbeutung nicht unterwerfen wollten."

Und sie las weiter:

"Am 17. Januar 1961 wurden Patrice Lumumba und seine zwei Getreuen von katangischen Soldaten unter belgischem Kommando erschossen und zunächst an Ort und Stelle vergraben. Um die Tat zu vertuschen, wurden die Leichen wenige Tage später exhumiert. Lumumbas Leichnam wurde zerteilt, mit **Batteriesäule** aufgelöst, die von einer belgischen Minengesellschaft bereitgestellt worden war, und seine letzten sterblichen Überreste schließlich verbrannt."

Und weiter:

„Ältere Untersuchungen waren zu dem Ergebnis gekommen, dass die Tötung Lumumbas direkt von den Regierungen Belgiens und der USA angeordnet und vom amerikanischen Geheimdienst CIA und örtlichen, von Brüssel finanzierten Helfern ausgeführt wurde."

Frieda mochte nicht mehr weiterlesen. Sie dachte an die vielen „Toten Tanten", die sie im Norden getrunken hatte und die in anderen Regionen „Lumumba" hießen. Heißer Kakao mit Rum und etwas Sahne.

Mir ist egal, wie das heißt, aber so etwas würde ich jetzt auch gerne trinken. Der Lumumba sitzt bestimmt in Walhalla und trinkt nun Met. Ach, und etwas zu rauchen.

Der Wahre und Weise macht keine Unterschiede, wem er eines der 540 Tore nach Walhalla öffnet, wenn es um den Glauben geht.

Vielleicht trinke ich eines Tages mit diesem Lumumba Met und mit der Frau Elisabeth.

„Du wirst dich wundern, Snorri Sturluson", sagt plötzlich eine Stimme hinter mir, „wen du alles in Walhalla treffen wirst."

Natürlich erkenne ich die Stimme des Beliebten sofort und drehe mich um.

Der Tüchtige steht hinter mir und hält zwei mächtige Becher Met in seinen Händen, unter dem Schlapphut funkelt sein Auge.

„Der Missionar auf Island, der mich das Christentum lehrte, lehrte mich, dass es eine Religion der Liebe sei", versuche ich etwas verlegen dem Allvater zu erklären, wie ich abtrünnig wurde.

Der Mächtige lacht sein mächtiges Lachen.

„Snorri", sagt er, nachdem er sich und mich ausgelacht hat, „ich bin selbst abtrünnig geworden. Glaube ist nicht Glaube, sondern Politik. Du weißt, welche Schmerzen ich erlitt, um an die Runen zu gelangen. Die Runen waren mein Geschenk an die Menschen. Zum Christentum aber gehören die lateinische Schrift und das geschriebene Buch. Das ist Macht, denn es ermöglicht die Bewahrung und Übertragung von Wissen. *Information is power*", sagt der Zauberer und nimmt einen gewaltigen Schluck Met aus seinem Humpen. Gierig starre ich ihn an. „Ach ja", sagt er und reicht mir den anderen Humpen. Ausgedörrt stürze ich mich darauf und spüre, wie mein Adamsapfel vor Freude auf- und nieder hüpft.

„Die Macht des Wissens, die wir durch die lateinische Schrift errangen, hatte einen hohen Preis", fuhr der mächtige Redner fort und kramte beiläufig einen Beutel mit Tabak aus seinem verschlissenen Gewand, „ihr, also die Menschen, habt Freundschaft mit uns gehalten und frei gelebt. Das Christentum brachte euch nun aber die Sünde, sogar die Erbsünde, mit der ihr alle in Gottes Schuld steht. Und die Furcht vor der Sünde ist die Macht der Kirche. Alle Macht, die ihr Freien jemals hattet, gehörten nun dem König und der Kirche[1]." Der geübte Verführer rollt sich eine Zigarette und steckt sie vor meinen Augen an. Der Duft des Tabaks wabert in meine Nase, die sich sehnsüchtig weitet.

„Snorri, die Ehrlichen streben nicht nach Macht, sondern nach Wissen", sagt er, drückt mir die Zigarette und den Tabak in die Hand und geht Bifröst hinauf in Richtung Walhalla.

8.

„Ben Niemand", murmelte Pastor vor sich hin, während er durch Friedas Garten lief, die Hände in den Taschen, das Gesicht im Wind.

Der größte Teil des Gartens war nicht bewirtschaftet. Frieda und Hugo hatten aus der Last eine Tugend gemacht und ihn der Natur überlassen. Frieda hatte etwas nachgeholfen, indem sie Sonnenblumen ausgesät und Büsche, die Beeren trugen und deren Namen er nicht kannte, angepflanzt hatte. Überall um ihn herum pickten und flatterten Vögel. Die letzten Sonnenblumen nickten gelbbraun mit hängenden Köpfen.

Er hatte im Telefonbuch nachgesehen. Bei Google nachgesehen. Da gab es einen Ben Niemand in Südafrika. Ob das der Ben Niemand war, den Frieda gesucht hatte? Pastor stolperte über einen Maulwurfshaufen. Auch davon gab es hier viele. Der Wind wischte das bisschen Wärme der Sonnenstrahlen aus seinem Gesicht. Pastor drehte sich um und blickte zu Friedas Haus. Warm und gemütlich sah es aus und ein wenig verlassen, obwohl es aus dem Schornstein qualmte.

„Das Laub muss weg", erkannte er. Bewegung würde ihm guttun. Langsam und vorsichtig ging er durch das hohe Gras des unbewirtschafteten Gartenteils zum Schuppen neben der Garage. Er wusste, dass er dort alles finden würde, was er brauchte. Handschuhe, Schubkarre, Laubrechen.

Er zog die Karre hinaus, schlüpfte in die Handschuhe und machte sich vergnügt an die Arbeit. Gleichzeitig überlegte er, was er sich heute zu essen machen würde. Er bemerkte jetzt schon den Hunger, der sich in seinen Magen schlich.

Er würde Friedas Gefrierschrank durchsuchen, beschloss er und schaute auf, zu betrachten, was er geleistet hatte. Ziemlich wenig. Er brauchte ein System. Sogar zum Laub harken brauchte man ein System. Pastor teilte sich den Garten in einzelne Parzellen auf, die er nach und nach vom Laub befreien wollte. Jede Parzelle war ein Erfolgserlebnis. Noch zwei Parzellen vor dem Mittagessen, beschloss er. Und bückte sich, um den Laubhaufen in die Karre zu befördern. Dieser Teil der Arbeit machte wenig Freude bemerkte er, besonders, wenn der Wind mitspielen wollte oder das Laub aus seinen Armen neben der Karre wieder zu Boden fiel.

Gleichmäßig zog er den Rechen durch das Laub. Er war unter dem Apfelbaum angekommen, dem Baum, in dessen Schatten Frieda und Hugo so viele gute gemeinsame Stunden verbracht hatten. Pastor hielt inne und betrachtete den Baum, der sich an seiner Westseite mit einer Schicht Moos bekleidet hatte. An einigen Ästen hingen einzelne Äpfel, die im Wind sachte hin und herschwangen.

Wie Christbaumkugeln, dachte er. Die Symbiose zweier religiöser Vorstellungen: Im vorchristlichen Glauben symbolisieren die grünen Pflanzen den Sieg des Lebens und Evas Sündenfall wird durch die Äpfel dargestellt. Eva, die Adam verführte, in den Apfel zu beißen und Adam, der dadurch die Erbsünde entstehen ließ.

Er betrachtete das Muster seines systematischen Laubharkens. Das hatte auch ein System, fuhr es ihm plötzlich, mit einem besonders heftigen Windstoß, in den Kopf und er fühlte, dass ihm die Haare zu Berge standen. Eine perfide Idee, dachte er. Eine konstruierte Sünde, mit der sich die Menschheit verknechten lässt. Und ganz besonders tragen die Evas die Last, bereits mit dem Dogma belastet, nur aus Adams Rippe entstanden zu sein, sind sie nun auch die Schuldigen, die ihre Schwäche als dem Manne untertan büßen und kuschen müssen. Pastor dachte an Frieda. Frieda kuschte nicht.

Und er dachte an Hugo, den er nicht kannte, aber dem er gerne viele Fragen gestellt hätte. Dann knurrte sein Magen laut und vernehmlich. Er dachte an Friedas Kühltruhe, lehnte den Rechen an die Karre und ging ins Haus.

Pastor legte ein weiteres Holzscheit in den Ofen und verweilte einen Augenblick, um zu lauschen, wie die Harzblasen in der Hitze platzten und zu sehen, wie die Funken durch die Brennkammer schwirrten. Er fühlte sich wohl. Es war so gemütlich bei Frieda. Irgendwie warm. Nur Frieda fehlte, obwohl er die Ruhe und Suche auch ein wenig genoss.

Neugierig zog er die Tür des Gefrierschranks auf. Zwei Pizzen lagen da. Salamipizza und Salamipizza. Er zuckte leicht mit den Achseln. Na gut – das ging wenigstens schnell. Nachdem er eine Pizza im Ofen verstaut hatte, ging er zum Kühlschrank zurück. Eine Tupperdose stand da noch. Er nahm sie und zog den Deckel ab. Apfelkuchen. Apfelkuchen mit Dänischer Dessertsoße – die hatte er gestern im Gefrierfach entdeckt.

Er stellte den gefrorenen Kuchen neben den Ofen und beobachtete, wie sich die Salami zu bewegen begann, wie der Boden bräunlich wurde - wie ein Gesicht in der Frühlingssonne. Der Unterschied war, dass er nicht rot wurde, sondern dunkelbraun, wenn man nicht aufpasste. Ungesund waren rot und dunkelbraun.

Ich denke Quatsch, dachte er und freute sich auf seine Mahlzeit in Friedas behaglichem Sessel. Nebenbei würde er in seinen Aufzeichnungen lesen – vielleicht fand sich noch einmal eine Spur zu dem verschwundenen Ben Niemand.

Ein paar Minuten später war es endlich soweit. Pastor sank in den Sessel. Die zerkleinerte Pizza lag auf dem Teller neben ihm. Er nahm sich seine Aufzeichnungen und biss von der Pizza ab. Krümelnd blätterte er durch die vielen Seiten, die er selbst geschrieben hatte. Krümelnd verspeiste er auch den Apfelkuchen und trank Kaffee dazu. Von Ben Niemand kein Wort. Es überraschte ihn nicht. Er war sich sicher, dass er sich erinnert hätte, zumindest eine Ahnung gehabt hätte, wo etwas über den Fremden stehen könnte. Stattdessen las er recht viel über den vielen Alkohol, den er in den Tagen, an denen er über Frieda und Hugo schrieb, getrunken hatte. Schließlich war er beinahe am Ende seiner eigenen Geschichte, als er etwas las, das seine Aufmerksamkeit erregte: „Frau Jacobsen ist Hugo immer treu geblieben und er hat sie immer bevorzugt behandelt", erzählte sie dann. „Ich glaube, es war eine Mischung aus schlechtem Gewissen, dass er sie so reingelegt hatte und einer gewissen Anerkennung, dass sie das durchgezogen hat. In den letzten Jahren ist sie die Hauptberichterstatterin geworden."

Frieda rauchte ihre Zigarette sehr genussvoll. Gar nicht so gierig, wie ich erwartet hatte, sondern eher langsam und besonnen. Sie bemerkte, dass ich sie beim Rauchen beobachtete. „Hugo mochte es nicht, wenn ich geraucht habe. Ich habe also nur selten geraucht. Aber in letzter Zeit ist es wieder deutlich mehr geworden." Sie konzentrierte sich wieder auf das, was sie zuletzt erzählt hatte.

„Frau Jacobsen ist natürlich nach Hugos Verschwinden auch bei mir aufgetaucht und wollte ein Interview oder irgendetwas von mir zu diesem Thema. Natürlich wusste sie auch aus den Polizeiakten, dass sie vermuteten, dass ich mehr wüsste oder sogar – in welcher Form auch immer" – Friedas Stimme wurde überraschend tief, als sie das sagte, fast wie ein fernes Donnergrollen und tatsächlich rollte sie das r auf hessische Art „etwas damit zu tun habe. Ich habe ihr gesagt, was der Polizeibeamte zu mir gesagt hatte: Hugo ist wie vom Erdboden verschluckt und ich habe nichts damit zu tun und weiß auch nicht, warum und wohin er gegangen ist."

„Frau Jacobsen", sagte Pastor vor sich hin. „Frau Jacobsen, die neugierige Frau von der Flensburger Zeitung!"

„Frau Jacobsen! Sie werden mir helfen", beschloss er und wusste in diesem Moment endlich, wie es weitergehen, worum er sie bitten würde.

„Ich würde gerne Frau Jacobsen sprechen!", sagte er kurze Zeit später in den Telefonhörer und lauschte ungeduldig dem senilen Gedudel, das ihm die Wartezeit erschwerte.

„Jacobsen!", erklang endlich ihre Stimme.

„Frau Jacobsen, es geht um Hugo. Hugo Hammer. Kommen Sie bitte!", erhöhte Pastor seine Chancen.

„Wohin? Wer sind Sie?", hörte er ihre Stimme atemlos werden. Er erklärte es ihr und wusste, dass sein Aufenthaltsort, der Motor war, der sie ihm gleich bringen würde.

Tatsächlich hörte er sie aufstehen, während sie noch mit ihm sprach.

„In ca. 40 Minuten!", sagte sie und legte auf.

„40 Minuten", frohlockte er. Da passte nichts mehr dazwischen: Zum Auto gehen, nach Niesgrus fahren, vor der Tür stehen – Jacobsen zappelte im Netz!

„Ich glaube, dass Frieda dorthin gegangen ist, wo sie hergekommen ist. Quasi an den Anfang ihrer Geschichte, um die Fäden zu entwirren", erklärte er eine knappe Stunde später der Journalistin, deren rote Flecken am Hals ihm verrieten, wie sehr sie am Haken hing. Vor ihnen dampfte die nächste Kanne Kaffee, die ihn seinen Schlaf kosten würde.

„Frieda sucht Hugo!", resümierte Frau Jacobsen. „Und wir suchen Frieda!", ergänzte er. „Und finden Hugo", strahlte sie. „Vielleicht!", beschwichtigte er.

Frau Jacobsen war in Fahrt. Endlich wieder eine gute Geschichte. Eine Geschichte, von der sie nicht wusste, wie gut sie wirklich war und dennoch vor Aufregung leuchtete.

„Ben Niemand ist unser Fährtenleser. Er ist der Mann, dem Frieda hierher folgte und er ist der Mann, dem wir zu ihr folgen. Ich glaube, sie weiß, wo Hugo Hammer steckt", verkündete Frau Jacobsen die Überzeugung, die sie haben wollte.

Ich weiß auch, wo Hugo ist, dachte Pastor.

„Samstag steht es im Netz und in der Zeitung!", freute sich die Journalistin. „Ich füge meine Telefonnummer bei!"

In diesem Punkt war sie hart geblieben. Eine Spur von Hugo ginge nicht an ihr vorbei und sie verließ sich auch nicht auf seine Komplizenschaft. Falls Ben Niemand sich meldete, würde sie es als Erste wissen. Er wusste, dass er diesen Preis zahlen musste. Frau Jacobsen ging ganz offenkundig davon aus, dass Hugo noch lebte. Oh, Gott – wenn die wüsste, dachte Pastor und überlegte gleichzeitig, wie er sie wieder loswerden würde. Das fehlte gerade noch!

Dieser Mann denkt das, worüber der die Wahrheit Erratende gerade noch mit mir gesprochen hat! Bedauernd spähe ich in meinen Humpen, der mir leider - und viel zu schnell - seinen leeren Boden präsentiert.
Ich gebe zu, inzwischen auch gerne wissen zu wollen, wo dieser Hugo ist, von dem ich nicht weiß, wer er ist oder war. Es ist sehr rätselhaft, dass Frieda und der Pastor offensichtlich wissen, wo Hugo ist. Dennoch sucht der Pastor Frieda. Und Frieda? Warum geht sie nicht zu Hugo, um den sie ständig weinen möchte und die Ruhe dazu nicht findet.
Neugierig und etwas skeptisch wende meinen Blick zu dem, der nun die Fährte zu Frieda aufnehmen soll.

Ben Niemand stand an seinem Fenster und starrte auf die nasse und leere Straße, die er nicht sah. Er fragte sich, ob es Worte gab, die den Schmerz in seiner Seele beschrieben. Ihm fielen keine ein. Er war sprachlos. Konnte man Sprachlosigkeit versprachlichen?
Einst hatte er sich im Wald bei Eva dem Mann, der sich selbst „Johnny Walker" nannte und kein Geheimnis aus seiner Alkoholsucht machte, als „Ich bin niemand" vorgestellt, was Johnny zu Ben Niemand machte. Als Ben Niemand hatte er mit Eva gelebt. Mit einer Lüge.
Wenn man sich als Johnny Walker vorstellte, war man ein Trinker.

Wenn man sich als Ben Niemand vorstellte, war man…Was war man dann? Niemand? Ein Nichts? Ein Nichts, dem keine Worte einfielen, seinen Schmerz zu beschreiben. Ein Nichts ohne Worte. Ein wortloses Nichts. Schmerzende Wortlosigkeit. Wortloser Schmerz: Ben Niemand!

9.

Ich schlendere über die Plaza de Armas in Cusco und bewundere die leuchtenden Farben der Kleidung der Einheimischen.

Vor meinen Augen materialisiert sich ein Mann. Dann steht er da. Auf einem staubigen leeren Platz steht er vor mir und betrachtet mich aus unglaublich schmerzerfüllten und traurigen Augen.

Ich scharre mit meinen weißen Turnschuhen im Sand.

Irgendetwas stimmt nicht mit ihm.

„Frieda", sagt er, „ich habe einen Fehler gemacht!"

Das sieht man, denke ich.

Obwohl er ganz klar akzentuiert vor mir steht, hat er etwas Verschwommenes an sich. Ich kann ihn sehr deutlich sehen und dennoch sind die Farben seines Körpers und seiner Kleidung von einem Grauschleier bedeckt. Seine sehnigen und muskulösen Hände fahren unruhig über seinen Körper.

Es wirkt ein bisschen so, als versuche er eine rutschende Hose festzuhalten, nur, dass es nicht seine Hose ist, die er festhalten muss, sondern seine zerrissenen Gliedmaßen, die ständig auseinander zu fallen drohen, wie ich plötzlich erkenne.

Ich starre auf den anmutigen Tanz seiner Hände.

„Komm mit", sagt er und bleibt stehen und ich folge ihm.

Wir stehen noch immer auf der Plaza de Armas in Cusco.

Nein, stelle ich fest, ich stehe da, umgeben von Tausenden Menschen in seltsamer Kleidung. Die Luft besteht aus Unheil und Leid. Ich atme sie stöhnend vor Schmerz ein und aus.

Alle atmen sie stöhnend vor Schmerz ein und aus. Die Helme der Conquistadores glänzen golden im Sonnenlicht. Vor unseren Augen werden die Gliedmaße Tupac Amarus an vier Pferde gebunden. Dann knallt die Peitsche und die Pferde jagen los.

Plötzlich bin ich wieder mit ihm alleine und beobachte seine Hände.

„Siehst du, Frieda", sagt er, „ich habe einen Fehler gemacht!"

Neben Tupac Amaru II steht ein anderer Mann. Ich betrachte ihn und stelle fest, dass es Tupac Amaru II ist. Irgendetwas ist seltsam an ihm. Immer wieder greift er sich mit den Händen an den Hals oder an den Kopf, den er versucht, auf seinen abgetrennten Körper zu drücken. Seine sehnigen und muskulösen Hände vollführen einen anmutigen, aber verschwommenen Tanz vor meinen Augen.

„Komm mit", sagt er und bleibt stehen und ich folge ihm.

Wieder stehe ich auf der Plaza de Armas in Cusco und höre die Stille des Klagens und Seufzens.

Tupac Amarus II Gliedmaße sind an vier Pferde gebunden. Mit Energie geladen, scharre ich mit den Füßen. Ich schaue auf meine Füße und sehe Hufe. Meine Hufe scharren im Sand.

Schmerzerfüllt zucke ich zusammen, als ich jäh die eisernen Sporen in meinen Flanken und den kräftigen Hieb einer

Gerte auf meinem Hinterteil spüre. Ich bäume mich auf. Schaum fliegt aus meinen Nüstern und meine Mähne sträubt sich. Ich wiehere und stöhne unter der Gewalt meines Reiters. Er peitscht mich. Das Eisen bohrt sich immer tiefer in meine Seiten. Ich blute. Ich tanze und schnaube auf der Stelle. Ich bocke und springe und springe doch nicht voran.

Dann ist es vorbei.

Tupac Amaru II wird von mir abgeschnitten und zu einem Block gezerrt. Sein Kopf rollt über den staubigen Platz. Direkt vor meinen weißen Turnschuhen bleibt er liegen. Ein winziger Blutstropfen spritzt auf meine weißen Turnschuhe.

Plötzlich bin ich wieder mit den Tupac Amarus alleine.

„Du musst uns helfen", sagen sie dann.

Ich spüre, dass ich sie erstaunt ansehe.

Wie kann ich jemandem, der seit 239 Jahren tot ist, helfen, frage ich mich.

„Du musst die Antwort finden", beantwortet der Gevierteilte die Frage, die nicht über meine Lippen kam.

„Kann man das Paradies erobern, Frieda?", fragt mich der Geköpfte.

„Conquest of paradise", stöhnte Frieda und erwachte unter der Fichte, die schützend ihre langen Äste über sie hielt. Huninn wippte oberhalb auf einem der Äste und sah sie an.

„Weinst du etwa?", fragte sie ihn, weil sie es in seinen schwarzen Augen blitzen sah. Sie selbst wischte sich Tränen aus den Augen und schnäuzte ihre Nase.

Plötzlich rauschte es in den Zweigen der Fichte und ein zweiter Rabe kam in die Höhle geflattert. Schwungvoll landete er neben dem ersten.

Allvater! Der Wolf verschlingt einen ganzen Kontinent! Warum zeigst du uns das?

„Was wollt ihr nur von mir?", seufzte Frieda und versuchte, mit der Hand ihre wirren Haare und Gedanken aus der Stirn zu wischen. Sie war wieder hierher gegangen. Sie wusste nicht, was es war, aber irgendetwas lockte sie unter die Fichte, die ihr keine schönen Träume schenkte. Es fühlte sich dennoch richtig an – so, als ob es getan werden müsste. „Ich fühle mich wie gerädert", murmelte sie und erschrak sogleich über ihre leichtsinnige Wortwahl, als sie an Tupac Amaru II dachte, der zwar nicht gerädert, aber geviertelt, bei lebendigem Leib in Stücke gerissen worden war. Oder auch nicht war, wenn man die Version der Indigenen glauben wollte, die behaupteten, die Pferde hätten sich geweigert, den letzten Inkaherrscher zu zerreißen, den letzten Nachfahren des Inkakönigs Tupac Amaru, so dass er, wie dieser auf der Plaza de Armas geköpft wurde.

Frieda wusste, dass er gegen die Ausbeutung der Indigenen zum Aufstand gerufen und diesen geführt hatte, weil sie als Schülerin ein Referat über die RAF gehalten hatte. Von der RAF war der Weg nicht weit zu der kommunistischen Guerillabewegung der Tupamaros in Uruguay, deren Name sich wiederum von Tupac Amaru II ableitete.

Es hatte sogar einmal eine Gruppe „Tupamaros West-Berlin" gegeben, die das Konzept der Stadt-Guerilla von ihren lateinamerikanischen Vorbildern übernommen hatten.

„Ihr bringt mich auf komische Gedanken und komische Erinnerungen", sagte Frieda zu den Raben, die sie beobachteten.

„Krak", sagten beide wie aus einem Mund. Frieda streckte ihren Körper, der ihr nach dem Traum sonderbar bewusst war. Ihre Gliedmaße waren ihr bewusst und wie sie zusammenhingen und funktionierten, ohne dass sie sie spürte. Normalerweise. Jetzt spürte sie sie, obwohl es kein Schmerz war. Eher das Bewusstsein ihres Vorhandenseins. Vielleicht so, wie einer, dem etwas amputiert wurde, Schmerzen in dem amputierten Körperteil spüren kann – nur ohne Schmerz!

Sie räkelte sich an den Stamm der Fichte gelehnt, die nahezu reglos nur etwas mit ihren Zweigen spielte. Sollte sie jetzt aufstehen und wieder zu ihrem Bauwagen gehen? Und dann? Noch etwas über die Tupac Amarus lesen? Über die Tupamaros und El Pepe, der ihnen angehört hatte und schließlich uruguayischer Präsident wurde? Der eigentlich Blumenzüchter war, den Großteil seines Präsidentengehaltes spendete, einen uralten VW Käfer fuhr und aus Dummheit als „ärmster Präsident der Welt" bezeichnet wurde?

Bescheidenheit als Armut zu bezeichnen, war dumm. In ihren Augen war Bescheidenheit Reichtum! Reichtum und Klugheit! Reichtum der Seele!

Sollte sie noch etwas über die Conquistadores lesen, die Lateinamerika geplündert hatten – ihm sogar seinen Namen geraubt hatten, denn Lateinamerika heißt Lateinamerika, weil jetzt dort hauptsächlich Sprachen gesprochen werden, die lateinischen Ursprungs sind: Spanisch und Portugiesisch. Warum hieß es eigentlich nicht Quechua-Amerika?

Vielleicht sollte man nicht nur „gendern", sondern eher dieses ändern, dachte sie. Müßig hing sie ihren Gedanken nach, die einmal hierhin und einmal dorthin wanderten. Wie Wolkenfetzen, die über den Himmel eilten. Kaum war ein Gedanke da, war er schon wieder weg und ein anderer tauchte am Horizont auf. Frieda genoss es. Es tat nicht weh!

10.

„Frieda sucht Ben Niemand", las Ben Niemand in der Zeitung, die ihm seine Nachbarin täglich vor die Wohnungstür legte, nachdem sie sie fertiggelesen hatte.

Sein Atem stockte. Was hatte das zu bedeuten? Gab es einen echten Ben Niemand, der eine Frieda suchte? Er jedenfalls kannte keine Frieda. „Wenn da doch bloß Eva stünde", dachte er.

Er saß an seinem kleinen Küchentisch, einen Becher Kaffee und die Zeitung vor sich, die zu lesen er sich seit kurzem täglich zwang. Abwechselnd starrte er auf die Anzeige und die Kaffeeflecken auf der Wachstuchdecke.

Schließlich nahm er sein Handy. Er googelte: Ben Niemand, Flensburg. Ben Niemand in Flensburg gab es nicht, wusste er kurze Zeit später, aber er hatte ja auch schon vorher gewusst, dass es keinen Ben Niemand gab.

Er googelte erneut und ließ Flensburg weg. Oh, Ben Niemand lebte in Südafrika. Es gab ihn und er lebte.

Warum aber erschien in Flensburg eine Suchanzeige nach Ben Niemand, der in Südafrika lebte und sich keinerlei Mühe gab, sich zu verstecken? Er stand auf und ging an das Fenster. Ein Tag ohne Regen, aber mit viel grau. Er ging wieder zu seinem Platz, starrte auf die Anzeige. Wen suchte diese Frieda? Wer war Frieda? Er betrachtete die Telefonnummer, die angegeben war. Eine Festnetznummer. Er googelte die Nummer. Erna Jacobsen.

Erna Jacobsen schaltete eine Anzeige, in der sie behauptete, dass irgendeine Frieda Ben Niemand suchte. In Flensburg. Warum schaltete diese Frieda die Anzeige nicht selbst?

„Was geht es mich an?", murmelte er. Und betrachtete wieder die Anzeige. Die war nicht billig, dachte er. Die Anzeige war auffallend fett und groß gedruckt. Wer so viel Geld dafür ausgab, meinte es ernst, überlegte er.

„Ich könnte dort anrufen", überlegte er laut. Ich könnte dort anrufen als Lars Jensen, der ich einmal war und fragen, wer etwas von Ben Niemand will. Er wollte es wissen. Sein Zeigefinger tippte die Flensburger Nummer ein. Die Nummer von Erna Jacobsen.

„Jacobsen", hörte er die Stimme einer Frau, die er so um die Fünfzig schätzte.

„Jensen, guten Tag", sagte er selbst. „Ich rufe wegen Ihrer Suchanzeige an.

„Guten Tag, Herr Jensen", sagte Frau Jacobsen. „Das ist ja nett von Ihnen. Kennen Sie Ben Niemand? Wissen Sie, wo er ist?" Ihre Stimme klang aufgeregt.

„Ja, ich kenne ihn", sagte Ben Niemand. „Aber ich weiß zurzeit nicht genau, wo er ist. Worum geht es denn?"

„Wissen Sie, wer Frieda ist?", fragte die aufgeregte Stimme am anderen Ende. Ben Niemands Gehirn arbeitete fieberhaft. Wenn er jetzt zugab, nicht zu wissen, wer Frieda war, erfuhr er womöglich nichts weiter über diese seltsame Anzeige, in der es vielleicht, sehr vielleicht um ihn selbst ging.

„Ben hat mir ein wenig über Frieda erzählt, ja!", log er.

„Dann wissen Sie vielleicht, dass Ben Frieda irgendwo in Hessen kennengelernt hat?", fragte Jacobsen vorsichtig.

Ben sagte nichts. Er war Ben Niemand. Und er hatte Eva in Hessen kennengelernt. Aber nicht Frieda.

„Hallo, Herr Jensen?", fragte die Stimme am Telefon.

„Ähm, ja, entschuldigen Sie, ja, natürlich weiß ich das", antwortete er, bemüht seine Stimme nicht ebenso aufgeregt klingen zu lassen, wie die der Frau klang.

„Vielleicht sollten wir uns treffen, Herr Jensen!", schlug Frau Jacobsen nun vor. „Haben Sie ein Auto? Könnten Sie raus nach Niesgrus kommen?"

„Ähm, ja", antwortete er und hoffte, dass die Nachbarin ihm nicht nur ihre Zeitung, sondern auch ihr Auto geben würde.

„Wohin denn genau in Niesgrus?"

Frau Jacobsen gab ihm die Adresse von Friedas Haus.

„Passt es Ihnen heute? Um15 Uhr?"

„Ja!", sagte er.

Ich werde nach Walhalla kommen. Langsam gefällt mir diese Geschichte:

Frieda ist nach Hessen abgehauen.

Pastor sucht Frieda. Er benutzt Frau Jacobsen, um sie zu finden.

Frau Jacobsen benutzt Pastor, um Hugo zu finden. Der ist schon irgendwann vorher irgendwo hin abgehauen.

Frieda und Pastor scheinen zu wissen, wo Hugo steckt.

Frau Jacobsen hat Ben Niemand gefunden. Der könnte wissen, wo Frieda ist, die er andauernd Maria nennt, die aber auch Eva sein könnte.

Ben Niemand will vermutlich auch Maria Frieda oder Eva finden.

Ob Eva Frieda gefunden werden möchte? Oder Maria? Vom Pastor? Von Ben? Von Frau Jacobsen, die Pastor allerdings abhängen will? Warum will er das?

Allvater! Du bekommst deine Geschichte! Bekomme ich noch Met?

Ben Niemand lief ruhelos durch sein kleines Appartement. Die Nachbarin war zuhause und lieh ihm ihr Auto.

Warum hatte er diese Frau Jacobsen nicht gefragt, warum sie und nicht Frieda/Maria nach ihm suchte? Was war geschehen? Wie viel seiner Geschichte wollte er nachher preisgeben?

Warum in Niesgrus und nicht in Flensburg? Lebte Frieda in Niesgrus und es ging ihr schlecht? Warum sollte Maria, die sich jetzt vielleicht Frieda nannte, in Niesgrus wohnen? Maria hatte eine Apfelplantage in Hessen. Er raufte sich die Haare. Sollte er vielleicht gar nicht hinfahren? Die Sache vergessen?

Sollte er so weiterleben wie bisher?

Es war kein Leben, erinnerte er sich. Es war ein Vegetieren. Sollte er weiter vegetieren wie bisher?

Vielleicht würde er Maria wiedersehen. Er sah auf die Uhr. Vielleicht würde er schon in zweieinhalb Stunden Maria wiedersehen. Als Kranke? Als Todkranke? Warum Frau Jacobsen?

Ben seufzte. Er wusste, dass er nicht weiter zu überlegen brauchte. Die Sache war längst entschieden. Es war nur sein Kopf, der so tat, als ob er ein Wörtchen mitreden dürfte.

Er hatte wieder Dopamin im Körper.

Allvater! Wir Menschen sind schon seltsame Wesen. Der halbtote Ben bekommt leuchtende Augen, wenn er an Frieda Maria Eva denkt. Und der alte Pastor hört seine Gelenke nicht mehr knacken. Ich habe Durst. Und ich bin

hungrig. Ich bin durstig und hungrig danach, zu sehen, wie es weitergeht! Mal schauen, was der Alte macht:

Sein Handy klingelte. Pastors Herz schlug schneller. Frau Jacobsen rief ihn an.

„Hallo Frau Jacobsen", begrüßte er sie, hoffend, dass seine Stimme ihr nicht verriet, wie aufgeregt er war, „wie geht's Ihnen?"

„Es hat sich jemand gemeldet", jubelte ihm ihre Stimme entgegen. „Ein Mann, der behauptet, Ben Niemand zu kennen und auch etwas über Frieda weiß!" Pastor schwieg einen Moment. Er kämpfte darum, seine Stimme normal klingen zu lassen.

„Und weiter?", fragte er dann. „Wie geht es weiter?"

„Er kommt nachher raus. Um 15 Uhr. Ist das okay?"

Etwas spät, mich das zu fragen, dachte er. „Natürlich, Frau Jacobsen, das ist perfekt!", lobte er und fragte sich, wie er sie loswerden sollte, sollten die Informationen des Mannes ihn zu Frieda führen.

Würde sie sich auf den Weg zu Frieda machen, wenn sie wüsste, wo Frieda ist, fragte er sich?

„Ich bringe uns Kuchen mit!", hörte er die siegessichere Stimme der Journalistin, die offenbar Morgenluft witterte.

„Das ist sehr freundlich von Ihnen, Frau Jacobsen!", beeilte er sich zu sagen. „Bis nachher!"

Pastor stützte sich auf den Rechen. Er betrachtete seine Leistung in Friedas Garten. Sein System funktionierte. Stück für Stück hatte er freigeharkt und sich bei jedem etwas besser gefühlt. Friedas Haus sah wieder bewohnt aus. Wenn sie heimkäme, würde sie sich freuen.

Würde sie heimkommen? Wollte er überhaupt, dass sie heimkam? Oder wollte er sie lieber irgendwo finden? Pastor sah auf die Uhr. Es war Zeit ins Haus zu gehen und den Ofen anzufeuern, Kaffee zu kochen und ein paar Dinge wegzuräumen, die er in Friedas Haus verteilt hatte. Zum Beispiel sein Manuskript, seine Aufzeichnungen über Frieda und Hugo, die jeden wissen ließen, wo Hugo derzeit war – jeden mit Fantasie und Mut. Seine Aufzeichnungen, die keiner lesen durfte!

Er legte den Rechen auf die Karre und fuhr beides hinter den kleinen Schuppen neben der Garage. Auf dem Rückweg nahm er noch einen Arm Brennholz mit.

Dann ging er ins Haus, zog seine Stiefel aus und betrat die Küche. Friedas Küche. Er liebte die Behaglichkeit dieser Küche. Wer war der Mann, der sie in – er blickte noch einmal auf die Uhr – einer knappen Stunde betreten und ihm vielleicht Dinge über Frieda erzählen würde, die ihn weiterbrachten, die er noch nicht wusste? Dinge, die dazu beitrugen, das Rätsel zu lösen.

Besser wäre es, wenn es Ben Niemand selbst wäre, dachte er. Wie viel würde Wahrheit sein, von dem, was dieser Mann berichtete? Vielleicht war es noch nicht einmal absichtlich gelogen. Vielleicht waren es einfach nur Interpretationen, die unmerklich hinzugefügt wurden. Egal! Es öffnete sich eine Tür. Vielleicht nur einen Spalt breit. Vielleicht ging sie ganz auf.

Pastor bückte sich und kehrte die kalte Asche aus dem Ofen, bevor er Anzünder und Späne hineinlegte und anzündete. Es knisterte. Er ging zur Kaffeemaschine, die er mit Wasser, Filter und Pulver fütterte. Es gurgelte und duftete.

Er war bereit. Nein! Seine Papiere! Schnell erhob er sich noch einmal aus seinem Sessel und ging in das angrenzende offene Wohnzimmer, wo der Stapel Papier als viele Einzelblätter herumlag.

Er sammelte sie ein und drückte sie liebevoll an sich. Vielleicht könnte er bald weiterschreiben. Jetzt brachte er sie ins Schlafzimmer und legte sie in seine Reisetasche – nach ganz unten und verdeckte sie mit etwas Kleidung.

Es klingelte an der Tür. Pastor schaute auf die Uhr. Zwanzig Minuten vor drei. Entweder konnte es Frau Jacobsen nicht aushalten oder dem Fremden brannte seine Geschichte unter den Nägeln. Er ging schnell zur Tür und öffnete sie. Vor ihm stand ein Mann, ungefähr in Friedas Alter, dachte er, mit freundlichem, aber ausgemergelten Gesicht. Ein unglücklicher Mensch, dachte Pastor und riskierte es:

„Ben Niemand?", fragte er, weil ihm seine Intuition sagte, dass es kein Freund war, der vor ihm stand, sondern Ben selbst.

Schweigend sah der Mann ihn an. Dann nickte er. „Herr Hammer?", fragte er mit leiser Stimme und in Richtung des Namensschilds nickend.

„Oh nein!", sagte Pastor. „Ich bin der Pastor!"

Das blasse Gesicht Ben Niemands erbleichte noch mehr. „Ist sie krank? Ist sie tot?", fragte er.

„Von wem sprechen Sie?", wollte Pastor wissen und fasste schnell nach dem Ellenbogen des Mannes, der vor ihm schwankte.

„Maria?", sagte Niemand. „Oder vielleicht auch Frieda, wie ihr sie nennt."

„Maria?", sagte Pastor. „Heißt Frieda Maria?"

„Ich glaube, dass sie es sein muss. Ich habe sie in Hessen kennengelernt. Maria hat da eine Apfelplantage."

„Hatte", sagte Pastor. „Sie muss es sein!" Prüfend betrachtete er den Mann, der sich gegen den Türrahmen stützte. Im gleichen Moment hörte er ein Auto näherkommen.

„Bitte sagen Sie, es sei eine Verwechslung, denken Sie sich irgendetwas aus. Frau Jacobsen ist von der Presse!", hörte er sich selbst dem Fremden sagen, dem Fremden, den Frieda geliebt hatte als sie noch Maria war. Welch verzwickte Geschichte. Da musste nicht auch noch Frau Jacobsen mitmischen.

Die kam mit eingewickeltem Kuchen auf sie zu marschiert. Tatsächlich hatte sie den Gang eines Menschen, der wusste, was er wollte und es sich nehmen würde. Sogar auf dem feuchten Gras waren ihre Schritte fest und fordernd. Ihre Augen glitten prüfend über den Mann, der an dem Türrahmen lehnte. Pastor glaubte Enttäuschung in ihren Augen zu sehen.

„Hallo Herr Jensen", sagte sie freundlich. „Wir haben telefoniert?" „So ist es Frau Jacobsen", antwortete Ben Niemand, „aber mir scheint, es war eine Verwechslung."

Jacobsens Blick flog zu Pastor. Misstrauisch.

„Kommen Sie doch alle erst einmal hinein", beschwichtigte Pastor. Seine Gäste betraten den Vorraum, den Ben Niemand geradezu gierig mit den Augen verschlang.

Hoffentlich verrät er sich nicht, flehte Pastor innerlich.

In der Küche schlug ihnen der Geruch des Ofenfeuers, gemischt mit dem Duft des frischen Kaffees entgegen.

Ein Gemisch, das entspannte.

„Wie kommen Sie darauf, dass es eine Verwechslung war?", fragte Frau Jacobsen offensiv, nachdem sie den Kuchen auf den Tisch gestellt hatte, den Pastor schnell deckte.

„Eine Altersfrage", lächelte Ben Niemand entschuldigend.

„Wir hätten über das Alter sprechen sollen. Ich kenne einen Benjamin Niemand, der ungefähr siebzig Jahre alt ist und eine Freundin hatte, die Frederike heißt und die er Frieda ruft. Sie ist jetzt seine Frau.

Pastor lächelte in seinen Rollkragen. Das hätte er dem abgezehrten Ben Niemand nicht zugetraut, so geschickt zu lügen, dass es keine Zweifel zuließ.

Frau Jacobsen sank in sich zusammen. Niemand hatte die richtige Strategie gewählt. Und sie hatte einen Fehler gemacht. Sie hätte nach dem Alter fragen sollen.

„Was macht Ihr Bekannter beruflich?", versuchte sie die Niederlage hinauszuzögern.

„Er ist im Ruhestand, Frau Jacobsen", ergänzte Ben Niemand seine Lüge. „Er war Vertreter. Ich habe einige Versicherungen bei ihm abgeschlossen."

Pastor musste sich bremsen, nicht anerkennend zu schnalzen. Ein siebzigjähriger Versicherungsvertreter war nicht der Mann, für den Frieda in den Norden gezogen wäre.

Pastor musterte Niemand. Wegen dieses Mannes hatte sie es getan. Würde Jacobsen das glauben? Sie hatte Hugo gekannt und wusste, wie ein Mann aussah, den Frieda liebte.

Tatsächlich hätte sie vermutlich nicht einmal die Wahrheit geglaubt, meinte Pastor zu wissen. Kleider machen Leute!

Niemand sah ärmlich aus. Nicht ungepflegt, aber vernachlässigt. Unglücklich. Unzufrieden.

Kein Bild eines Mannes wie Hugo.

Pastor schenkte den Kaffee ein.

„Mir bitte nur halb voll", wehrte Jacobsen ab und blickte auf die Uhr. Sie würde ihre Zeit nicht an den Falschen verschenken.

„Und Sie?", fragte Pastor scheinheilig und wandte sich zu Ben Niemand. „Da Sie nun schon extra hierhergekommen sind, müssen Sie wenigstens eine Tasse Kaffee trinken und von dem Kuchen essen. Oder Frau Jacobsen?"

„Bitte, bitte!", nickte diese. Sie selbst nahm keinen, während Pastor Ben Niemand und sich selbst extra große Stücke abschnitt, die die Geduld der Journalistin strapazieren sollten. Sie sollte gehen und Ben Niemand sollte bleiben. Er wollte ihn für sich alleine.

Er wollte diese Geschichte für sich alleine. Und er wollte, dass Niemand sich behaglich fühlte, wenn er ihm Teile von Friedas unglaublicher Geschichte erzählen würde. Die Südamerika-Variante entschied er sich. Diese Variante war die, die alle kannten. Schließlich war Hugo eine bekannte Person gewesen. Niemand schien nicht die geringste Ahnung zu haben, in wessen, außer Friedas, Haus er saß.

„Hoffentlich klingelt Ihr Telefon bald wieder!", log auch er, als Jacobsen endlich ging.

Entschuldige, der das feindliche Heer Blendende, aber das ist ja nahezu wie bei euch Göttern.
Gestatte, mich an die Geschichte zu erinnern, wie Loki Freyja das Brisinga men, den schönsten und besten aller Halsreife, in deinem Auftrag stahl und du ihn nur unter Bedingung zurückgabst, dass Freyja für dauernden Unfrieden sorgen sollte.

Gewiss, Helmträger, hörst du diese Geschichte nicht gerne. Aber euch durften wir ja schon immer auch kritisieren. Euch schon!

11.

Frieda saß an ihrem schmalen Küchentisch und schälte eine Apfelsine, als sie sah, dass ein kleiner weißer Umschlag unter der Tür ihres Bauwagens hindurchgeschoben wurde.
Erstaunt erhob sie sich und bedauerte, keinen Hund mehr zu haben, der das nicht hätte geschehen lassen.
Sie bückte sich und nahm den Brief hoch. Eine zierliche und ihr nicht bekannte Handschrift hatte ihren Namen auf den Umschlag geschrieben. **Frieda** stand darauf. Sonst nichts.
Frieda schlitzt den Brief auf und begann zu lesen:

Liebe Frieda,
wie sehr freue ich mich, dass du, deine seltsame Situation nutzend, Interesse für diese Dinge entwickelst, für die ich so leidenschaftlich gelebt habe und die jedermann interessieren sollten.

Ich selbst laufe gerade wie ein Tier im Käfig den gewohnten `Spaziergang` an meiner Mauer entlang, hin und zurück, und mein Herz krampft sich zusammen vor Schmerz, dass ich nicht auch von hier kann, oh, nur fort von hier!
Aber das macht nichts, mein Herz kriegt gleich darauf einen Klaps und muss kuschen; es ist schon gewohnt, zu parieren

wie ein gut dressierter Hund. Reden wir nicht von mir. Reden wir von der Zukunft!

Die bestehende Gesellschaftsordnung muss beseitigt und an ihre Stelle die höhere sozialistische Gesellschaftsordnung gesetzt werden.

Bei uns Sozialdemokraten fügt sich alles zu einer harmonischen geschlossenen, wissenschaftlich fundierten Weltanschauung und deswegen richten sich unsere Agitationen gegen den Krieg und den Militarismus.

Den herrschenden Klassen kommt es (immer noch) auf imperialistische Eroberungskriege an, (die heute mit zum Teil mit ganz anderen Waffen geführt werden).

Die Völker können die Zahl der Kriege vermindern, indem sie jenen sich entgegenstellen, die die Kriege machen und erklären. Wir sollten mit dem größten Eifer dazu wirken, um einen Krieg von Volk zu Volk (und genauso innerhalb eines Volkes) zu verhindern.

Frieda, wir müssen auf die Beseitigung des Kapitalismus hinwirken, der die Menschheit in zwei feindliche Heerlager teilt und die Völker (und die einzelnen Menschen) gegeneinanderhetzt.

Der Sturz des Kapitalismus ist der Weltfriede!

Frieda, ich bitte dich so sehr, was ich dir berichte, das sollst du weitersagen, denn hierin findet ihr die Lösung für das Morgen.Gestern las ich über die Ursache des Schwindens der Singvögel in Deutschland: es ist die zunehmend rationelle Forstkultur, Gartenkultur und der Ackerbau, die ihnen alle natürlichen Nist- und Nahrungsbedingungen:

hohle Bäume, Ödland, Gestrüpp, welkes Laub auf dem Gartenboden - Schritt für Schritt vernichten.

Mir war es so sehr weh, als ich das las.

Nicht um den Gesang für die Menschen ist es mir, sondern das Bild des stillen unaufhaltsamen Untergangs dieser wehrlosen kleinen Geschöpfe schmerzt mich so sehr, dass ich weinen muss.

Es erinnert mich an den Untergang der Indianer in Amerika: Sie wurden genauso Schritt für Schritt durch die Kulturmenschen von ihrem Boden verdrängt und einem grausamen Untergang preisgegeben.

Frieda, verstehst du, was ich dir mit auf deine Reise und Suche gebe?

Es ist die Einheit und der Friede in allen Dingen des Lebens.

Frieda: Ich war, ich bin, ich werde sein!

Ich umarme dich!

Deine Rosa Luxemburg

Schrecklicher Rabengott, Allwissender! Jörmungandr muss mit ihrem Riesenschwanz peitschen. Alles geht den Bach runter!

Frieda spürte, wie sich ihre Augen vor Unglauben weiteten. Sie wendete das dünne Papier, sie wendete den Umschlag. Nichts, was weiteren Aufschluss geben könnte.

Sie las den Brief erneut. Es blieb dabei: Rosa Luxemburg bat sie um Unterstützung. Rosa Luxemburg war seit 102 Jahren tot.

„Ich war, ich bin, ich werde sein!"

Frieda griff nach ihrer geschälten Orange, von der sie einen Spalt nahm und sich in den Mund steckte. Es war die richtige Mischung aus sauer und süß. Es änderte aber nichts daran, dass sie hier in ihrem Bauwagen saß, mit einem Brief in den Händen, der nicht an sie gerichtet sein konnte und der es doch war.

Frieda – das war sie! Frieda mit dem Mund voll süßer Säure und dem Geruch des Apfelsinen- Schälens an den Händen, die einen Brief hielten.

Rosa Luxemburg schrieb ihr und sah sie auf einer Reise und Suche. Sie war auf einer Reise und Suche. Auf einer Reise, von der sie nicht wusste, wohin sie führte, auf einer Suche, von der sie nicht wusste, was es war, das sie suchte. Sie wusste noch nicht einmal, warum sie aufgebrochen und gerade hierhergekommen war.

Von Toten, von Ermordeten zu träumen, war eine Sache, eine andere war es, von einer Toten Post zu bekommen. Wieder drehte Frieda den Brief in ihren Händen hin und her und rieb das billige Papier zwischen ihren Fingern.

Von wo aus hatte Rosa den Brief geschrieben? An welcher Mauer lief sie entlang? Von wo wollte sie so dringend fort? Und wohin?

Frieda dachte an Hugo. Das Hugo-Wunder hatte sie akzeptiert. Gab es jetzt noch ein Rosa-Wunder? Offensichtlich.

Sie wünschte sich, ihr antworten zu können, aber wohin sollte sie diesen Brief schicken? Was sollte sie ihr auch schreiben. Sie hatte keine Antworten. Sie hatte selbst nur Fragen. Nein, sie hatte eigentlich noch nicht einmal Fragen. Wie ein Schüler, der gar nichts verstanden hatte, dachte sie. Die, die wenigstens etwas begriffen hatten, konnten Fragen stellen. Die anderen, die schwiegen. Und sie schwieg auch.

„Frieda, ich bitte dich so sehr, was ich dir berichte, das sollst du weitersagen, denn hierin findet ihr die Lösung für das Morgen," las Frieda ein drittes Mal.

Dann schlug sie die Augen auf und sah in die grünen Äste der alten Fichte. Sie sah auf ihre Hände, die keinen Brief hielten, sie roch an ihren Fingern, die nicht nach Orange rochen.

„Krak!", sagten die Raben, die noch immer oder erneut auf dem Ast über ihr schaukelten.

„Auch krak!", sagte Frieda. Die Raben lachten.

„Ich drehe durch!", teilte Frieda ihnen mit. Die Raben lachten noch mehr und nickten – so schien es ihr wenigstens, als sie sich aufrichtete und stolpernd ihr duftendes, grünes Zelt verließ.

Frieda wusste wenig über Rosa Luxemburg. Eigentlich nur, dass sie und Karl Liebknecht ermordet wurden. Dass sie eine Linke war. Sie würde den Inhalt des Briefes, den sie auswendig kannte, googeln. Rosa hatte ihr tatsächlich einen Brief geschickt. Er war in ihrem Gehirn und sie wollte wissen, ob es ihn auch noch anders gab.

Schnell lief sie über die kleine Lichtung und die Böschung zum Bächlein hinab, sprang darüber, ohne etwas zu trinken und kämpfte sich den schmierigen Hang auf der anderen Seite empor. Sie schritt den Wildwechsel entlang bis zum Brombeergebüsch, schlängelte sich durch die Ranken, die nach ihr griffen und sprang auf den Weg, der sie zurück ins Tal und zu ihrem Bauwagen führte.

„Du musst es weitersagen!", hämmerte es in ihrem Kopf.

„Du musst es weitersagen!"

Bei jedem Schritt klang die Beschwörungsformel in ihrem Inneren mit.

„Du musst es weitersagen!"

Frieda dachte an Rosa und Elisabeth. Sie stellte sich vor, mit den beiden in ihrem Bauwagen zu sein, zusammen zu kochen, zusammen zu lachen, zu trinken und zu reden. Ein Lächeln streifte ihr Gesicht, als sie es sich vorstellte, während sie den Berg hinabeilte. Sie stellte es sich wunderbar vor. Sie wäre gerne mit den beiden Frauen zusammen, die sie für ihren Mut liebte. Rosa und Elisabeth, dachte sie, meine zwei toten Freundinnen. Dann dachte sie an Hugo. Vielleicht waren die beiden gar nicht so tot?

Beschwingt stürmte sie den Weg entlang. Es war das erste Mal seit Langem, dass sie frohen Mutes war. Die zwei Frauen hatten ihr, durch ihren Mut, einen Teil ihres eigenen zurückgegeben. Gleichzeitig wusste sie, dass sie nicht mehr zu der alten Fichte zurückkehren würde.

„Danke!", flüsterte sie vor sich hin und stellte sich vor, mit den beiden Frauen Spaghetti zu kochen, die Extralangen, auf dem kleinen Herd in ihrem Wagen. Sie hörte ihr vergnügtes Lachen und sah die verschmierten Münder, an denen Reste der Sauce klebten. Sie schmeckte den würzig-herben Chianti auf ihrer Zunge. Sie würde sie umarmen wollen und plötzlich wusste sie, dass sie all das gerade mit den beiden getan hatte, dass sie ihnen auch einen „Brief" geschickt hatte.

12.

Pastor kehrte in die Küche zurück, nachdem er Frau Jacobsen höflich zur Tür begleitet hatte. Niemand saß vor dem Apfelkuchen und stocherte mit der Gabel darin herum.

„Ist das das, was ich denke, was es ist?", fragte er Pastor, mit einem Hunger im Gesicht, den der Apfelkuchen nicht stillen konnte und sah sich bedeutungsvoll um.

„Ja, das ist Friedas Haus!", erwiderte Pastor. „Friedas und Hugos Haus", ergänzte er und beobachtete Niemands Gesichtszüge, als er den Namen Hugo erwähnte.

„Hugo?", fragte er.

„Hugo Hammer!"

„Hugo Hammer?", wiederholte er. „Der Hugo Hammer?"

„Ja! Der Hugo Hammer. Friedas Ehemann."

„Maria ist mit Hugo Hammer verheiratet? Ähm, Frieda?" Das ohnehin verhärmte Gesicht Ben Niemands schien plötzlich noch verhärmter.

„Ja!", bestätigte Pastor und fragte schnell, um Niemand abzulenken, „wo haben Sie Frieda kennengelernt?" Zu seinem Erstaunen ergoss sich eine tiefe Röte blitzartig über die Furchen des Grams.

„Äh!", sagte Ben Niemand. Schweigend sah er Pastor an. Der wartete. „Bitte! Es ist wichtig!", versuchte er es noch einmal.

Ben Niemand schwieg weiter und sah Pastor an. Seine Gesichtsmuskeln zuckten. Er schwieg. Pastor schien es, als ob seine Augen aus den Höhlen quellen würden. Der Mann schluckte.

Dann seufzte er. „Ich weiß es nicht", sagte er so leise, dass Pastor ihn kaum verstand.

Jetzt schwieg Pastor. Er versuchte, zu verstehen, was Niemand ihm gerade gesagt hatte.

„Frieda ist hierhergezogen, weil sie Sie gesucht hat", versuchte er es anders, während er überlegte, warum Niemand nicht wusste, wo er Frieda kennengelernt hatte. „Amnesie", dachte er.

„Sie hat mich gesucht?" Ben Niemand rang mit den Händen, dann fuhr er sich durch die Haare. „Sie hat mich wirklich gesucht?"

„Ja, sie wusste, dass Sie hier aus der Gegend stammen und ist hierhergekommen, um Sie zu suchen. Aber niemand kannte Ben Niemand!", stellte er fest und schaute Niemand fest in die Augen.

„Und ungefähr ein Jahr später hat sie Hugo kennengelernt", fuhr er fort.

Ben Niemand streckte die Beine von sich und zog sie gleich wieder an. Seine blassen Hände kneteten sich inzwischen gegenseitig. Er atmete tief ein und aus.

„Natürlich kennt niemand Ben Niemand", sagte er dann. „Es ist nicht mein richtiger Name." Pastor wartete, dass Niemand fortfuhr.

„Ich wusste nicht mehr, wie ich heiße und habe im Wald einen Mann namens Johnny Walker kennengelernt. Als der mich fragte, wer ich bin, antwortete ich: „Ich bin niemand", aber Walker, der angetrunken war, verstand Ben Niemand. Ich fand, der Name passe zu mir und einen anderen wusste ich ja nicht. Also war ich ab da Ben Niemand. Und bin es immer noch. Lars Jensen ist tot!", fuhr er kryptisch fort, während seine Augen in sich hinein gerichtet schienen und sich selbst suchten. „Ja, der ist tot!", bestätigte er sich selbst seinen eigenen Tod, wie Pastor vermutete, der sich den Namen Lars Jensen merkte und nickte dabei heftig.

„Was ist mit Frieda?", fragte er plötzlich. „Warum ist sie nicht hier? Warum wohnen Sie in ihrem Haus?

Niemands Geist schien wieder etwas klarer zu werden.

„Nun", sagte Pastor, „Hugo ist verschwunden und Frieda…"

„Sucht ihn?", Bens Blick bohrte sich in Pastors Blick.

„Ähm", sagte Pastor. „Nicht direkt suchen, nein, ich glaube eher, dass sie etwas anderes sucht und zwar da, wo sie herkommt."

„Was sucht sie denn Ihrer Meinung nach?", wollte Niemand wissen. Er schien verwirrt. Immerhin war Frieda extra nach Angeln gezogen, um ihn zu suchen. Warum suchte sie dann ihren eigenen Mann nicht?

Pastor seufzte. Es war kein einfaches Gespräch, ohne die Wahrheit zu verraten. „Tja", versuchte er es, „ich denke, sie sucht nach einem Weg."

„Wohin?", fragte Niemand. Dann verstand er es. „Einen inneren Weg?" „Ja, eine Lösung für sich", bestätigte Pastor.

„Und sie will das Knäuel entwirren, indem sie zum Anfang zurückkehrt?", überlegte Niemand in einem Ton, der Pastor vermuten ließ, dass er es für eine gute Idee hielt.

„Das vermute ich!", bestätigte er dem Mann, der sich etwas zu entspannen begann. „Aber warum suchen Sie sie und lassen sie nicht einfach in Ruhe?", wollte Niemand, plötzlich misstrauisch, wissen.

Jetzt war es an Pastor, verlegen zu werden. Selbstlosigkeit oder Eigennutz, was war es? „Ich will den Weg mit ihr gehen", sagte er. Ben Niemand starrte ihn an. „Sie?" Das „ie" quietschte nach oben und klang schrill. Er musterte Pastor.

„Du bist ungefähr dreißig Jahre zu alt", teilte ihm sein Blick mit.

„Doch nicht so", beeilte sich Pastor zu sagen und spürte nun seinerseits, wie die Röte seinen Hals nach oben eilte und sich blitzartig auf seinem Gesicht verteilte. „Ich weiß, dass sie einen Weg sucht, der zu einem besseren, einem anderen Leben führt, den will ich mit ihr gehen."

„Besser als was, als welcher Weg?" Pastor begann zu verstehen, was Frieda an Niemand gemocht hatte. Sogar in seinem erbärmlichen jetzigen Zustand hatte er etwas Waches an sich.

„War sie nicht glücklich mit Hammer?" Ein wenig Hoffnung schwappte aus seiner Frage. „Sie war mit Hugo so glücklich, wie eine Frau und ein Mann nur sein können!", vernichtete er Niemands Idee. „Sie waren eins", zitierte er, wie Frieda ihm ihre Liebe zu Hugo beschrieben hatte.

„Es ist eher die Suche nach einem Weg, den sie und Hugo gemeinsam begonnen hatten. Den sie jetzt ohne ihn fortsetzen will."

„Warum sucht sie nicht ihn? Wenn er verschwunden ist, dann ist er doch irgendwo. Oder glauben Sie an eine Straftat?" Niemand ließ nicht locker.

„Gewissermaßen weiß sie, wo er ist", entwich es Pastor, der sofort wusste, einen Fehler begangen zu haben. Niemands Augen wurden groß. „Sie weiß, wo er ist, sie liebt ihn, sie sucht ihn nicht, aber sie will einen gemeinsam begonnen Weg fortsetzen", fasste er zusammen. Seine Augen hatten sich in Pastors gehakt. Der fühlte sich, als ob es nicht nur seine Augen waren, sondern er selbst, ganz und gar, der an einem dicken Haken hing.

„Wollen wir vielleicht etwas trinken?", fragte er. „Aber Sie müssen ja noch Auto fahren."

„Wenn ich hier übernachten kann, ist das kein Problem!" Der Haken saß fest. „Und, äh, gesundheitlich? Nehmen Sie Medikamente?" Er wand sich. „Kein Problem", antwortete Ben Niemand, der sich auch eine Flasche Spiritus in den Hals kippen würde, dachte Pastor, um an die Geschichte Friedas zu gelangen. Um an Frieda zu gelangen.

Pastor stand auf. Neues Brennholz würde auch nicht schaden. Und auf dem Weg zum Gartenhaus würde er sich überlegen, was er Ben Niemand sagen wollte. Was er sagen durfte. Er seufzte.

„So schwer?", fragte Niemand.

„Sie haben nicht die allergeringste Ahnung, wie schwer!", Pastor ging aus der Küche. Er fühlte sich uralt. Wie ein uralter Versager, der dabei war, etwas auszuplappern, was niemals ausgeplappert werden durfte.

Im Vorraum griff er nach der Taschenlampe, die dort immer stand und zog sich andere Schuhe an. Nicht, weil es nötig war, sondern weil er Zeit brauchte. Der Weg zum Brennholz schien ihm so viel zu kurz, wie er ihm sonst zu lang schien, wenn er es versäumt hatte, genug Vorräte ins Haus zu holen und abends den gemütlichen Sessel, Friedas Sessel, für einen Gang in die Kälte, den er sich hätte sparen können, verlassen musste.

Stöhnend stapelte er sich einige Scheite des Buchenholzes in die linke Armbeuge. Dann ging er zurück. Er wusste nicht, was er sagen sollte.

In der Küche saß Ben Niemand und schaute ihm entgegen. Pastor stapelte das Holz ordentlich neben dem Ofen, öffnete die Tür und legte ein Scheit nach. Dann richtete er sich auf und betrachtete das Angebot an alkoholischen Getränken, dem er bislang widerstanden hatte.

„Wein?", fragte er Ben Niemand. Der nickte. Der hätte auch bei Chlorwasserstoffsäure genickt.

Na, sieh mal einer an. Die Jammerlappen haben sich zusammengefunden und jammern gar nicht mehr.

13.

Frieda schlenderte die schmale Asphaltstraße entlang, die ins Dorf führte. Sie musste einkaufen. Die Vorstellung der Spaghetti mit Chianti hatte ihr Appetit darauf gemacht.

Sie lächelte ein wenig, als sie das Ortsschild sah. Noch immer und seit Jahren hatte jemand aus dem „n" von Fronhausen ein „h" gemacht.

Rechts neben dem Weg begann ihre ehemalige Apfelplantage. Äpfel lagen auf dem Boden in ungemähtem Gras. Wespen freuten sich über den gedeckten Tisch. Die Bäume waren schon lange nicht mehr beschnitten worden. Moos wucherte ihre knorrigen Stämme empor. Es war unwahrscheinlich, dass hier noch jemand lebte und arbeitete. Sie betrachtete das Stück Land und wartete auf den Schmerz.

Hinter der langen Hecke lag das Haus versteckt, das sie für Ben und sich gekauft hatte, um gemeinsam die Plantage zu vergrößern. Das Haus, in dem sie keinen einzigen Tag gelebt und das sie mitsamt der Plantage verkauft hatte, nachdem Ben verschwunden war und als sie entschieden hatte, in den Norden zu gehen. Wie lange war das her? Wie lange das her war!

Sie schaute den Weg entlang. Nach vorne, nach hinten, dann stieg sie über die Reste des Zauns, die zwischen den morschen Holzpfosten hingen. Genau das hatte sie nicht tun wollen, sie hatte sich vorgenommen, vorbeizugehen. Jetzt lief sie die Reihen der Bäume entlang, direkt zu dem Platz, wo früher ihr Bauwagen gestanden hatte. Auch auf der kleinen Lichtung inmitten der Plantage wuchs das Gras. Einzelne Brennnesseln leisteten ihm Gesellschaft. Es würden bald sehr viele werden. Brennnesseln erkannten ihre Chance schnell. Dort, wo sie ihr Lagerfeuer gehabt hatte, war das Gras noch niedrig. Sie sah in Richtung der Hecke, die das Haus von ihrer Plantage trennte. Sie hatte Ben dabei ertappt, als er durch die Hecke gekrochen kam. Angeblich auf der Suche nach Kassandra, dem kleinen Kätzchen, was bei ihm eingezogen und so schnell wieder verschwunden war.

Ob das Gartenhaus, in dem er sich heimlich eingerichtet hatte, noch stand? Frieda schaute auf die Hecke. An ihrem Ende gab es eine Pforte, die in den Garten des Hauses führte. Jetzt ist es auch egal, dachte sie. Sie hatte nicht hierher gehen wollen, sie hatte schon gar nicht zu dem Haus gehen wollen und ganz und gar nicht wollte sie an Ben denken. Sie drehte sich um und ging durch das hohe Gras zu der kleinen Pforte. Die gab es nicht mehr. Stattdessen klaffte eine Lücke am Ende der Hecke.

Was wohl mit den neuen Besitzern geschehen war, dass sie die Plantage so schnell aufgegeben und noch nicht einmal verkauft hatten, überlegte sie und ging die zwei Schritte weiter. Weit hinten sah sie den Bungalow mit herabgelassenen Jalousien, rechts davon stand noch immer das kleine

Gartenhaus, in dem Ben heimlich gewohnt und für sie gekocht hatte. Einige Dachschindeln lagen daneben im Gras.

Es war ein schöner Abend gewesen. Alles mit Ben war schön gewesen, bis er unerklärlich, wortlos, unerwartet zu dem Zeitpunkt verschwunden war, wo es eigentlich erst hätte losgehen sollen.

Sie dachte an den Abend, als er für sie gekocht hatte. Hähnchen mit Mango-Chutney. Und sie erinnerte sich daran, was er gesagt hatte:

„Weißt du wieviel Sternlein stehen?", sang er leise. Auch Eva schaute hinauf.

„Nein, ich weiß es nicht."

„Nur in der Milchstraße, also unserer Galaxie, in der sich unser Sonnensystem befindet, gibt es 100 bis 300 Milliarden Sterne."

„Und es gibt viele Galaxien, richtig?"

„Ja", lachte Ben leise. „Es gibt viele Galaxien: Viele Milliarden sogar."

„Viele Milliarden Galaxien mit vielen Milliarden Sternen. Also viele Milliarden mal viele Milliarden. Ergibt?"

„Das ergibt Unvorstellbarkeit, Eva." Er legte den Arm um sie und zog sie eng an sich.

„So unvorstellbar riesig, wie mein Glück es ist." Er küsste sie auf die Schläfe. „Es passt gerade hinein!"

Eva Maria Frieda, dachte Frieda. Ob noch ein weiterer Name hinzukommt? Ob es noch einmal jemanden in ihrem Leben geben würde, der einen eigenen Namen für sie fände? Was war bloß mit Ben geschehen?

Plötzlich hatte sie keine Lust mehr in ihrem alten Leben zu stehen, auf alten Pfaden zu wandeln. Sie wollte in den

Supermarkt gehen und einkaufen. Sie drehte sich um und ging durch die alte Pforte zurück auf ihre alte Obstplantage. Sie schritt durch das Laub, in dem die Äpfel wie Ostereier lagen und kletterte über den Zaun zurück auf die Straße.

Plötzlich wusste sie auch, dass sie keine extra langen Spaghetti kaufen würde, sondern ein Hähnchen und dass sie ein Mango-Chutney dazu machen wollte. Warum auch nicht? Entschlossen wandte sie sich dem Dorf zu und hoffte, nicht allzu viele Bekannte von früher zu treffen, denen sie erklären musste, warum sie wieder hier war. Am besten gar keinen!

Wie würde es klingen, wenn sie sagen würde, dass sie es selbst nicht wusste?

Als sie einige Zeit später sie die Straße zurückkam, war sie mit sich und ihren Einkäufen sehr zufrieden. Sie hatte niemanden getroffen. Sie hatte sich nicht rechtfertigen müssen. Nicht Unerklärliches erklären müssen.

Ein bisschen fröhlich ging sie an ihrer alten Plantage vorbei, das schmale Asphaltband entlang bis zu der schmalen Trecker-Spur, die am Waldrand entlang zu der Wiese führte, auf der ihr Bauwagen stand. Die Sonne stand noch hoch genug, dass sie ihre Vorbereitungen bei Tageslicht treffen konnte, um dann in der Dämmerung das Hähnchen auf dem Lagerfeuer zu braten. Strom hatte sie hier nicht.

Frieda entzündete schnell das Feuer. Während sie im Bauwagen alles andere erledigte, würde es soweit sein, dass sie darauf braten konnte. Sie zerteilte das gefrorene Hähnchen und mischte das Chutney zusammen. Dazu würde es Baguette geben, ebenfalls auf dem Feuer geröstet. Und dann würde sie darüber nachdenken, wie es weitergehen sollte –

denn der Bauwagen hier war für den Winter keine Alternative. Er war überhaupt keine Alternative.

Kurze Zeit später trat sie mit dem zerlegten Hähnchen auf dem Bratrost aus ihrer Tür. Am Feuer saßen zwei Männer. Zwei Augenpaare leuchteten ihr entgegen. Frieda stand stumm im Türrahmen. Alle Zeit stand still. Sie hörte ihr Herz klopfen. Von Pastor blickte sie zu Ben. Ben sah schrecklich aus, stellte sie fest. Abgehärmt. Sie blickte zu Pastor. Pastor sah gut aus. Besser als vorher. Gesünder. Und zufriedener.

Sie blickte wieder zu Ben.

„Du siehst schrecklich aus!", sagte sie.

„Eva!", sagte er.

„Nein!", sagte Frieda. „Frieda!"

„Frieda!", sagte Pastor.

„Hallo Pastor!", sagte Frieda.

Sie schritt die zwei Stufen vor ihrem Bauwagen hinab und legte den Bratrost auf die Steine, die das Feuer umgaben. Dann wandte sie sich Pastor zu, der aufstand und sie in die Arme schloss.

„Bin ich froh!", sagte er.

„Ich bin auch froh!", sagte Frieda und drückte ihn fest an sich. Sie roch den Duft seines Tabaks an seiner Jacke.

„Ich glaube, jetzt brauchen wir alle etwas zu trinken?" Pastor nickte fragend in Richtung des Bauwagens. Dann ließ er Frieda los und ging zum Wagen. Frieda drehte sich zu Ben. Er stand mit hängenden Armen vor ihr.

„Frieda!", sagte er leise. So sieht ein Wrack aus, dachte sie.

„Hallo Ben!"

„Ich…", begann er. „Es tut mir so leid, Frieda!"

Frieda betrachtete ihn schweigend.

„Es braucht dir nicht leid zu tun. Ich hatte es gut. Und du hattest es offensichtlich schlecht. Wenn, dann tut es mir für dich leid!", sagte sie schließlich und war froh, als Pastor mit einem Sixpack aus dem Bauwagen kam und jedem ein Bier in die Hand drückte.

„Reicht das für drei?", fragte er und schaute hungrig auf das Hähnchen.

„Bestimmt!", lächelte Frieda und dann klackten die Flaschen aneinander.

Frieda hockte sich neben den Grillrost und stocherte an dem Hähnchen herum. Das zischte vor Wut darüber, gegrillt zu werden.

„Warum?", fragte sie schließlich und sah erst Pastor und dann Ben an. „Warum seid ihr hier?"

„Als du damals mein Arbeitszimmer verließt, hast du eine Melodie, ein Lied gesummt und ich habe herausgefunden, welches es war: „Who'll come with me", hast du so traurig gesummt und nachdem ich alles aufgeschrieben und herausgefunden hatte, was es war, wusste ich, dass ich diesen Weg mit dir gehen möchte. Euren Weg, den du meintest, jetzt alleine gehen zu müssen und den du noch suchst!"

Pastor machte eine kleine Pause. Er sah, wie Frieda diese Zeit Revue passieren ließ und wie es sie schmerzte. Nur wenige Tage nach Hugos Verschwinden war sie zu ihm gekommen und hatte ihm ihre unmögliche Geschichte erzählt.

„Ich dachte mir, dass du an den Ursprung zurückgekehrt bist", fuhr er schließlich fort, „aber ich wusste nicht, wo dieser Ursprung ist und deshalb habe ich Ben gesucht, von dem du ein wenig erzählt hattest und der der einzige war, der wissen konnte, wo du bist.

Frieda, ich habe ihm alles erzählt!", sagte er schließlich noch und sah sie abwartend an.

„ALLES?" Friedas Kopf schoss nach oben und sie sah ihn entsetzt an.

„Ja, alles, Frieda!", hörte sie Bens vorsichtige Stimme. „Genau genommen hat mir Pastor seine Aufzeichnungen zu lesen gegeben, die sehr detailliert und gut kommentiert sind. Und völlig unglaubwürdig!"

Frieda sah ihn stumm an.

„Aber ich glaube dir und wenn du es zulässt, dann komme auch ich mit dir!"

Friedas Hände umklammerten die Flasche. Sie hörte, wie das Feuer knisterte und Bratenfett zischte.

Ich bin nicht mehr alleine, dachte sie. Und: Ich will das nicht! Wohin soll das bloß führen? Ich will hier weg! Lasst mich in Ruhe! Hugo! Haut ab! Bleibt hier! Lasst mich allein! Haltet mich fest! Total bescheuert! So viel Verantwortung!

Dann schaute sie auf.

„Willkommen!", sagte sie.

Was gäbe ich dafür, nun bei den dreien da unten sitzen zu können. Hühnchen mit Mango-Chutney – was immer das auch sein mag. Bier. Wärme und Geselligkeit.

14.

Frieda erwachte von dem harten Untergrund, auf dem sie schlief. Verwirrt griff sie zur Seite und fühlte das kalte Blech ihres Autos. Dann fiel es ihr wieder ein. Sie hatte sich im Kofferraum ihres Combis ein sporadisches Bett gebaut. In ihrem lagen Ben und Pastor. Seufzend streckte sie sich, so gut es ging. Sie wischte die Feuchtigkeit von einer Scheibe und sah, dass es noch kein Morgenlicht am Himmel gab.

Ihr Herz schlug schnell. Viel zu schnell, um wieder einzuschlafen. Sie zog den Reißverschluss ihres Schlafsacks auf und wand sich heraus, dann stieß sie die Klappe auf und setzte sich, mit den Beinen baumelnd, hin, um ihre Schuhe anzuziehen. Sie wollte eine Runde laufen, sie brauchte die Bewegung. Ihr Kopf brauchte die Bewegung ihres Körpers. Gestern war - sie wusste noch nicht, was gestern war – es war verwirrend.

Sie hatte ein Lied gesummt, wer wusste schon warum, und zwei Männer fühlten sich eingeladen, sie auf einem Weg zu begleiten, von dem sie selbst nicht wusste, wo er sie hinführen würde. Würde es nun leichter oder schwieriger werden, zu dritt? Ein alter Mann und ein psychisch Kranker.

Frieda dachte mit Bedauern an die Bananen, die im Bauwagen lagen. Ganz zu schweigen von einer Tasse Kaffee.

Stattdessen streifte sie ihre Jacke über und schloss leise die Kofferraumklappe. Wie immer schlug sie den Weg zur Kummerkurve ein. Wenn man über den Kummer hinauskam, konnte man eine schöne Runde laufen. Mit schnellen Schritten eilte sie durch das nasse Gras und bog dann links auf den Forstweg in Richtung Parkplatz ein. Die feinen Steine knirschten ganz leise unter ihren Schuhen. Inzwischen konnte sie die Silhouetten der Bäume deutlicher erkennen. Und sie roch deren Duft. Er spülte ihre wirren Gedanken. Sie beschleunigte ihre Schritte noch etwas. Es tat gut, sie spürte ihren Puls. Aber eine Idee hatte sie dennoch nicht. Die Idee, auf die jetzt nicht nur sie, sondern auch Pastor und Ben warteten. Drei durchdrehende Kompassnadeln! Drei orientierungslose Existenzen! Drei Suchende!

Dreimal drei gleich Null! Im Eiltempo marschierte sie um die letzte Kurve.

Auf der Bank saß ein alter Mann mit Schlapphut, gerade als Schemen erkennbar.

„Komm, Frieda", klopfte er einladend auf den Platz neben sich. Und Frieda stieg die kleine Böschung hinauf. Neben dem Alten saßen die beiden Raben und sahen sie an.

„Krak!", begrüßte Frieda die Vögel. Der Alte lachte.

„Da bist du also!", sagte er. „Ja, da bin ich!", antwortete sie und sank auf das schmale Stück des verwitterten Holzes neben ihm, das noch frei war.

Die blaue Stunde begann. Frieda liebte diese Zeit, in der die Macht der Träume ausklang und die Last des neuen Tages noch fern war. Sie liebte die Freiheit, die dazwischenlag. Die Schwerelosigkeit der ersten Gedanken. Sie liebte die Konturenlosigkeit der Dinge und Gedanken und das Versprechen, was darin lag. Sie betrachtete das Blau, das diesmal vor ihren Augen in Streifen zerfloss, nach links immer heller und dann grün, gelb, orange und schließlich rot wurde, während es rechts den Schimmer von violett annahm.

„Wenn du mitkommen möchtest, Frieda, dann können wir jetzt los", unterbrach der Einäugige schließlich ihre Gedanken und deutet auf den gewaltigen Regenbogen, der sich vor ihren Augen gebildet hatte und dessen Ende genau vor der Bank lag.

„Das Ende des Regenbogens!"

„Du wirst beide Enden sehen und ob du einen Schatz finden wirst? Das entscheidest letztendlich du!"

Frieda lächelte den alten Mann an. „Ben und Pastor?", fragte sie.

„Die schlafen noch, mein Mädchen!"

Frieda erhob sich. Der Alte tat es ihr gleich und ergriff ihre Hand.

„Es ist egal, auf welche Farbe du trittst!", meinte er, als er sie zögern sah. Und dann stellte sie ihren ersten Fuß auf grün und beobachtete, wie er ein kleines Stückchen darin versank.

„Es ist weich", staunte Frieda und zog den zweiten Fuß auf blau. „Und irgendwie auch nicht. Nicht zu weich. Nicht wattewolkenweich. Man kann gut darauf gehen."

Und dann lief sie – immer einen Fuß auf grün und einen auf blau den Regenbogen hinauf.

Ich sehe die beiden schon von weitem kommen. Und ich sehe den Allvater bis hierher unter seinem Schlapphut lachen. Was hat der sehr Weise nur vor?

Er hält die Frau, die immer einen Fuß ins Grüne setzt und den anderen ins Blaue, an seiner Hand und geht mit ihr die Regenbogenbrücke hinauf. An mir vorbei? Nach Walhalla? Was soll sie dort?

Frieda sah vor sich einen Mann auf Bifröst sitzen. Sie lachte, denn es sah aus, als sitze der Mann in bunter Watte oder buntem Nebel. Alles, womit er saß, war irgendwie verschwunden und er ragte erst ab dem Rücken aus der Farbe hinaus.

Als sie bei dem Mann ankamen, blieb der Allvater stehen.

„Guten Morgen, Snorri!", begrüßte er ihn. „Ich habe Frieda mitgebracht. Frieda, das ist Snorri, mein Geschichtenschreiber, der sich selbst ermorden ließ und im Moment schreibt er eine Geschichte über dich!"

„Über mich?", staunte Frieda.

„Was gibt es da zu schreiben?"

Dann besann sie sich und reichte Snorri, der schnell aufsprang, die Hand.

„Guten Morgen, Snorri", begrüßte auch sie ihn.

„Hoffentlich langweilst du dich nicht, wenn du eine Geschichte über mich schreiben sollst! Geht es dir gut?", fügte sie dann noch bei.

„Aber nein!", beeilte sich Snorri zu sagen.

„Schau dich um und schau auf Midgard, auf Mittelerde. Dann siehst du, dass es hier nicht langweilig, sondern höchstens trocken ist! Und bis auf die Trockenheit geht es mir auch gut."

Frieda drehte sich um und schaute auf die Erde hinab. Ihr Herz zog sich zusammen.

„Welch unglaublich schöner Ort!", entfuhr es ihr.

Bewundernd betrachtete sie die Vollkommenheit. Dann sah sie die Erde immer näherkommen, der Ausschnitt, den sie sah, wurde kleiner und kleiner und plötzlich sah sie ihren Bauwagen, wo Huginn und Muninn auf der Treppe saßen, die Köpfe jeweils unter den rechten Flügel gesteckt. Und im Inneren sah sie, wie Pastor und Ben unter ihren Decken lagen und friedlich schliefen.

„Wie zwei Kinder!"

„Zwei glückliche Kinder!", bestätigte der Zauberer. „Doch nun komm, wir wollen weiter! Kommst du auch, Snorri?"

Über Snorris Gesicht huschte ein seliges Lächeln.

Der Langhut hat mich nach Walhalla gebeten. Ohne Nordlicht und ohne Walküren. Der Rabengott selbst! Ich gehe nach Walhalla!

Er warf einen fragenden Blick auf seine Schreibsachen, doch der Graue schüttelte den Kopf.

Also nur zu Besuch. Ganz ehrlich? Ich möchte auch lieber von den Walküren hineingetragen werden, als hinter dem Mächtigen herzulaufen. Ein bisschen Show und Wetterleuchten darf es schon sein.

„Kann ich eigentlich auch hinunterfallen?", hörte er Frieda den Allvater fragen. Sie nickte zum Rand der Regenbrücke hin, der ihr sehr nahe schien.

Der lächelte. „Nein, Frieda, du könntest noch nicht einmal hinunterspringen!" Frieda sah ihn erstaunt an.

„Nein?" „Nein! – aber du kannst es gerne versuchen." Das Auge glitzerte unter dem Rand seines Schlapphutes.

„Und wenn ich es doch kann? Was passiert dann mit mir?"

Es ist egal, dachte sie und drehte sich um, um Anlauf zu nehmen, als auf einmal das Dröhnen eilender Pferdehufe an ihre Ohren drang. Sie blickte Bifröst hinab und sah gleichzeitig mit zwei riesigen Pferden, auf denen die Rüstungen der Walküren glitzerten und das Sonnenlicht reflektierten, ein gewaltiges Nordlicht über das Firmament zucken. Ihr schien es, als züngelten die grünen Lichter direkt in ihr Herz. Sie schnappte nach Luft. Plötzlich schrie aus dem geöffneten Tor hinaus eine Stimme, der ein Mann mit auffallendem Schnurrbart hinterher und Bifröst hinab gelaufen kam. Während die Pferde von unten heran galoppierten, rannte der Mann mit fliegenden Rockschößen hinunter und ihnen entgegen.

Jetzt verstand sie, was er rief:

„Gott ist tot!", brüllte er aufgeregt und schwenkte mit den Armen in der Luft. „Gott ist tot!", brüllte Nietzsche und kam mit riesigen Sätzen über den Regenbogen gelaufen.

Gleichzeitig kamen die Pferde bei ihnen an. Ihre Flanken bebten und ihre Reiterinnen, in blitzenden Rüstungen verborgen, hielten einen leblosen Körper zwischen sich, während das Grün des Nordlichts leckte und züngelte, und sich in die irisierenden Farben Bifrösts ergoss.

„Du hast hier nichts zu suchen, Friedrich!", fauchte der Schreckliche und funkelte den Mann aus seinem einen Auge an, während er mit seinem ausgestrecktem Arm in Richtung der Tore Walhallas zeigte.

Dann drehte er sich zu den Walküren und beugte sich über den reglosen Körper. Zärtlich strich er über die bleichen Wangen.

Schließlich richtete er sich auf.

„Los!", befahl er und Pferde mit Reiterinnen und ihrer Last, Friedrich, Snorri, Frieda und er schritten die letzten Meter von Bifröst hinauf und auf ein Tor zu, das direkt neben dem gewaltigen Stamm der Weltenesche in das Innere Walhallas lud. Kurz legte Frieda den Kopf in den Nacken und sah nach oben in die Krone Yggdrasills, die wie ein unendlicher grüner Ozean über ihnen wogte und flüsterte.

An dem Tor stand Heimdallr und bleckte seine goldenen Zähne. Von seinem Rücken tropften Schlamm und faulige Blätter.

„Tut mir leid, Allmächtiger, er ist mir entwischt!" In seinem Gesicht stand ein Ausdruck des Bedauerns und, als er sich zu Friedrich wandte, ein Ausdruck von Wut und Verzweiflung. Der Allmächtige seufzte. Dann winkte er alle durch das Tor.

Noch niemals in meinem Leben hatte ich solche Angst, abgewiesen zu werden. An den Toren Walhallas vom Mächtigen zurück in die Einsamkeit Bifrösts geschickt zu werden, während alle anderen drinnen den Met trinken. Was wird das heute für ein Gelage – welch neuer Gast! Vielleicht kann er mir auch erklären, warum Niflheim und nicht sein Paradies?

Am Tor herrschte mächtiges Gedränge. Von überall stürmten die Helden herbei, um zu sehen, was dort geschah, zu ergründen, für wen Aurora borealis über den Himmel von Asgard zuckte.

Heimdallr blies sein Gjallarhorn so laut wie es groß war. Wie eine gewaltige Flut ergossen sich die Töne über Walhalla und Yggdrasill warf das Echo zurück. Noch nie hatte Frieda derartige Töne gehört. Töne, die ihre Ohren ignorierten. Es waren Töne, die in ihr Herz drangen, als habe sie keinen schützenden Körper. Bittersüße Töne aus Liebe und Wut. „Ragnarök!", flüsterten Stimmen aus den Zweigen. „Ragnarök!" flüsterte Frieda zurück. Im Vorübergehen strich sie mit ihren Fingerkuppen über Yggdrasills Haut, die sich wie Rinde anfühlte.

Als der Lärm verstummte, hörte Frieda eine zarte Stimme ihren Namen rufen und blickte in die Menge der Heranstürmenden.

„Frieda!", erklang es noch einmal und plötzlich fühlte sie, wie sich Arme um sie schlangen und sie feste umarmten. „Frieda, Frieda, du bist hier!", jauchzte Elisabeth und rückte ein klein wenig beiseite, um auch Rosa ein Stück von Frieda abzugeben.

„Und du hast sogar Gott mitgebracht!", lachte Rosa und zerrte an Friedas Jacke.

„Ja, aber nun ist er tot!" Frieda fühlte sich verlegen und schaute wie ein Kind, das beim Spielen aus Versehen einem Schmetterling die bunten Flügel ausgerissen hatte.

„Ach, das macht doch nichts!", lachte Elisabeth. „Es wird ihm hier schon gefallen!"

Plötzlich drängelte sich ein zierlicher junger Mann herbei, der Frieda an Ben erinnerte. Die Gesichtszüge waren ebenso verhärmt, die Schultern hingen herab, der Augenausdruck wechselte zwischen Leere und Besessenheit.

„O, das versunkene Läuten der Abendglocken.", rief er nahezu hysterisch.

„O, das grässliche Lachen des Golds."

„Ist gut, Georg!" Rosas Stimme klang mahnend. „Das sagst du jetzt auch schon seit über 100 Jahren!"

„Es ändert sich aber auch gar nichts", jammerte Georg. „Ganz im Gegenteil – es wird schlimmer und schlimmer!" Er starrte Gott an, der bleich in einem Stuhl lehnte.

„Weltende!" Eine zarte Frauenstimme erklang in Friedas Rücken. Sie drehte sich um und sah eine ältere Dame.

„Es ist ein Weinen in der Welt, Als ob der liebe Gott gestorben wär", deklamierte sie.

„Das ist Else, Frieda. Sie hat auch schon vor über 100 Jahren über das Weltende geschrieben!" Else stellte sich neben Georg. Frieda schwirrte der Kopf. Walhalla hatte sie sich anders vorgestellt.

„Siehst du, Frieda, eigentlich ist er schon lange tot", beruhigte sie Elisabeth.

„Elisabeth?", sagte der in den Tod versetzt, „bringst du Frieda zu Hieronymus, ich kann hier gerade nicht weg."

„Na klar!", antwortete Elisabeth und nahm Frieda sanft am Arm.

15.

Der Mann, den der Allvater Hieronymus genannt hatte, stand vor mehreren Staffeleien, auf denen unterschiedlich große, dünne Eichenplatten befestigt waren. Überall standen Tiegel mit Ölfarben und Paletten, auf denen der Meister sie mischte. Er selbst war mit Farbe bekleckert. Die ganz links stehende Staffelei war die größte. Frieda schätzte sie auf zweimal so groß wie die nächsten. Je länger sie sie betrachtete, desto größer schien sie zu werden. Auf ihr war Nichts zu sehen. Frieda starrte den Teil des Polyptychons gebannt an. Es war nicht unbemalt. Es war das von Hieronymus gestaltete Nichts.

„Wie können nichts und niemand nur so faszinierend sein?", überlegte sie halblaut.

Der Mann Hieronymus drehte sich zu ihr um. Noch während er sich drehte, trat sie einen Schritt auf das Bild zu. Noch einen. Und noch einen. Dann war Hieronymus bei ihr und riss sie von dem Bild fort.

„Vorsicht!", keuchte er. „Das ist mein Meisterwerk!"

„Was ist das?" Frieda starrte noch immer auf das Bild, auf dem nichts zu sehen war.

„Das ist das Gegenteil des Seins – das Nichtsein!"

„Wie kannst du das Nichtsein malen? Das geht doch gar nicht?"

„Wie gesagt – mein Meisterwerk!", erklärte Hieronymus. „Komm lieber mit zu mir!"

Er zog sie ein paar Schritte weiter, wo auf einer hohen Staffelei drei Bilder übereinanderstanden. Loki stand mit gekreuzten Armen davor.

„Es ist das Nichtsein, aus dem diese Drei ihre Kraft gewinnen", raunte Hieronymus Frieda ins Ohr.

„Das sind meine Kinder", erklärte Loki Frieda und Vaterstolz wärmte seine kühle Stimme.

Frieda sah die Bilder an. Das oberste zeigte eine riesige Schlange, die sich in einem Ozean zu einem Tsunami auftürmte, der auf eine trostlose Wüste, die im Hintergrund Tausende von Menschen aufzuschaufeln schienen, zu raste.

„Mein Kind!", erklärte Loki Frieda noch einmal stolz. „Sie ist ein Symbol der entfesselten Natur, die sich gegen die Wunden wehrt, die ihr ihr zufügt! Eigentlich heißt sie Jörmungandr. Für euch ist sie die Schlange von Mittelerde. Sie ist die Midgardschlange. Sie ist ein Weltenfeind und ihr füttert sie." Loki lachte. Frieda zuckte vor dem Lachen und der gewaltigen Schlange zurück, die zu atmen schien und deren Leib sich blähte, um die Welle des Tsunamis in die Höhe zu treiben. In ihren toten schwarzen Augen glommen rote Punkte wie kleine Höllenfeuer. An einer ihrer Schuppen hing ein zerfetzter Plastiksack, um sie herum wirbelten leblose Fische in der giftig-grünen Brühe, die aus ihrem weit aufgerissenen Maul schoss.

„Jörmungandr", sagte Loki liebevoll und streichelte das Wesen sanft, das sich seufzend seiner Hand entgegenstreckte.

Dort, wo die Menschen den Sand wegschaufelten, entstand ein bodenloses Grab. Eine Heerschar von Baggern wühlte immer tiefer. Manche Menschen gruben mit bloßen Händen. Der Sand rieselte von den Rändern. Schweigend verschwand er im Bodenlosen. So vertieft waren die Menschen in ihr Graben, dass sie die Welle nicht kommen sahen. Über der Wüste thronte eine grelle Sonne, deren Strahlen auf eine Armee von Panzern traf. Frieda trat der Schweiß aus allen Poren. Es war so heiß, dass er sofort verdampfte. Ein paar welke Bäume und Büsche dürsteten nach Wasser. An der Linie zwischen Wasser und Sand stand ein einzelner Mensch. Eine schmale Gestalt, die ihre Hände schützend über die Ohren gelegt hatte und dabei den kahlen Kopf hielten. Die Augen waren entsetzt aufgerissen, der Mund war weit geöffnet. Der Schrei dröhnte als fassungslose, tödliche Angst in Friedas Ohren, deren Haare sich sträubten. Über dem Mann donnerten Jagdbomber durch den blauen Himmel.

Darunter das Bild war etwas größer. Ein Wolf dominierte es. „Der Fenriswolf", kommentierte Loki, „gezeugt, um alles zu verschlingen! Seine Gier kennt keine Grenzen!" Zärtlich und bewundernd tätschelte er dem Wolf das borstige Hinterteil, das wie bei einer Hyäne niedriger war als die Schultern. Sein zotteliger Schwanz peitschte in das, was hinter ihm aufgetürmt lag. Ein Kopfschmuck lag dort, an dem Frieda drei überaus reich geschmückte Bänder erkannte. Ein goldener Reichsapfel glitzerte. Truhen mit Gold- und Silbermünzen. „Auch er ist ein Weltenfeind", grinste Loki „und ihr seid so großzügig zu ihm!" Der Wolf wuchs und wuchs, während sein Vater liebevoll die filzigen Haare zupfte.

Unentwegt stürzten sich Menschen in seinen Rachen. An einem seiner Fangzähne funkelte eine diamantene Krone. Stinkend und zischend quoll Frieda sein heißer Atem entgegen. Sein aufgedunsener Bauch pumpte so wie ein heftig schlagendes Herz. Frieda fühlte den Sog seines fauligen Atems. Friedas Blick glitt, bevor sie ihn zu dem letzten Bild senkte, zu Loki. Ihre Augen weiteten sich. Lokis schönes männliches Gesicht hatte seine Schärfe verloren. Wo sie eben noch angespannte Muskulatur gesehen hatte, hing die Haut schlaff über seinen Wangenknochen. Mit sehnsüchtiger und hilfloser Liebe starrte er auf seine verstoßenen Kinder. Einen Wimpernschlag später verschwand dieser Loki und sie sah wieder das hochmütige und strenge Gesicht von vorher.

„Hel, meine Schöne!", schmeichelte er und glitt mit seinen Armen in das unterste Bild, um seine Tochter zu umarmen. Es zeigte im Vordergrund eine Frau, deren Körper zur Hälfte normale Farbe besaß und zur anderen Hälfte mumifiziert war. Frieda sah auf der lebenden Seite Blut durch ihre dicken Adern schießen und pulsieren. Die tote Seite schimmerte bläulich schwarz über dem vertrockneten Körper. Die rechte Augenhöhle lag leer, darüber hingen einzelne restliche Haare. „Wie der Allvater", kicherte Loki. Blonde Locken umkringelten ihren geteilten Hals und fielen auf ihre eine runde Schulter. Ihr Körper bebte, als müsse sie eine gewaltige Kraft im Zaum halten. Hinter ihr versammelte sich eine Armee von Wesen, die einmal Menschen gewesen waren. Ihre Augen waren verbunden. Auch auf die halbtote Frau strömten Menschen zu, deren Augen verbunden waren und sich dann in die Reihen der Armee einsortieren ließen. Schilder zeigten, wohin sie gehörten. Ideologen stand auf einem, Autokraten und Diktatoren stand auf dem nächsten. Ein weiteres trug die Aufschrift Sekten. Ein Schild schien neu dazugekommen zu sein. Leugner, las

Frieda. Lokis Kichern wuchs zu einem gewaltigen Lachen. „Das sind die allerbesten!", prustete er. „Wenn euch sonst nichts umbringt, dann die!"

Hieronymus hatte der Halbtoten viel zu enge Kleidung gemalt. Manche Nähte schienen kurz vor dem Platzen, andere hatten bereits aufgegeben. Üppiges rosa Fleisch quoll aus den Rissen auf der linken Seite, während rechts die Kleidung sackartig über dem ausgemergelten Körper hing.

Rechts von den drei übereinanderstehenden Bildern lehnte ein Weiteres auf einer Staffelei. Im Osten ganz rechts zeigte sich ein sanftes Leuchten, ein rosa-orangener Lichtstreif am Himmel. Sonst war das Eichenholz noch unbemalt.

Frieda sah Hieronymus fragend an. Der zuckte mit den Schultern.

„Das ist die Zukunft!"

„Darauf wirst du wieder meine Kinder malen müssen!", sagte Loki.

„Wir werden sehen, Loki – ihr werdet es sehen, wenn ich es gemalt habe!"

„Du hast die Sonne auf die falsche Seite gemalt", pampte Loki, der das letzte Wort haben wollte, zurück.

16.

Frieda schlenderte zu den anderen zurück. Gott saß, den Kopf an des Allvaters Schulter gelehnt, mit diesem in seinem großen Sessel. Der Mächtige reichte ihm gerade einen Krug mit Met.

„Wer hat dich denn nun umgebracht?", fragte Frieda.

„Für dreißig Silberlinge vom eigenen Laden verkauft!", höhnte jemand.

114

Der liebe Gott blickte in die Richtung des Sprechers.

„JA!", sagte er dann. „Immer und immer wieder!"

„Deswegen bist du schon lange tot!", insistierte Friedrich, der gegenüber auf einem Hocker saß.

„Aber warum hast du uns so geschaffen, wie wir sind?" Frieda nutzte die einmalige Gelegenheit.

„Ich habe euch nicht geschaffen. Das weiß seit Charles doch jedes Kind."

„Schön wär's!", rief Charles. Gotthold klatschte in die Hände.

„Ich bin etwas", er seufzte, „ich war etwas ganz anderes für euch." Gott hörte auf zu sprechen und setzte dann erneut an: „Ich hätte etwas ganz anderes für euch sein sollen!"

„Der Fisch stinkt vom Kopf her!", donnerte die tiefe Stimme eines Mannes mit Bart. „Eine Frechheit ist es, den Menschen Gerechtigkeit im Himmel zu versprechen. Nichts als ein schlaues Instrument, um sie in ihrem Leben – ihrem einzigen Leben – auszunehmen und mundtot zu machen. Gerechtigkeit muss es zu Lebzeiten geben!"

„Beruhige dich, Karl!" Rosa und Elisabeth traten näher.

„Aber wo er recht hat, hat er recht", mischte sich Elisabeth ein, die ein Monopoly-Spiel in ihrer Hand hielt. „Es lebe die Badstraße, nieder mit der Schlossallee!", rief sie überraschend laut.

„Die Lessingstraße für alle!", rief jemand, den Frieda für Lessing hielt.

„Wir nennen alle Straßen um!" Elisabeth zog das Brett aus der Verpackung und legte es in die Mitte.

„Nelson-Mandela-Straße"

„Martin-Luther-King-Allee"

„Geschwister-Scholl Bahnhof

Während einige der Anwesenden ihre eigenen Namen riefen, riefen andere die anderer.

„Die Schlossallee wird die Karl-Marx-Allee", schlug Karl vor. Von irgendwo kam höhnisches Gelächter. „Wir können die Badstraße zur Karl-Marx-Gasse machen", sagte die Stimme, deren Besitzer Frieda nicht entdecken konnte.

„Weniger ist mehr, Karl!"

„Lasst es uns auslosen! Das wäre gerecht!" Rosa sah sich fragend um. Charles schob sich in den Kreis. „Wenn wir etwas machen, dann sollten wir es auch gründlich machen!", schlug er vor.

Und dann, nach einigem Zögern, brach es aus ihm heraus: „Wenn wir den Ursprung suchen und den Fehler darin, dann reicht es nicht, ein paar Namen zu ändern. Monopoly an sich ist ein Fehler! Monopoly heißt Monopol. Hier gibt es nur einen Gewinner!"

„Polypoly!" Der Name war ihr entwichen, bevor sie denken konnte. Frieda hatte als Gast nichts dazu sagen wollen.

Neugierig Blicke wandten sich ihr zu. Sie trat von einem Fuß auf den anderen. War sie jemandem auf die Füße getreten?

„Schluss jetzt!" Eine Frau drängte sich nach vorne.

„Ich bin Elizabeth. Ich habe dieses Spiel vor über 100 Jahren erfunden, um Menschen vor Ausbeutung zu bewahren. Es sollte ihnen zeigen, wie man mit Geld umgeht. Ich wollte das Übel der Geldvermehrung auf Kosten anderer zeigen. Antikapitalistisch sollte es sein." Elizabeths Stimme erreichte eine bedenkliche Höhe. „Wie ihr alle wisst, hat sich diese Variante nicht durchgesetzt. Durchgesetzt hat sich die, die nicht nur kapitalistisch ist" jetzt sie schrie sie fast, „sondern andere mit Freude in die Pleite treibt, in den Ruin!

Das ist es, was den Menschen Spaß macht!" Das Schreien wurde zu lautem Schluchzen.

„Survival of the fittest!", sagte Charles leise.

„Papperlapapp!", sagte Frieda. Und dann leise: „Man muss es doch nur wollen!"

„Dazu muss man es verstehen!", sagte Gotthold. „Daran hapert es, Frieda. Erst muss man es verstehen und dann muss man es auch noch wollen!"

Frieda drehte sich zu Gott um, der schweigend in Odins Stuhl lehnte.

„Macht es wirklich mehr Freude zu töten als zu retten?"

„Ich habe euch nicht gemacht!", sagte Gott. Und sprach weiter:

„Ich habe euch den freien Willen gegeben", während er die Hände so erhob, wie Menschen es in einer rat- oder hilflosen Geste tun.

Er klang so, als ob ihm das gerade sehr leidtue.

„Gar nichts hast du!", sagte Charles.

„Wir müssen einen anderen als Gott für unsere Missetaten suchen!", beschwichtigte Platon.

„Survival of the fittest!" Charles Stimme wurde noch lauter. „Millionen von Jahren Evolution!"

„Das mag Millionen von Jahren richtig gewesen sein. Heute überleben wir gemeinsam!"

„Gemeinsam lachen, statt Kriege machen", rief Alfred dazwischen, was tatsächlich zu Lachen führte.

„Denn der Mensch ist dem Menschen ein Wolf, kein Mensch, solange er nicht weiß, welcher Art der andere ist!"

„Aber das wissen wir doch längst!"

„Polypoly finde ich gut!", erklang Rosas sanfte, aber feste Stimme.

„Der Kopf ist rund, damit das Denken die Richtung wechseln kann!", rief eine Stimme aus dem Hintergrund.

„Welches Denken?"

„Du hast die Sonne doch auf die falsche Seite gemalt!", brüllte plötzlich Loki, der unbemerkt dazu getreten war, in Richtung Hieronymus.

„Was?"

„Wovon spricht er?" Tuschelnd und nicht tuschelnd, drehten sich Köpfe zueinander.

Hieronymus trat, von Lokis Lärmen angezogen, herbei.

„Ich habe einen Sonnenaufgang gemalt. Ich habe die Sonne in den Osten gemalt. Als Zeichen der Hoffnung auf einen bevorstehenden Tag!" Hieronymus musterte Loki.

Es war still. Loki und Hieronymus starrten sich an. Die Stille tat Frieda weh. Die Stille klang nach Sonnenuntergang. Es klang nach Sonne links. Sonne im Westen. Es wurde kalt.

„Ich bin für Polypoly!" Es war Elisabeths Stimme, die sehr leise war. Aber sie war nur leise. Sie war nicht schwach.

„Wir müssen es wenigstens versuchen!"

„Walhalla habe ich mir ganz anders vorgestellt", sagte Frieda müde zu dem Mächtigen, dessen Auge unablässig umherschweifte.

„Wir leben", jetzt blinzelte sein eines Auge sie an „im 21.Jahrhundert, Frieda!"

„Genau so ist es!" Gotthold trat vor. „Wir sind spät dran!"

„Also Polypoly!" Ein Mann trat vor, den Frieda als Tupac Amaru erkannte. Das letzte Mal, als sie ihn gesehen hatte, hatten ihn vier Pferde in Stücke gerissen. Oder auch nicht. Als sie ihn ansah, spürte sie erneut die Sporen des Reiters, der sie zwingen wollte, den Mann zu zerreißen. Kälte schoss ihren Rücken herab, während ihre Flanken schmerzten.

Vielleicht war er ja auch geköpft worden? Heute trug er seinen Kopf aufrecht.

„Es wird keine Straßen geben!", beschloss er. „Es wird nur einen einzigen Platz geben, Tupambaé und der ist für alle gleich! Ganz Südamerika war einmal Tupambaé, heute sagen einige, es sei *nur ein Ort*. Tupambaé, ein Wort der Sprache Tupí-Guaraní, eine Zunge der Indogenen des Quellgebietes des Rio de la Plata, bedeutet Gemeinsamkeit, gemeinsamer Grund, Allmende."

„Niemals werden alle gleich sein!", schrie eine unbekannte Stimme.

„Es ist auch nur der Platz, der für alle gleich ist!", schrie Tupac Amaru zurück. Frieda starrte auf die pochende Halsschlagader, die heute unversehrt war.

„Du musst die Idee dahinter sehen!", wies auch Platon die Stimme zurück.

Halldor mischte sich ein:

„Was die Menschen trennt, ist gering, gemessen an dem, was sie einen könnte."

„Nichts auf der Welt ist so mächtig, wie eine Idee, deren Zeit gekommen ist!", rief Victor.

„Und außerdem", ergänzte Seneca, „gibt es keinen bequemen Weg, der von der Erde zu den Sternen führt."

„Sapere aude!", ergänzte Emanuel, der bisher geschwiegen hatte.

„Heureka!" beendete Archimedes.

17.

Am anderen Ende des Raumes stand Hugo. Sie spürte ihn viel mehr als sie ihn sah. Ihr Körper spürte ihn. Ihre Haut pochte. Schweißperlen bildeten sich und hüllten sie ein wie eine feuchte Wolke.

„Mich wird der Schlag treffen," dachte sie kurz, als sie den Strom fühlte, der durch sie floss. „Ich bin eine Nervenzelle!" Staubkörnchen streiften schmerzend ihre Haut. Ihre Hände öffneten und schlossen sich zu Fäusten.

Während sie ihn anstarrte, löste sich ihr Körper auf und wurde zu Wasser. Zu bergabfließendem Wasser. Zu heißem bergabfließenden Wasser. Sie wurde eine Flut, die zu Hugo stürzte, um ihn zu ertränken, um in ihm zu ertrinken. Rennen wollte sie und stand wie angewachsen.

Sie hörte sich keuchen. Sehnsucht und Angst pressten sich durch ihre Lunge. Sie wollte ihn so gerne spüren. Die Wärme seiner weichen Haut auf ihrer spüren.

Eine Erinnerung flatterte durch ihr Herz. Die Angst davor, dass seine Hände kalt sein könnten. So kalt wie der Tod. Und die Erinnerung, wie sie eins geworden waren, als sie einander berührten.

Frieda spürte, wie das Blut in ihren Lippen pochte, die seine so gerne küssen würden. Sanftes Kitzeln auf weicher Haut. Und dabei spüren, wie sein Herz für sie schlug. Gegen ihres pochte. Mit ihm gemeinsam immer schneller pochte. Bis nur noch ein Herz gegen die Rippen pochte.

Ihr Herz pochte so sehr, dass sie in ihren Fingerkuppen pochen spürte.

Reglos sahen sie einander an. Sie legten ihre Blicke ineinander. Schauten, ob sich ihre Blicke noch hielten.

Hugos Augen waren so blau wie der Himmel, in den sie über Bifröst gelaufen war. So blau wie der Himmel, in den sie gelaufen war. Gelaufen war. Laufen.

Frieda lief. Sie lief ins Blaue. Sie lief in seine Arme, die sie endlich wieder umschlangen, in den Duft seines Körpers, der sie betörte.

Jeder Muskel, der sie hielt, war ihr vertraut. Sie vergrub ihre Nase in seinem Hemd, bevor sie ihren Kopf hob und ihren Mund seinem entgegenhielt. Das sanfte Kitzeln spürte auf ihren Lippen. Sie spürte sein Herz für sie schlagen und gegen ihres pochen. Gemeinsam mit ihrem immer schneller pochen. Bis nur noch ein Herz gegen die Rippen pochte.

Ob sie weiß, in wessen Armen sie gelegen hat? Ob sie weiß, warum sie den Namen Hammer trägt?
Ich weiß nun, wer Hugo ist!

Geborgen an Hugos Hand spazierte Frieda durch Asgard. Die Krone Yggdrasills bildete eine gewaltige Kuppel über ihnen, durch deren Lücken die Sonne wie durch bemalte Kirchenfenster schien. Aber die Schatten und Muster, die sie durch die Blätter warf, waren lebendig und erneuerten sich im Wechselspiel von Sonne und Wind.

Frieda schaute die Tausenden Regale voller Bücher empor, deren Enden sich irgendwo in den Zweigen Yggdrasills befanden. Sie sah und hörte Menschen lachen und sich streiten. Und sie sah und hörte sie sich wieder vertragen.

Sie saßen an einem Bach und sahen die Fische im klaren Wasser schwimmen. Seine Hand hielt ihre, während sie mit der anderen versuchte, einen Apfel mit einem kleinen

Messer zu zerschneiden. Eine Hälfte für Hugo, die andere für sie. So war es immer gewesen.

Während sie noch über den Apfel lachten, der lieber wegkullern, als sich zerschneiden lassen wollte, trat der Allvater zu ihnen, die linke Hand hinter seinem Rücken verborgen.

„Ich habe etwas für dich, Frieda!" Sein Auge lächelte so unergründlich und tief, wie das Laubdach Yggdrasills über ihnen hoch war.

Neugierig sah Frieda auf und wartete, dass der Einäugige ihr sein Geschenk zeigte.

„Da du noch lebst, Frieda", sagte er „kannst du nicht bei uns bleiben. Aber ich habe etwas für dich", jetzt zog er seinen Arm nach vorne und zeigte ihr, was sich in seiner Hand befand, „was es dir erlaubt, zu uns zu kommen, wann immer du es möchtest!"

Frieda sah einen Halsring aus Gold, der ohne zu funkeln in schöner Schlichtheit, das Schönste war, was sie an Schmuck je gesehen hatte.

„Das Brisinga men!", staunte Hugo.

„Ja, das Brisinga men. Wenn du es anlegst, Frieda, kannst du die Regenbogenbrücke benutzen, wann immer du es willst!"

Wortlos starrte Frieda auf den Halsreif, der in der Hand des geübten Verführers lag und darauf wartete, dass sie ihn nahm.

Sie sah sich, wie sie ihn anlegte, Nacht für Nacht, und die Regenbogenbrücke emporeilte. Heimlich. Sie sah sich immer wieder nach ihm greifen, immer öfter, andauernd, sie sah sich selbst, wie sie ihn nicht mehr ablegen wollte.

Frieda ließ Hugos Hand los. Sie öffnete die obersten Knöpfe ihres Hemdes und setzte das kleine Messer an die Stelle, wo sie ihr Herz klopfen spürte. Es war ein scharfes Messerchen. Es tat etwas weh – so, als ob sie sich geschnitten hätte. Dann drückte sie fester und es tat etwas mehr weh. Noch fester drückte sie und noch tiefer schnitt die Klinge in ihren Körper. Das Wehtun war sehr großgeworden. Blut lief aus ihr hinaus und tropfte auf die Böden Asgards.

Frieda drückte, stieß und schnitt immer tiefer. Das Blut tropfte nicht mehr, sondern floss. Es war das dunkelrote aus den Venen, die es eigentlich zum Herz zurückbringen sollten. Vor Schmerz traten ihr Schweißperlen auf die Stirn und ihr Atem keuchte. Stöhnend schnitt und zerrte sie. Etwas widerstand ihrem Schneiden – eine Arterie, die, als sie endlich zerschnitten war, ihr hellrotes Blut mit dem dunklen vermengte, was zu Friedas Füßen eine Lache gebildet hatte. Sie schnitt und zerrte immer weiter, obwohl sie vor Tränen längst nicht mehr sah, was sie tat. Helles Blut und dunkles Blut. Frieda und Hugo.

Mit einem letzten Ruck riss sie es hinaus. Mit ihrer linken Hand streckte sie es Hugo entgegen – es war so warm, wie Hugos Hände, wenn sie sie streichelten. Es zuckte ein wenig.

Frieda ohne Hugo.

„Ich habe etwas für dich, Hugo", weinte sie und legte ihr Herz in seine beiden Hände.

„Weißt du zu bitten? Weißt du Opfer zu bieten?", sagte der Allmächtige. Sein Auge glänzte feucht vor Stolz.

Frieda knöpfte ihr Hemd wieder zu. Sie wollte nicht, dass irgendjemand das Loch an der Stelle sah, wo sich ihr Herz befunden hatte.

„Bringst du mich zurück?", fragte sie den Allvater. Noch einmal führte ihr Blick sie ins Blaue. Sie sah in ein blaues Tränenmeer. Dann nahm der Allvater sie am Arm und zog sie sanft mit sich.

Kurz vor dem Tor hörte sie eine zarte Stimme ihren Namen rufen.

„Frieda, warte!", rief Elisabeth. „Wir haben etwas für dich!" Fröhlich kam sie herbeigerannt, Rosa an ihrer Seite. Sie hielt eine Schachtel in ihren Händen.

Ein kleiner Karton, auf dessen Oberseite ein Platz abgebildet war, um den eine Vielzahl freundlicher und weißgetünchter Häuser stand. Blumen standen auf den Fensterbänken.

POLYPOLY stand in Großbuchstaben darauf.

„Nimm es mit, Frieda! Wir haben die Spielregeln geändert."

Frieda nahm es und drückte es an die Stelle, wo sich ihr Herz befunden hatte. Es passte gerade in die Lücke. Ihr schien es, als ob sie der Flügelstreich eines Schmetterlings berühren würde. Dann ging sie durch das Tor und streichelte im Vorübergehen mit den Fingerkuppen sanft über die Haut Yggdrasills, die sich noch immer wie Rinde anfühlte. Der Weltenbaum raschelte erfreut mit seinem grünen Laub, in das sich immer mehr gelbe und braune Blätter mischten, die bald auf den Rücken Heimdallrs fallen würden. Eines der grünen Blätter löste sich, während die anderen miteinander raunten und segelte ganz sacht auf Frieda hinab, um die Wunde zu schließen, die sie unter ihrem Hemd und ihrer Jacke verbarg.

Das Auge des Wahren begleiteten sie die ersten Schritte auf Bifröst.

Alleine schritt sie die Regenbogenbrücke hinunter, mit beiden Füßen in grün, an Snorri vorbei, der einen großen Krug neben sich stehen hatte und an einer Pfeife sog.

Wortlos stand er auf und hob grüßend die Hand mit der Feder, mit der er ihre Geschichte schrieb.

Die Frau Frieda! Ich weiß gar nicht, was ich sagen soll. Was soll ich dazu sagen?

Frieda ging und ging immer weiter, sie ging, bis sie die Augen aufschlug und auf der Bank sitzend in die Ferne sah, während zwei Raben neben ihr mit den Köpfen unter den Flügeln schliefen.

Dann erhob sie sich, sprang die Böschung hinab und lief die Kehren des Waldweges zurück bis zu der nassen dunklen Spur im Gras, die zu ihrem Bauwagen führte.

Ben und Pastor schauten ihr entgegen, als sie die Türe aufstieß. Auf dem Tisch stand ein kleiner Korb mit Brötchen. Ein Glas mit Marmelade stand daneben.

„Ich habe uns Brötchen geholt", sagte Ben erwartungsvoll und irgendwie stolz und griff nach dem Kaffee, um ihren Becher zu füllen.

18.

Frieda schwieg. Sie nahm den Becher und ging wieder aus ihrem Bauwagen hinaus. Draußen setzte sie sich in einen der Gartenstühle, die noch vom Abend dastanden und blickte auf den Wagen.

Die Farbe blätterte ab. Seitlich neben einem der Reifen stand die Farbe, die sie schon gekauft hatte, um ihn neu zu streichen. Daneben lag das Schmirgelpapier. Sie sah auf die Arbeit, die sie erledigen wollte und sie sah durch sie hindurch. Reden konnte sie nicht und weinen konnte sie auch nicht. Sie konnte nicht arbeiten und nicht denken. Unberührt stand der Kaffee neben ihr im Gras.

Reglos saß sie in ihrem Stuhl.

Es lag etwas Qualvolles darin, zu spüren, wie alles um sie herum lebte, während sie selbst tot war. Die Vögel zwitscherten, als ob sie ihr Herz noch hätte. Die Sonne strahlte vor Freude über diesen schönen Tag.

Sie spürte Moos an ihren Beinen emporwachsen und sie spürte, wie es Winter wurde und kalt. Wasser drang in winzige Ritzen und der Frost sprengte kleine Teilchen aus ihr heraus. Es war schöner, als ein wenig Schnee sie bedeckte und verbarg.

Reglos saß sie in ihrem Stuhl.

Irgendwann kamen Pastor und Ben aus ihrem Wagen. Ben legte eine Decke um ihre Schulter. Als die Sonne die Baumwipfel streifte, entzündeten die beiden ein Feuer. Sie zogen ihre Stühle nahe an Frieda heran.

„Damals", erzählte Ben dem knisternden Lagerfeuer, „bevor ich Frieda kennenlernte, hatte ein Freund von uns ein neues Haus gebaut. Es ist ein wunderbares Haus. Es ist so wunderbar, dass wir beschlossen, unser kleines Haus zu verkaufen und auch zu bauen.

Wir bauten genauso prächtig und schön wie unser Freund Hansen. Und es wurde so viel teurer, als wir es uns leisten konnten. Also arbeitete ich mehr und mehr. Ich nahm noch einen Job an und am Wochenende ging ich auf die Baustelle und machte alles selbst, was ich irgendwie selbst machen konnte. Aber es reichte nicht. Ich bekam Albträume – das Haus begann mit mir zu schimpfen. Erst nur nachts und schließlich auch tagsüber, wenn mir zwischendurch immer wieder die Augen zufielen. Ich begann meine Familie zu hassen, der ich die Schuld in die Schuhe schob, mich zum Hausbau gedrängt zu haben. Meine Kinder, die auf nichts verzichten wollten, obwohl wir kein Geld hatten. Meine Frau, die „nur" halbtags arbeitete und alles vom Besten wollte. Alle anderen waren schuld und ich war fix und fertig. Eines nachts überlegte ich, sie zu töten, sie mir alle vom Leib zu schaffen, um den Druck loszuwerden und weil ich das natürlich nicht konnte, bin ich weggelaufen. Immer weitergelaufen, halb verrückt, völlig verrückt. Irgendwann kam ich hier an und suchte Schutz unter einer alten mächtigen Fichte, deren Äste bis auf den Boden hingen und unter der ich mir eine Art Zelt erschaffen habe. Es dauerte Wochen im Wald, bis ich wieder richtig zu mir kam, zwar mit einer Gedächtnislücke, aber innerlich ruhig und dann ging ich ins Dorf, um einzukaufen. Und da traf ich Frieda. Zum ersten Mal! Zum zweiten Mal traf ich sie, nachdem ich aus dem Wald in die kleine Gartenlaube im Garten neben ihrer Apfelplantage gezogen war und nach Kassandra suchte, dem kleinen Kätzchen, was mir zugelaufen war.

Alles wurde immer besser, bis Frieda das Haus kaufte, Schulden machte, um unseren Traum zu verwirklichen. In der Nacht bin ich wieder durchgedreht und weggelaufen. Danach war ich viele Monate in der Psychiatrie. Meine Frau hat sich von mir scheiden lassen und meine Kinder durfte ich kaum noch sehen. Inzwischen wollen sie mich nicht mehr sehen.

Ich habe alles verloren. Ich bin Ben Niemand."

Frieda saß reglos in ihrem Stuhl. Weder Pastor noch Ben konnten erkennen, ob sie der Geschichte gefolgt war.

Pastor legte weiteres Holz auf und Ben ging in den Wagen, um Bier zu holen. Vielleicht würde sie ja etwas trinken. Inzwischen war es Nacht geworden und kalt. Pastor legte eine weitere Decke über Friedas Beine.

Im Frühjahr baute eine Meise ein Nest in ihrem Haar. Sie nahm ihre Strähnen und polsterte es aus. Später piepten die Kleinen dort oben. Das Gras, die Büsche und Bäume – alles wurde erst zart und dann immer dunkler grün.

„Sprich weiter, Ben!"

Während meiner Zeit, die ich unter der Fichte verbrachte, hatte ich viele Träume. An einen erinnere ich mich besonders intensiv", erzählte Ben weiter.

Etwas stimmte nicht. Seine rechte Hand griff zu seinem linken Handgelenk. Nackt. Blass und etwas feucht verschwitzt. Sie war weg.

Der Mistkerl hatte seine Uhr geklaut. Sich höflich entschuldigt für das Anrempeln und seine Uhr geklaut. Verdammter Mistkerl. SEINE UHR! Er liebte seine Uhr und er BRAUCHTE sie. Wohin war der Kerl gelaufen? Verschwunden in den fröhlichen Gesichtern eines Frühlingstages. Wahrscheinlich Richtung Marktplatz. Er reckte den Kopf. Es war ein Kapuzenjunge. Die Straße wogte vor Kapuzenjungen. Wahrscheinlich auch Mädchen.

Sein Blick hastete durch die Menge. Da! Da hinten! Er rannte los. Er stürmte durch die Menschen, rempelte sie an, stieß sie zur Seite.

„Hej, pass doch auf, Idiot."

Er tat den Menschen weh. Egal, er musste seine Uhr wiederhaben.

„Ey, spinnst du?"

Da vorne ging der Dieb. Gleich! Gleich hätte er ihn.

Er riss eine junge Frau zur Seite.

„Geht's noch? „

„Ein Dieb, da vorne", keuchte er.

Die Kapuze verschwand hinter einer Hausecke. Er knallte auf die Pflastersteine. Stöhnte.

Hände reckten sich ihm entgegen. Nein, Fäuste!

Wütende Gesichter schauten auf ihn herab.

„Ein Dieb, da vorne", keuchte er und zeigte auf die leere Hausecke.

Die Menschen um ihn schoben sich enger zusammen. Wut schwappte ihm entgegen. Gurgelnd rang er nach Luft.

„Dieb", presste er aus seinem Mund. „Uhr."

Er zeigte sein blasses, leeres Handgelenk. Gesichter schoben sich heran.

„Der Trottel hat sich seine Uhr klauen lassen."

Gelächter drang aus den zornigen Gesichtern – wie das Wiehern einer aufgebrachten Pferdeherde. Jetzt wieherten alle. Mmmmhhmmmhm!

„Dumm und rücksichtslos, was?" Eine Frau beugte sich zu ihm herab. Eiscreme klebte in ihrem Mundwinkel. Helle kalte Augen starrten ihn aus einem runden Gesicht an.

„Hat der arme Kerl sich seine Uhr klauen lassen?"

Scheinbares Mitgefühl wieherte. Hmmmhmmmhmmhm.

Der Erfolg trieb die Frau voran. Sie hob den Fuß. Er sah den Spann ihres Fußes aus den Ballerinas quellen. Dann traf der Fuß sein aufgeschrammtes Knie. Er krümmte sich. Die Masse wieherte. Mmmmhmmmhmmm.

„Nur ein Trottel lässt sich seine Uhr klauen!", stellte die Fette triumphierend fest.

Triumpf blitzte aus ihren wässrigen Augen. Sie war wer!

„Seine Uhr! Seine Uhr!", wieherte die Masse.

„Seine Uhr", echote die Frau, darauf erpicht, ihren Erfolg zu verlängern.

„Seine Zeit!"

„Die Zeit ist weg, die Zeit ist weg!" Rhythmisches Klatschen.

Meine Zeit ist weg, dachte er.

„Du bist ein Opfer!", sagte die Frau.

„Ich habe keine Zeit mehr!", murmelte er vor sich hin. Entsetzen mauerte sein Herz zu, wie ein Katarrh die Bronchien.

„Ich bin verloren, meine Zeit ist weg!" Alles war egal. Er schloss die Augen.

Er öffnete die Augen. Er stand alleine auf dem Marktplatz. Vor ihm die Kirche. Am Turm die Uhr. Sie glänzte zufrieden im Sonnenlicht.

Rückte ihren schlanken Zeiger vor, ruhte. Rückte, ruhte. Rückte, ruhte.

Sein Herzschlag beruhigte sich. Er atmete. Atmete in ihrem Rhythmus. Ruhte, atmete. Ruhte, atmete. Die Zeit war wieder da.

Er atmete. Er ruhte, atmete.

Die Uhr öffnete ihr linkes Auge in der Neun. Sie starrte ihn an.

Er blinzelte. Sie nicht. Sie rückte und ruhte.

Dann öffnete sie ihren Mund in der Sechs.

„Du kannst meine Zeit nicht haben. Die Zeit gehört mir", ätzte sie zu ihm herab.

Die Säure der Wahrheit schoss in seinen Magen. Der brannte.

„Du bist doch für alle da", keuchte er.

„Was fällt dir ein? Für alle da! Pff!", stieß sie aus dem gespitzten Loch in der Sechs.

„Du hast keine Zeit mehr", sagte sie, ohne die Lippen zu bewegen.

„Nein!", keuchte er, „nein, du bist für alle da. Auch für mich!"

Jetzt öffnete sie auch ihr Auge in der Drei. Sie blinzelte nicht. Sie starrte ihn an.

„Du hast sie für immer verloren", stellte sie fest.

Mit ruhigen Bewegungen löste sie sich aus ihrer Verankerung. Oben, unten, rechts, links. Mit langsamer Arroganz löste sie sich – es geschah völlig geräuschlos, wie er feststellte – und rollte gemächlich den Turm herab. Geschmeidig floss sie über das raue Mauerwerk und über die Fugen. Langsam, so als habe sie alle Zeit der Welt. Wie flüssig und gleichzeitig fest wälzte sich die goldene Fassung der Uhr über die Unebenheiten ihrer senkrechten Bahn. Der Gravitation zum Trotz wurde sie nicht schneller. Sie rollte sich sanft und ebenmäßig dem Erdboden entgegen; ihre Bewegung erinnerte ihn an das zähe Fließen von Motorenöl, während sie anmutig schimmernd dem Grund entgegenrann.

„Bitte! Bleib da! Ich brauche Zeit!"

Das warme Gold der Uhr schimmerte kalt zu ihm herab. Sie ignorierte ihn und floss elegant über den Sims, auf Höhe des Tores räkelte sie sich wollüstig an der Kante und ergoss sich zufrieden auf die Pflastersteine des Bodens.

Ihre Beine berührten das Pflaster. Sie räkelte sich in den Schultern, mit leisem Schmatzen löste sich ihre Fassung vom Stein.

Dann schritt sie davon. Mit jedem Schritt wurden die langen, dünnen Beine länger und dünner.

Ihr Körper wuchs in den Horizont hinein. Schließlich war sie weg.

Frieda saß reglos in ihrem Stuhl.

Im Sommer wurde es heiß. Die Sonne beschien sie von allen Seiten. Reglos sah sie ihren Schatten um sich wandern. Die Kleinen aus dem Nest hatten sie verlassen und mit ihrem Haar spielte jetzt nur noch manchmal der Wind.

„Unter der Fichte", sagte Ben, „habe ich meine Zeit wiedergefunden, auch ohne Uhr. Man braucht gar keine Uhr, um seine Zeit zu finden." Pastor schwieg eine Weile. Seine Augen waren auf Frieda gerichtet, die er aufmerksam beobachtete.

„Sprich weiter, Ben. Ich glaube, sie hört dir zu. Irgendwie." Ben überlegte ein wenig.

„Eines Tages saß ein Mädchen auf der Bank in der Kummerkurve, als ich gerade den Pfad durch den Wald kam und durch die Brombeerhecke wollte. Sie schrieb einen Brief, den sie hinterher aus ihrem Block gerissen und weggeschmissen hat. Ich nahm ihn aus dem Abfalleimer. Ich trage ihn seitdem immer bei mir."

Er kramte den Brief aus seiner Tasche und zog ihn aus einem Umschlag.

Lieber Gott oder lieber Götter oder wer auch immer,

ist da überhaupt jemand?

Bitte, bitte, es soll da jemand sein.

Hör mir zu, hört mir jemand zu?

Es tut so weh. Mach, dass es aufhört wehzutun. Ich halte das nicht mehr aus. Ja, ich ritze mich. Dann tut der Körper mehr weh als meine Seele.

Es ist schön, wenn die Seele nicht mehr weh tut, aber hinterher tut sie noch mehr weh. Ich will, dass das aufhört.

Warum bin ich nicht so wie die anderen? Normal! Oder das, was für normal gehalten wird. Sind die normal, die andere mobben, verfolgen, quälen? Sind die normal, die die meisten sind? Sind es die meisten oder machen die nur mit?

Warum ich?

Warum quälen die niemand anderen. Oder niemanden?

Warum mich?

Ich kann doch nichts dafür.

Schule ist so furchtbar. Schule ist furchtbar, weil ich keine Hollister-Klamotten trage und kein I-Phone habe. Schule ist furchtbar, weil ich kurze Haare habe und kein Model bin. Schule ist furchtbar, weil meine Mutter einen Kleinwagen fährt. Schule ist furchtbar, weil ich keine Halbnackt-Fotos von mir poste. Schule ist furchtbar, weil wir mal wieder nicht in den Urlaub fahren.

Warum hat Mama vier Jobs, nie Zeit und kein Geld?

Lieber Gott, ihr Götter,

so gerne würde ich an euch glauben. Aber wo seid ihr?

Gehört es zu deinem oder eurem Plan, dass die Welt voller Rankings und Challenges steckt?

Schneller, schöner, besser? Teurer?

Wer hat die meisten „Likes"?

Ich habe gar keine. Weil ich nicht poste und nicht possiere. Mag mich deshalb niemand? „Ungeliked"?

Bin ich nichts wert? Im Ranking ganz unten?!

Nein, ich bin noch nicht einmal im Ranking drinnen. Ich bin das Entwicklungsland in der großen Show. Bei mir wächst die Wirtschaft nicht. Ich stehe nicht auf der Gewinnerseite. Meine Bonität ist nicht „Triple A". Es brummt und boomt nicht. Das Ranking in der Schule besteht aus Noten oder Punkten. Ich werde gewogen und gewertet. In die Skala 0-6 oder 0-15 eingeteilt.

Daraus ergibt sich mein Wert. In elf Fächern werde ich gewogen und gewertet. Zusammengezählt, durch elf geteilt. Note 3,4. Ich bin gerade noch befriedigend, mit der Tendenz nur noch ausreichend zu sein.

Lieber Gott, ich bin 17 Jahre alt und schwach befriedigend. Nach der nächsten Mathearbeit bin ich wahrscheinlich nur noch ausreichend.

Wozu reiche ich aus?

Schriebe ich nur Einsen, wäre ich sehr gut.

Worin wäre ich sehr gut?

Im Ranking ganz oben. Ausbildungsplatz nach Wahl, Studienfach und -ort nach Wahl. Dann wieder im Ranking. Am besten wieder eine „Eins". Eine „Eins" im Funktionieren. Aber ich bin ja ein Entwicklungsland. Ich bin keine reiche Industrienation mit einer „Eins" im Funktionieren. Ich funktioniere nur knapp befriedigend, noch! Bald nur noch ausreichend – nehme ich an!

Es bleibt dabei. Ich bin ein Entwicklungsland. Ich bin unterentwickelt.

Dazu kommen Dürren und Fluten. Die verbessern meinen Zustand auch nicht. Verwüstung. Und dann kommt der

Krieg. In mir herrscht auch Krieg. Ich bin ein verwüstetes Entwicklungsland, in dem Krieg herrscht. Ja kämpft gegen nein. Es ist ein blutiger Krieg, vor dem ich weglaufen möchte. Dann bin ich ein Flüchtling.

Ein Flüchtling, der irgendwie die Grenze passieren möchte, hinein in eines der Länder, in denen kein Krieg herrscht, wo alles in Ordnung scheint.

Dann muss ich eine fremde Sprache lernen und fremde Gewohnheiten annehmen. Aber erst einmal muss ich über die Grenze, an der sie schießen wollen. Mich abschießen. Viele Millionen Flüchtlinge, in deren Ländern Krieg herrscht oder Dürre oder Fluten oder alles auf einmal.

Um dann in meinem neuen Land zu bestehen, muss ich mich anpassen, ich muss mich integrieren.

Wenn ich alles so mache, wie es die anderen für richtig erachten, bin ich willkommen. Vielleicht. Nicht bei allen. Bei manchen nicht, sie spüren „mein Anderssein." Sie haben Angst vor mir. Angst, dass ich ihr System beschädige. Weil ich anders bin.

Ich bin immer noch in meinem Land, in mir. Da, wo Dürre und Fluten und Kriege herrschen. Warum eigentlich? Warum ist es in mir so? So, wie es ist? Wer hat diesen Zustand ausgelöst? Wie wäre es ohne die anderen? Die, mit denen ich mich vergleichen muss, bei denen ich im Ranking ganz unten stehe und gegen die ich jede Challenge verliere.

Du bist doch der allmächtige Gott und hast uns nach deinem Ebenbild geschaffen. Gibt es bei dir auch ein Ranking? Aber ja, du sortierst ja auch: in Himmel und Hölle!

Wenn ich mein ganzes Leben ein Täter bin und auf dem Sterbebett bitterlich bereue, dann komme ich in den Himmel, richtig?

Wenn ich mein ganzes Leben freundlich und hilfsbereit war, aber nie an dich geglaubt habe, dann komme ich wohin? In die Hölle?!

Also auch bei dir Challenge und Ranking. Irgendwann sollst du ja von uns bedient gewesen sein, da hast du die Sintflut geschickt. Die Challenge hat Noah gewonnen. Noah und seine Familie. Alle anderen müssen Looser gewesen sein.

Wie hast du eigentlich bei den Tieren entschieden, lieber Gott? Nach welchen Kriterien hast du die auserwählt oder absaufen lassen?

Gibt es böse Elefanten? Looser-Elefanten?

Wir sind doch nach deinem Abbild entstanden, du Allmächtiger.

Warum ist dir das so aus dem Ruder gelaufen? Angeblich hast du uns schon in Babel bestraft. Der Turm war dir ein Graus – also hast du uns bestraft. Mit vielen unterschiedlichen Sprachen, damit wir uns nicht mehr verstehen und nicht alles erreichen können. Vielleicht wär's doch gut geworden? Jetzt verstehen wir uns wirklich nicht mehr.

Dieses System der Bestrafung, das ist doch deiner nicht würdig. Da du allmächtig bist, hättest du uns ja auch perfekt machen können.

Du hast uns fehlerhaft gemacht. Oder hast du einen Fehler gemacht? Hast du „Matrix" gesehen? Da werden Menschen mit Viren verglichen. Nur Viren und Menschen zerstören ihren Wirt. Töten und vernichten, was sie am Leben hält. Du musst zugeben – das stimmt.

Vielleicht sollen wir ja lernen, vielleicht ist alles nur ein Weg. Aber in Babel und bei der Sintflut ist dir der Geduldsfaden gerissen. Reset. Alles auf neu.

Wo ist meine Reset-Taste? Oder müssen die anderen nach ihrer suchen? Wer drückt die eigentlich?

Drück du, lieber Gott, drück auf Reset bei mir!

Mach aus einem Entwicklungsland mit Dürren und Fluten und Kriegen ein „Erste-Welt-Land". Eine Industrienation. (Die dann die Welt mit ihren Abgasen verpestet und die Ressourcen der anderen frisst – egal).

Mach das Mama reich wird, ich ein iphone bekomme, ich Bilder posten kann und „Likes" bekomme. Lass meine Finger den ganzen Tag über die Tasten flitzen, lass mich immer online sein, lass mich mein Essen und meine neuesten Schuhe posten und in meinem Blogg Schminktipps verbreiten.

Lass mich eine Challenge gewinnen. Am meisten Eis oder Burger gefressen – ohne zu kotzen.

Lass mich am besten kochen, am schnellsten rechnen. Lass mich in der schnellsten Ranking-Show die Schnellste sein!

Mach's gut, lieber Gott. Mach es endlich gut!

Christiane"

Ben schwieg. Durch die Stille klang ein Seufzen, leicht wie der Flügelschlag eines Schmetterlings.

Frieda saß reglos in ihrem Stuhl. Der Mund war ein wenig geöffnet.

Schließlich fielen die ersten Blätter auf sie herab. Gelbgoldene Liebkosungen auf ihrer steinernen Haut. Der Wind zauste heftiger an ihren Haaren. Manchmal wurde es nachts richtig kalt, manchmal rannen Regentropfen in ihre Augen und wieder heraus – dort, wo eigentlich Tränen fließen sollten.

„Heute Nacht wechseln wir uns ab!", sagte Pastor. „Einer von uns bleibt immer bei ihr und hält das Feuer am Brennen."

19.

Frieda saß in dem Gartenstuhl und betrachtete die abblätternde Farbe des Bauwagens. Sie griff nach der Kaffeetasse, die sie neben dem Stuhl ins feuchte Gras gestellt hatte. Eiskalt!

Dann sah sie Ben, der neben ihr saß. Er schlief unter einer Decke. Sein Kopf hing auf die rechte Schulter hinab. Vor ihnen glomm das Lagerfeuer vor sich hin.

Frieda schob die Decke von ihren Beinen und stand auf. Sie wollte heißen Kaffee trinken. Ben sah so aus, als ob auch er eine Tasse gebrauchen könnte.

„Die Brötchen schmecken, als seien sie vom Vortag", stellte Frieda fest, als sie später zusammen beim Frühstück saßen.

„Irgendwie schon", freute sich Ben. Pastor musterte Frieda. Das Lächeln, das sonst allgegenwärtig in ihren Mund- und Augenwinkeln wohnte, immer bereit, größer zu werden, hatte sich versteckt. Ihr Gesicht war blass, die Augen waren in sich gekehrt und ruhig. Aber sie sprach wieder, wenn auch nur wenig.

„Übrigens", sagte sie und hielt darin inne, die untere Hälfte ihres gestrigen Brötchens mit Butter zu bestreichen, „ist Gott tot!"

Prüfend und voller Mitgefühl sah sie Pastor an, der in seinem vorherigen Leben ein Pastor war. Sie biss in ihr Brötchen.

„Um Gottes willen!", sagte Pastor.

„Gott sei Dank!", sagte Ben.

„Arme Christiane!", sagte Frieda.

Danach sprachen sie eine Weile überhaupt nicht mehr. Frieda bestrich sich die obere Hälfte ihres gestrigen Brötchens mit Butter und Marmelade.

„Wollen wir heute den Wagen streichen?", schlug sie schließlich vor.

„Ist denn genug Farbe da?"

„Wir können erst einkaufen gehen und dann den Wagen streichen", meinte Pastor und nickte in Richtung des Kühlschranks. „Der ist fast leer."

Gemeinsam räumten sie die wenigen Dinge, die sie zum Frühstück gebraucht hatten, von dem schmalen Holztisch. Das benutzte Geschirr stellte Frieda in eine Schüssel. Später würden sie Wasser am Lagerfeuer erhitzen und es spülen.

Zu dritt liefen sie zu der kleinen Straße, die nach Fronhausen führte und wanderten sie unter der Apfelbaumallee entlang, bis sie an Friedas ehemalige Plantage kamen. Der Zaun hing immer noch halb verrottet da und lud zum Darübersteigen ein. Pastor schaute neugierig auf das verlassene Stück Land, wo die Geschichte von Frieda und Ben begonnen hatte.

„Wollen wir?" Ben sah Frieda fragend an.

„Wirst du es denn ertragen können? Ich war neulich schon hier. Mir macht es nichts."

Dass Pastor wollte, sah man. Ben zögerte, dann nickte er.

„Jetzt oder nie!" Frieda drückte den Zaun noch tiefer, damit Pastor leichter darübersteigen konnte. Dann streiften sie die Reihen der Apfelbäume entlang, unter denen Frieda schon als Kind gespielt hatte. Faulende Äpfel am Boden,

Brennnesseln, zu hohes Gras. Um diese Plantage kümmerte sich schon lange niemand mehr.

Sie liefen zu dem Platz, an dem die Bauwagen im Halbkreis gestanden hatten und erklärten Pastor wie es früher war.

Plötzlich standen die Wagen wieder da, Menschen lachten und riefen durcheinander. Überall waren Äpfel, dufteten Äpfel, rochen Äpfel. Wespen schwirrten umher.

Äpfel kullerten umher, fielen herab, Äpfel faulten und Äpfel wurde gepflückt und sortiert.

Am Abend saßen sie gemeinsam am Lagerfeuer, kochten gemeinsam, erzählten wie ihr Leben war, wenn der Winter kam und die Arbeit auf der Plantage ruhte. Friedas Wangen hatten sich gerötet, sie schwenkte beschreibend mit ihren Armen durch Luft. Und lachte plötzlich, als sie Pastor erzählte, wie Ben vor ihr durch die Hecke gekrochen kam und sie Eva nannte, weil sie einen Apfel in den Händen hielt.

Dann erstarrte sie einen Moment. Pastor beobachtete sie. Ihr Gesicht lächelte, aber die Augen, die er schon traurig gesehen, sehr traurig gesehen hatte, waren anders als je zuvor. Wenn man jetzt in Friedas Auge schaute, war es, als schaute man in die Unendlichkeit. Man konnte hineinschauen und sich darin verlieren, ohne dass sie den Blick zurückgab. Ihr Blick hatte etwas Bodenloses.

„Drei mal drei ist gar nicht null", sagte sie. Und fing an zu singen:

„Zwei mal drei macht vier widewidewid und drei macht neune."

Pastor und Ben sahen sie an.

„Pippi Langstrumpf?", fragte Ben.

„Ich mach mir die Welt, widiwidi wie sie mir gefällt", sang Frieda weiter.

„Aber wie gefällt uns denn die Welt?", fragte Ben.

„Und warum machen wir sie uns nicht so?"

„Lasst uns nachher aufschreiben, wie sie uns gefällt oder gefiele", in Friedas Augenwinkeln, um den bodenlosen Blick herum, wuchs ein kleines Lächeln, „und dann – dann machen wir sie uns so!"

Das Lächeln wuchs. Der Blick blieb.

„Denn drei mal drei macht neun und nicht null!"

Pastor und Ben sahen sie fragend an. Fragend, aber sehr glücklich! Zwei Raben landeten mit Flügelrauschen in dem Apfelbaum neben ihnen.

„Krok", rief Frieda ihnen zu. Huninn und Muginn antworteten ihr freundlich: „Krokkrok"

Ben starrte sie an.

Ein paar Einkaufstüten und Farbeimer später saßen die drei am Lagerfeuer, über dem ein Topf mit Wasser baumelte, in dem sie ihr Abwaschwasser erwärmten. Sie hatten Stifte in den Händen und Papier.

Die Aufgabe war gestellt: Adjektive, die eine Welt beschrieben, die ihnen gefallen würde.

Das Wasser begann im Topf zu blubbern, ein paar Vögelchen zwitscherten dem Herbst entgegen und irgendwo in der Ferne tuckerte ein Trecker, während ihre Gedanken über das Papier und das Feuer unter dem Topf knisterten.

Einige Minuten später las Frieda vor, was sie einzeln notiert hatten:

„Gerecht, friedlich, übersichtlich, empathisch, wohlwollend, kreativ, fröhlich, beschützend, fürsorglich, liebevoll, bescheiden, sorgsam, vorsichtig, nachhaltig, klug, neugierig, interessiert, aufgeschlossen, großzügig, frei, demokratisch, gleichberechtigt, maßvoll, friedlich, tolerant, wahrheitssuchend, menschenfreundlich, naturschonend, maßhaltend, liebevoll, humorvoll, kunstsinnig, musikalisch, fair, chancengebend, fortschrittlich, machtverteilt, friedlich, offen, hell, warmherzig, sauber, naturbelassen, gesund, gleichberechtigt, ausgeglichen, umweltfreundlich."

„Warum das wohl so schwer ist?", fragte Pastor. „Mir scheint, wir wollen alle ungefähr das gleiche."

„Um es mit Michael Jordans Worten zu sagen: Die besten Reformer, die die Welt je gesehen hat, sind die, die bei sich selbst anfangen", sagte Ben und fragte dann: „Sind wir denn all das, was wir uns von anderen wünschen?"

Seine ohnehin von Schmerzen gezeichnetes Gesicht verzog sich zu noch bittereren und tieferen Furchen.

„Ich kann euch sagen, wie meine Welt ist, meine innere Welt aussieht: sie ist der von Christiane sehr ähnlich. Deswegen habe ich ihren Brief an Gott auch auswendig gelernt. Es könnte auch mein Brief sein:

Misstrauisch bin ich und gequält, von einer Welt, in die ich nicht zu passen scheine. Ich bin überfordert und verletzt. Ich scheitere an allen Aufgaben, die mir das Leben stellt. Statt individuell zu sein, bin ich einsam im Anderssein. Ich fürchte mich und bange um meine Existenz, die mir auf der anderen Seite wenig, aber nicht wenig genug bedeutet. Ich konkurriere in einem Kampf, in dem ich konkurrenzlos bin. Konkurrenzlos verloren. Ich bin missgünstig auf die, die bestehen und möchte doch nicht sein wie sie. Ich kann nicht tolerant sein. Um tolerant zu sein, muss man sich sicher und stark fühlen. Ich bin unsicher und schwach. Maßvoll bin ich, weil ich kein Geld habe, um maßlos zu sein. Ich kann nicht fair sein, weil ich neidisch bin, weil ich ganz unten stehe, weil ich ein Verlierer bin.

Lachen? Das tun nur andere über mich. Die, die es nicht tun, haben Mitleid mit mir, was bedeutet, dass sie mich verachten, wofür ich sie hasse!"

Seine Brust hob und senkte sich von der Anstrengung, seine Wahrheit über sich selbst auszusprechen.

„Ja", sagte Pastor und Frieda legte noch ein paar Scheit Holz auf das Lagerfeuer, über dem das Abwaschwasser im Topf verdunstete, „das ist ja nun vorbei!"

Ich ziehe die Feder ein letztes Mal aus der Tinte, um meinen Namen unter das zu schreiben, was der Allvater, der sehr Weise, der Rabengott von mir wollte.

Dann schraube ich das Tintenfass zu, nehme die beschriebenen Blätter, stehe mühsam und mit schmerzenden Knochen auf und wende mich Walhalla zu.

Heimdallr steht da und schaut mir entgegen. Kein Muskel zuckt in seinem Gesicht, der mir verraten würde, ob ich Einlass finden werde.

Ich sehe ihn fragend an. Mir ist elend zumute. Plötzlich packt mich ein fürchterlicher Schwindel. Ich taumele. Ich falle. Aurora borealis, denke ich noch, als ich sehe, wie alles um mich herum in herrlichstem Grün zuckt, bevor mir schwarz vor Augen wird.

20.

Ich möchte töten und zerstören! Als tödlich glühender Lavastrom soll mein Schmerz aus mir strömen – mich erlösen durch die Schmerzen der anderen, deren Schmerz den meinen übertönen soll. Nichts als verbrannte Erde will ich hinterlassen. Zerstörung soll hinter mir und neben mir sein und das, vor mir liegt, soll sich fürchten, vor dem, was über sie kommt!

Statt Lava quellen Tränen aus meinen Augen, die ungläubig verwischen wollen, was sie gerade lasen. Wasser statt Feuer. Statt roter Höllenglut über mir blauvioletter Jacaranda-Regen. Insekten summen zufrieden durch die Frühlingssonne und bedienen sich an dem reich gedeckten Tisch. Der Wind streichelt mich, während ich alles zerschlagen möchte. Ich schniefe und ich zittere in der warmen Sonne.

Ein letztes Zipfelchen Vernunft zeigt mir ein Bild Friedas, die ihren steten Lavastrom gelernt hatte, so sorgsam dosiert als lebensspendenden Nährstoff, an ihre Umwelt zu verteilen.

„Frieda, Frieda, Frieda!", schluchze ich, weil ich nicht mehr weiß, wer sie war, diese Frau, in deren steter Wärme ich gewachsen bin, wie das Küken im bebrüteten Ei.

Frieda, meine Frieda, hatte vor nichts Angst. Und wenn sie doch einmal vor etwas Angst hatte, dann lächelte sie dieses Lächeln in meine Richtung. Ein Lächeln, das ich schon wieder nicht beschreiben kann. Ein bisschen Schelmenlächeln, ein paar Spritzer Selbstironie, ein kleines Achselzucken – dann drehte sie sich in Richtung dessen, wovor es ihr bangte und tat es einfach. Und dann? Dann starb sie viel zu früh an dem einzigen, wovor sie sich doch fürchtete.

Auf dem Tisch vor mir liegt das Manuskript des Snorri Sturluson, isländischer Gelehrter, Poet und Politiker – früher ging das wohl das noch – und seit ca. 800 Jahren tot. Ich werde es fotokopieren und das Original wieder dorthin bringen, wo ich es herhabe. Zu Muninn!

„Rabennest", sagten Ben und Pastor so oft zu Friedas Haaren, deren Locken sie meist irgendwie hochgesteckt trug. „In meinen Haaren wohnen Gedanken und Erinnerungen", lachte Frieda dann. Jetzt weiß ich, dass es doch Anspielungen gab, die ich nie verstanden habe. Harmlose Äußerungen für ein Kind.

Durch den Schleier meiner Tränen blicke ich auf das Manuskript. Hirngespinste? Der einzige Beweis ist das Manuskript und das könnte jeder geschrieben und Friedas Gang über den Regenbogen als eine Art Traum – so wie sie ja viele hatte – eingefügt haben. Es ist ein Beweis, der kein Beweis ist. Dazu müsste ich die Schrift Snorris untersuchen lassen, die in der Orthografie der heutigen angepasst ist. Ich brauche einen forensischen Sachverständigen, der über Snorris Handschrift verfügt. Ich kann nicht zu einem forensischen Sachverständigen gehen und sagen: „Hej, schau mal, was ich hier habe. Die Aufzeichnungen eines, der seit ca. 800 Jahren tot ist und die Geschichte Friedas geschrieben hat. Kannst du mal schauen, ob das alles so stimmt?" Nein, das kann ich nicht! Erschrocken denke ich daran, was ich in Pastors Aufzeichnungen über Hugo gelesen habe: „Die Wahrheit würde dich zu einem Monster in irgendwelchen Laboren machen." Sagte Frieda zu Hugo. Wer ist Hugo?

Ob sie weiß, in wessen Armen sie gelegen hat? Ob sie weiß, warum sie den Namen Hammer trägt?

Ich weiß nun, wer Hugo ist!

Das schreibt Snorri. Ich weiß es nicht!

Aber ich weiß jetzt, warum Tupambaé Tupambaé heißt. Einen besseren Namen hätte es für Tupambaé nicht geben können. Ein Ort der Gemeinsamkeit und des Teilens. Ob für eine Stunde oder ob für ein Jahr. Die Menschen waren und sind hier willkommen. Friedas Freundin Anna war ein Jahr hier. Und Pastor begrüßte jeden, wirklich jeden mit: „Junge, wiste `ne Beer?"

`Ne Beer konnte dabei auch ein Bier werden, ein Nachtlager, ein Job oder eine neue Heimat. Meine Freunde, die nach der Schule mit zu mir kamen, blieben manchmal über Nacht und manchmal eine Woche. Am Esstisch saßen oft Gäste und diskutiert wurde bis in die Nacht. Schön war das! Bei der Erinnerung daran, wie schön es war, quillt ein neuer Strom salziger Tränen aus meinen Augen. Warum schmecken Tränen salzig? Ich kugele mich zu einer Kugel zusammen. Möglichst wenig Angriffsfläche nach außen – dabei kommen meine Schmerzen doch von innen! Meine Füße habe ich zu mir auf das Sitzpolster gezogen und meine Arme umschließen meine Knie. Sanft wiege ich mich hin und her, während der Wind von der Küste noch sanfter über meine nackte Haut streichelt.

„Pastor!", jammere ich. „Ben!" Bei Frieda gibt es kein Halten mehr. Während ich „Frieda!", jaule, kommt die zerstörerische Wut zurück. Der Wunsch, etwas kaputt zu machen. Ich greife nach der leeren Weinflasche und schmettere sie auf die Fliesen der Terrasse. „Frieda!", brülle ich. Die hellgrünen Scherben der Flasche vermischen sich mit den blauvioletten Blütenblättern des Jacaranda-Baumes.

Ich starre auf die Scherben und überlege, mich zu ritzen. So wie Christiane. Den Schmerzen des Herzens körperliche Schmerzen entgegensetzen? Christiane! Das ist über zwanzig Jahre her! Wahrscheinlich hat sie inzwischen selbst Kinder, die sich ritzen.

Vielleicht würde ich es tun, wenn die Jacarandablätter rot wären. Sie sind aber blau-violett. So wie die Regenbogenbrücke ganz außen. Wie der Rand, über den Frieda springen wollte. Jetzt ist sie über einen Rand gesprungen. Nein, sie wurde geweht! Aber irgendwie ist es ja auch ein Sprung. Oder ein Gang über die Regenbogenbrücke – wenn es sie gäbe! Bifröst – die Regenbogenbrücke!

Frieda hatte eine ganz enorme Vorliebe für Gewitter, mit der sie mich schon als Baby angesteckt haben musste, da auch ich es immer schön finde, wenn es donnert und blitzt. Ich kann mich nicht entsinnen, dass sie ein einziges Gewitter ausgelassen hätte, hinauszulaufen. Erst trug sie mich in ihren Armen, später nahm sie mich an der Hand und lief mit mir auf die Terrasse. Je toller es draußen krachte, desto mehr schien sie sich zu freuen und in die aufgeladene Atmosphäre zu gleiten.

Wenn es sprichwörtlich auch ein bereinigendes Gewitter ist, so war es für sie ein erfrischendes, denn oftmals schien sie danach vor Energie zu bersten.

Ben verzog sich zu diesen Gelegenheiten immer. Er mochte es überhaupt nicht, wenn sie mich mit hinausnahm. Ich erinnere mich kaum, sonst jemals so deutliche Unstimmigkeiten zwischen den beiden erlebt zu haben.

Als Frieda starb, leuchtete nicht Aurora Australis, aber an diesem Abend gewitterte es über der Kapregion, wie ich es noch nie erlebt hatte. Die Zelle muss direkt über unserem Haus gewesen sein, denn Donner und Blitz schienen gleichzeitig die Welt pulverisieren zu wollen. Es herrschte ein derartig ohrenbetäubender Lärm, der nahezu pausenlos über uns tobte, dass unser Abschied voneinander ein Abschied ohne Worte war. Wir hielten einander an den Händen und Frieda schaute mir unentwegt in die Augen. Es war, als habe sie eine Datenbahn zwischen uns verlegt, über die sie mir pausenlos ihr Wesen, ihr ganzes Sein über den Weg meiner Augen zum Geschenk machte. Und das, obwohl sie grässliche Schmerzen litt.

Ich schaue in den Himmel über mir, der einmal wieder strahlend blau ist. Ich würde mich jetzt auch über ein Gewitter freuen, aber die Luft ist klar und leicht. Nichts deutet darauf hin.

Meine Gedanken wandern zu Ben und zu seiner Vorliebe für Übersichtlichkeit. Wie würde er sich jetzt Übersichtlichkeit in diesem Chaos schaffen? Systematisch vorgehen! Aber wo beginnen? „Am Anfang, Hänry!", höre ich plötzlich seine sanfte Stimme. Erschrocken schaue ich auf, so deutlich habe ich ihn sprechen hören. Natürlich gibt es nichts und Niemand gibt es nicht mehr. Am Anfang. Aber dann habe ich eine Idee. Ich setze meine nackten Füße vorsichtig zwischen die Scherben. Zwei, drei Schritte – geschafft! Besen mitbringen, notiere ich in meinem Kopf, der anderes plant. Ich flitze ins Haus und hole mir aus dem Wohnzimmer einen Atlas. Aus der Küche bringe ich den Besen und Handfeger samt Kehrrichtschaufel mit. Zuerst möchte ich es wieder schön haben.

Als alles beseitigt ist, schlage ich den Atlas auf. „Fronhausen", murmele ich vor mich hin und suche hinten im Ortsregister. Mein Zeigefinger rutscht die Zeilen hinab. Da! Fronhausen, Hessen, Landkreis Marburg-Biedenkopf lese ich, Seite 59, H9. Mit fliegenden und feuchten Fingern blättere ich durch die Seiten. Seite 59. H9. Ich habe es gefunden.

Die nächstgrößere Stadt heißt Marburg. Von da ist es nicht so weit nach Frankfurt, was südlich davon liegt. Ich schaue wieder auf Fronhausen. Dort kommt Frieda her.

Pastor, Ben und Frieda haben fast nie von irgendeinem früher gesprochen. Alles drehte sich um Tupambaé und unser Leben dort. Außer dem, was ich gelesen habe, weiß ich fast nichts.

Und wenn es doch stimmt? Ich blicke in den blauen, ach, so blauen Himmel über mir, um vielleicht die zarten Linien von Yggdrasills Blätterkrone zu entdecken. Erwartungsgemäß zeigt er sich linienlos blau. Er ist so, wie ich es in der Schule gelernt habe: Das Streulicht der Sonne erhellt den Himmel. Atmosphäre. Universum. Keine Yggdrasill!

„Schaffe dir eine Übersicht, Hänry!", mahnt mich Bens ruhige Stimme. Im Hintergrund höre ich Frieda leise lachen. So, wie sie oft gelacht hat, wenn Ben mich bei den Hausaufgaben ermahnt hat, strukturiert vorzugehen.

Ratlosigkeit flutet mich. Welche Struktur? Was soll ich strukturieren? Für eine Struktur braucht man einen Stoff, den man strukturieren kann. Welchen Stoff soll ich mir erarbeiten, in kleine Teile zerlegen und als Puzzle neu entstehen lassen?

Als völliges Gegenteil einer Struktur erscheint Friedas Frisur vor meinem inneren Auge. Das Rabennest! Huginn und Muninn. Ich versuche mir vorzustellen, wie sie in Friedas Haaren nisten. Die beiden sind viel zu groß. Gedanke und Erinnerung. Ich brauche jetzt den richtigen Gedanken! Frieda, Ben und Pastor. Drei Tagträumer? Drei esoterische Spinner? Was mag sie nur zu diesen Aufzeichnungen veranlasst haben? Drei Menschen, die mir mein ganzes Leben lang Liebe, Stabilität und Geborgenheit geschenkt haben.

Ben: Der Naturwissenschaftler. Er scheint mir am wenigsten damit zu tun zu haben. Seine Aufzeichnungen enthalten nur Bilder seiner Krankheit und wie er Frieda kennenlernte. Pastor: Der Pastor. Er hat die Geschichte Friedas und Hugos geschrieben. Erfunden? Immerhin gibt er unumwunden zu, während des Schreibens alkoholsüchtig gewesen zu sein. Pastor ist ein empathischer Mensch. Er war ein empathischer Mensch. Zu empathisch?

Frieda: Meine Frieda! Sie selbst hat nur über die Zeit geschrieben, als sie nach Hessen zurückkam. Über ihre Einsamkeit. Frieda mit ihrer Liebe für alles, was lebt und der Idee, dass alles zusammengehört. Frieda mit ihren erdigen Fingern, die stundenlang in der Wildnis verschwinden konnte und noch zerzauster als üblich zurückkam.

Snorri Sturluson: Der Erzähler der Geschichte. Wer ist Snorri Sturluson? Der Mann, dessen Handschrift ich nicht zur forensischen Untersuchung geben kann! Ein Phantom? Irgendjemand hat unter dem Pseudonym Snorri Sturluson diese Geschichte geschrieben. Aber wer? Und warum?

Automatisch kehren meine Gedanken zu Pastor zurück. Er ist der Einzige, der alle gut genug kennt und er hat die Geschichte über Frieda und Hugo geschrieben. Hat er sie aus einer anderen Perspektive fortgesetzt?

Mir sträuben sich die Haare und Gänsehaut flimmert über meine nackte Haut. Vielleicht wussten Frieda und Bens gar nichts von dieser Geschichte. Vielleicht sind es nur Hirngespinste eines alten Mannes, der zu tief ins Glas und zu tief in die Spiritualität geschaut hat. Eine Abrechnung nach vierzig Jahren Dienst als Pastor. Die Summe aller Beichten und Geschichten, die er erlebt hat plus zu viel Alkohol.

Plötzlich fahre ich wie elektrisiert aus meinem Sessel. Die Handschrift Pastors könnte ich schon einem forensischen Sachverständigen geben. Oder soll, muss ich sagen: die Handschriften?

Dass Pastor Fantasie hat, hat er mit dem ersten Manuskript bewiesen. Kann jemand konsequent über mehr als hundert Seiten seine Schrift verstellen? Oder kann irgendeine Bewusstseinsveränderung zu einer Veränderung der Handschrift führen? Gibt es nicht sogar Menschen, die nach einem traumatischen Erlebnis oder Unfall plötzlich fremde Sprachen sprechen? Warum nicht fremde Schriften schreiben?

Pastor stammt aus dem Norden und war sicherlich mit der nordischen Mythologie vertraut. Er hat Religionswissenschaften studiert. Hatte er irgendeine Krankheit, durch die ihm Dinge „verrückt" sind?

Meine Gedanken wandern zurück zu glücklichen Tagen und zu dem kleinen Tischen, rechts neben der Eingangstür, wo neben Autoschlüsseln die viele Post, die uns erreicht und verlassen hat, auf einer hölzernen Schale lag. Die vielen Briefe Pastors waren alle in der Schrift geschrieben, in der er auch das „erste" Manuskript geschrieben hat. Es ist die Schrift, die ich von ihm kenne.

Stöhnend räkele ich mich in dem Sessel. Brainstorming: Wenn ich recht habe und der größte Teil dieser Geschichten die Fantasie Pastors ist – was ist dann?

Und was ist, wenn es nicht so ist? Ich höre Ben zufrieden schnaufen. Endlich Systematik. Ich schaffe Übersichtlichkeit. Und Frieda? Frieda schaut mich an.

Pastor, denke ich noch. Ohne Pastor hätten sich Frieda und Ben niemals wieder getroffen.

21.

„Vergiss über die ganze Systematik dein Herz nicht", sagt Frieda und dann schlage ich meine Augen auf. Durch das geöffnete Fenster dringen die fernen Geräusche eines Arbeitstages an meine schläfrigen Ohren. Motorengeräusche und Stimmen. Von der Küste streicht kühler Wind durch die Vorhänge. Ohne hinauszuschauen weiß ich, dass der Tag heute bedeckt ist. Bedeckte Tage riechen anders als nicht bedeckte Tage.

Es fühlt sich gut an, dass dort draußen alles so weitergeht, wie es immer ging. Die Unersetzbarkeit Friedas und Bens liegt auch darin, dass sie sich vom ersten Tag an bemüht hatten, ersetzbar zu sein. Nur nicht für mich!

Ich ziehe meine Decke und Kissen zurecht und kuschele mich tief in ihre Wärme. Zumindest im Äußeren umgibt mich noch immer Geborgenheit.

Friedlich ist es, denke ich. Es war immer friedlich hier. Manchmal ist es laut und stressig – je nach Arbeitssituation, aber es war immer friedlich. Ich erinnere mich, dass friedlich bei allen dreien auf der Wunschliste für eine Welt, wie sie ihnen gefallen würde, stand. Das bringt mich dazu, auch die anderen Wünsche zu kontrollieren.

Etwas später denke ich: Ja! Sie haben es geschafft. Nicht jeden Tag und nicht immer alles, aber insgesamt eindeutig ja. Ein Lächeln huscht über mein Gesicht. Auf einmal freue ich mich. Es muss sehr schön für die drei gewesen sein, zu spüren, dass sie sich eine Welt gestalten konnten, die nach ihrem Geschmack war. Ich denke auch, dass sie wirklich glücklich waren. Frieda und Pastor bestimmt. Ben auch.

Aber Ben wirkte manchmal so, als ob er dem Glück misstraue. Nachdem ich seine Geschichte gelesen habe, verstehe ich es. Er hatte zu viel bitteren Bodensatz geschmeckt und den Geschmack nie wieder vollständig aus seinem Mund bekommen können. Ben war passiver als Pastor und Frieda. Zurückhaltender. Vorsichtiger. Immer ein bisschen auf der Hut.

Ich kuschele mich noch tiefer in meine Decke. Ben war sogar mir gegenüber vorsichtiger. Für ihn war meine Liebe nicht so selbstverständlich wie sie es war. Und dann fallen mir seine Kinder in Deutschland ein. Erschrocken richte ich mich auf. Ob sie überhaupt wissen, dass Ben verstorben ist? Ob es sie interessieren würde? Ich kann mich nicht erinnern, dass jemals Post für Ben aus Deutschland kam. Er sprach nie über die Vergangenheit. Und mich schaute er manchmal mit einem traurigen, nein, eher mit einem wehmütigen Lächeln an.

Es ist gerade ein Jahr her, dass Ben starb. So unauffällig, wie er gelebt hatte. Er starb an einem Herzinfarkt, den niemand so recht verstand, so gesund und asketisch wie er gelebt hatte.

Plötzlich tanzen an meinen Zimmerwänden die Schatten des Flamboyants, der direkt neben meinem Fenster steht. Als Schatten sehen seine Blätter so aus, wie ich mir die Blätter Yggdrasills vorstelle. Eine Wolkenlücke zaubert Mythologie in mein Zimmer. Ich stelle mir vor, unter Yggdrasills Blätterdach zu liegen und höre sie leise mit ihren Blättern rascheln. Es klingt sehr sanft und beruhigend. Meine Augenlider werden schwer und ich merke, wie ich wieder in den Schlaf sinke, während sich das Rascheln in Friedas Lachen verwandelt und sie mir etwas zuruft: „Vergiss dein

Herz nicht, Hänry!" Im Einschlafen lege ich meine linke Hand auf mein Herz, um es nicht zu vergessen.

Ich träume, mit einem riesigen Kasten Wasserfarbe auf unserem Hof zu sitzen. In der Hand halte ich einen Pinsel, wie man ihn benutzt, um Zimmerwände zu streichen. Voller Freude tauche ich den Pinsel in Violett und beginne einen langen und gebogenen Strich über die Platten zu malen. Wie bei einem Aquarell fließt die Farbe auseinander und der Bogen verbreitert sich. Ich tauche den Pinsel in Dunkelblau und folge mit ihm der violetten Spur. Dann nehme ich Hellblau und schließlich Grün. Gelb fließt in Grün und in das Grün fließt Orange. Zuletzt senke ich den Pinsel in das Rot und male noch einmal den Halbkreis nach. Als ich zurücktrete, erhebt sich der Regenbogen und führt von meinen Füßen weg direkt in den Himmel. Er führt nach Asgard und ich laufe – so wie Frieda – immer mit einem Fuß in blau und einem in grün Bifröst hinauf. Es geht ganz leicht.

Dann klingelt es an der Tür. Die Farben unter meinen Füßen zerschmelzen zu meiner weißen Bettdecke, die ich eilig wegstrample. Es flimmert noch bunt vor meinen Augen als ich zur Haustüre tapse.

An der Haustüre nehme ich ein Einschreiben und die Beileidsbekundung unseres Postboten entgegen. Es ist schrecklich, wie viel schrecklicher man sich fühlt, wenn man spürt, dass andere wirklich Mitgefühl haben oder sogar mitleiden.

„Geliebte Hänry", lese ich wenige Minuten später im Schneidersitz unter meiner weißen Bettdecke sitzend. Obwohl ich noch nicht weitergekommen bin, säumt ein dunkler Rand meine Decke.

Geliebte Hänry,

vergiss dein Herz nicht, wenn du nun über so viele Dinge entscheiden musst."

Extrem hoher Puls! WIE kann es sein, dass ich einen Brief von Frieda bekomme, in dem sie die gleiche Wortwahl benutzt, mit der ich sie mir gerade herbeigeträumt habe? Ich erinnere mich nicht, diesen Satz zu Lebzeiten von ihr gehört zu haben. Das Papier in meinen Händen vibriert.

„Geliebte Hänry,

vergiss dein Herz nicht, wenn du nun über so viele Dinge entscheiden musst. Dein Herz ist der Wohnsitz der Götter auf Erden.

Mein Wohnsitz, bevor wir nach Tupambaé kamen, war ein roter Bauwagen in Fronhausen. Und bevor ich nach Fronhausen kam, war es ein rotes kleines Haus an einem *wunderbaren* Eichen- und Buchenwald in Angeln. Oder hast du das bereits herausgefunden, meine kluge Hänry?

Beides gehört nun dir.

Frieda"

Der dunkle Rand auf meiner Bettdecke hat sich beträchtlich nach unten verschoben. Die feuchte Baumwolle klebt auf meiner Haut.

So kurz ist es erst her, dass ihr Wohnsitz der Götter für immer aufhörte zu schlagen. Hemmungslos schluchze ich in meine Decke und halte den kleinen Brief von mir weggestreckt, um das winzige Fitzelchen Frieda, was ich nun noch habe, nicht zu ertränken.

„Hänry! Du musst strukturiert vorgehen!", mahnt mich Bens sanfte und leise Stimme, nachdem er mich eine Weile weinen gelassen hat.

Ich schaue noch einmal auf den Brief, dessen Beschriftung unbeschadet geblieben ist, obwohl sich das Papier wellt. Was will Frieda?

Meine Augen gleiten über die Buchstaben hinweg. Bei „Wohnsitz der Götter" verharren sie. Plural! Polytheismus. Polypoly. Polypoly denke ich auch noch, obwohl es hier nicht hingehört. Wenn Frieda von den Göttern schreibt, schreibt sie von den nordischen Göttern. Dann bekommt alles bis jetzt Gelesene Friedas Absolution. Pastor ist nicht der heimliche Hyde. Mit einiger Erleichterung entweicht mir ein abgrundtiefer Seufzer gleichzeitig mit der bildlichen Vorstellung Pastors, der Nacht für Nacht an seinem Schreibtisch sitzend Geschichten über Götter erfindet. Pastor ist wieder der Pastor, der er immer für mich war. Wer ist Frieda?

Das ist unweigerlich der nächste Gedanke, der sich in den Strukturen meines Denkens bildet. Frieda glaubt an die nordischen Götter. Verblüfft schüttele ich den Kopf. Steckt Frieda hinter dem Pseudonym Snorri? Hat sie Nacht für Nacht diese Geschichte erfunden? Warum? Hat sie alles erfunden? Ist das, was ich für die alkoholbeschwingte Fantasie Pastors gehalten habe, Friedas Fantasie? Hugo ist real. Hugo hat es gegeben. Hat sie ihm nicht nur eine südamerikanische, sondern darüber hinaus auch eine, nennen wir es einmal mythologische, Geschichte angedichtet? Hatte Hugo eine Vergangenheit, die sie nicht nur verdeckt, sondern auch glorifiziert hat, um anderes zu verdecken? Wer ist Hugo?

Ob sie weiß, in wessen Armen sie gelegen hat? Ob sie weiß, warum sie den Namen Hammer trägt?

Ich weiß nun, wer Hugo ist!

Hat Frieda sich auf jemanden eingelassen, dessen Vergangenheit sie so sehr quälte, dass sie sich eine doppelte, eine rührende und eine mythologische Vergangenheit für ihn erdachte, um ihn sich selbst zu verzeihen? Ist die Wahrheit so unerträglich gewesen?

Frieda lacht. „Jetzt musst du aber wirklich strukturiert denken, Hänry!"

Warum sollte sie mir diese Hinweise geben? Warum nicht alles ruhen lassen? Was habe ich damit zu tun?

Und wenn doch? Wussten Pastor und Ben davon? Warum sollten sie sie dabei unterstützen? Unterstützen sie sie denn? Ben mahnt mich, strukturiert vorzugehen. Will er mich schützen? Vor Frieda?

Da ich nicht weiterkomme, lese ich weiter. Der rote Bauwagen in Fronhausen. Das rote Haus in Angeln. Das kleine rote Haus an einem *wunderbaren* Eichen- und Buchenwald. Mein Blick bleibt an dem Wort „wunderbaren" hängen. Friedas Brief ist mit der Hand geschrieben. Mit ihrer typischen großzügigen und rundlichen Handschrift. *Wunderbaren* sieht anders aus. Ein gravierender Unterschied ist es nicht, aber es scheint einen zu geben. *Wunderbar* hebt sich von dem anderen Text ab. Es ist der Wald mit dem Hügelgrab. Wenn ihre oder Pastors Geschichte stimmte, wäre der Wald wunderbar. Sogar *wunderbar*. Das Haus gehört mir.

Friedas Brief kam mit dem des Notars, der mich zu einem Termin einlädt, um den Nachlass zu regeln. Den Brief schickte er in Friedas Auftrag. In wenigen Tagen ist alles offiziell.

22.

Siebzehn Stunden Flugzeit! Ich habe einen Fensterplatz bekommen. Das Ehepaar neben mir schwärmt von den Schön-
heiten Südafrikas, während ich nicke und mir wünsche,
dass sich der Start noch hunderte Male wiederholen soll.
Die ungeheure Beschleunigung verbunden mit dem tat-
sächlichen Abheben von der Erde hat Suchtpotential. Auf
dem Flug in den Norden sitze ich den dem Westen. Meine
Stirn lehnt an dem Bullauge. Ich überlege, die wievielte Person ich bin, die hinausschaut und sich überlegt, wie es wäre,
in das gigantische Wattemeer unter sich zu springen. Die
Watte färbt sich rosa-orange, während meine Gedanken in
ihr herumtollen.

Plötzlich löst sich ein Stück aus den Wolken und hebt sich
langsam zu mir empor. Ich schaue genauer hin und stelle
fest, dass es gar kein Wolkenstück ist, sondern ein Drache.
Wie ein unsichtbares Chamäleon muss er auf der Wolkendecke gelegen haben. Der Drache schwebt langsam bis auf
Augenhöhe zu mir herauf und wendet seinen Kopf zu mir.
Noch nie habe ich in gütigere und ältere Augen gesehen.
Obwohl sie nahezu schwarz sind, leuchten sie als sei flüssi-
ger Bernstein über sie gegossen. Noch viel lieber als in das
Wattemeer möchte ich nun in diese Augen eintauchen. Der
Blick, mit dem sie mich mustern, ist verheißungsvoll wie
ein Versprechen des Glücks. Eine kleine Bewegung lässt
mich zur Seite sehen und ich sehe, dass es nicht Atreju ist,
der auf Fuchur reitet, sondern ein unbekannter Mann. Se-
kundenlang sehen wir uns an. Der Mann deutet hinter sich.
Mit den Augen folge ich der Bewegung seines Arms. Ich
kann dort nichts erkennen.

„Waren Sie auch schon einmal in den Drakensbergen?“,
fragt mich die Stimme der Frau neben mir und ich drehe
mich zu ihr um.

„Oft!“, sage ich. Gleichzeitig entsteht vor meinem inneren
Auge das Bild einer Höhle mit wunderbaren und uralten
Felszeichnungen, die Pastor, Ben und Frieda mit mir be-
sucht hatten. Unwillkürlich lächele ich in der Erinnerung an
so glückliche Zeiten. Mein Lächeln dient der Frau neben
mir als Einladung zu weiteren Gesprächen, in die ich mich
hineingleiten lasse. Als ich viel später hinausschaue, ist es
dunkel und die Sterne glitzern wie ein schwaches Echo der
Bernsteinaugen, in die ich davor sah.

Als wir in Istanbul zwischenlanden, weiß ich aus meiner
Reiselektüre, dass Snorri Sturluson, isländischer Gelehrter,
Politiker und Dichter die nordischen Götter für Nachkom-
men der Verlierer des trojanischen Krieges, „einen gerisse-
nen Stamm nahöstlicher Migranten“ hielt, keine Arier,
denke ich, die den Eingeborenen des Germanenreiches und
Skandinaviens ihre überlegene Technik und Weisheit
brachten und im Laufe der Zeit „vergöttert“ wurden.
Ebenso weiß ich, dass die Theorie, die besagt, dass Götter
vormals verdienstvolle Menschen waren Euhemerismus
heißt und auf den griechischen Philosophen Euhemeros zu-
rückgeführt wird, der sie für die Existenz der olympischer
Götter entwickelt hat. Als ich den Begriff „deifizierte Menschen“ lese, denke ich sofort an Hugo. Ich krame Pastors
kopiertes Manuskript aus meiner Umhängetasche und beginne zu suchen. Es ist ziemlich weit hinten.

„Seine anfängliche Begeisterung für das Amt ließ nach.
Zum einen, weil er auf das Nutzen des eigenen Verstandes
eines jeden setzte und zum anderen, weil ihm – es war

geradezu fatal – genau das Gegenteil widerfuhr. Die Menschen idealisierten ihn, nein, sie idolisierten ihn. Er selbst sagte zuletzt oft, es sei eine Idololatrie, die um ihn getrieben wurde und er verabscheute es, weil er fand, dass der zugrundeliegende Gedanke genau der verkehrte sei."

In meinem Kopf rasen die Begriffe „deifizieren" und „idolisieren" wie die zwei Pole eines Magneten aufeinander zu. In meinem Kopf verschmelzen sie miteinander. Kann es sein, dass der Unterschied zwischen Gott und Idol nur ein paar tausend Jahre Sprachentwicklung und Menschheitsgeschichte sind? Gibt es eine Sehnsucht nach Autoritäten?

„Die Wahrheit würde dich zu einem Monster in irgendwelchen Laboren machen." Sagte Frieda zu Hugo.

Hugo, der offensichtlich leidenschaftlicher Verfechter aufklärerischer Gedanken war, ein Monster?

Jemand, den sich Frieda schön lügen musste? Warum verbinde ich diese Gedanken miteinander? Mir ist, als sei ich von der Wahrheit nur durch die undurchdringlichen Nebel Niflheims getrennt.

Vier Stunden später stehe ich in Frankfurt bei der Autovermietung und halte meinen Autoschlüssel in der Hand. Jetzt sind es noch ungefähr anderthalb Stunden. Rechtsverkehr bedeutet, mit der rechten Hand zu schalten. Das finde ich anstrengender als dem Rechtsverkehr zu folgen. In mittlerem Tempo folge ich unterschiedlichen Autos, an die ich mich hänge und von denen ich mich durch den dichten Verkehr ziehen lasse. Ich muss mich so konzentrieren, dass kaum Blicke für die Landschaft übrigbleiben. Erst als ich an einer Raststätte vorbeifahre, die Wetterau heißt, wage ich Blicke in die weite Landschaft. Es ist auf eine domestizierte Art, die ich so nicht kenne, wunderschön. Herbstschön!

Bei uns gibt es auch viele Landstriche, die zu Kulturland geworden sind. Dennoch ragt überall noch ein Stück Wildnis heraus.

Viel Zeit bleibt nicht für solche Überlegungen. Ständig muss ich in den Rückspiegel schauen. Manche Autos kommen mit sehr hoher Geschwindigkeit angebraust. So schnelles Fahren bin ich nicht gewöhnt. Hinzu kommt, dass mein Herz, je näher ich an Fronhausen komme, immer schneller pocht. Und dass, obwohl ich weiß, dass mich dort nichts Anderes erwartet, als ein roter Bauwagen. Es ist Friedas Bauwagen. Alleine das macht ihn für mich so unersetzlich. Friedas Zeit als junge Erwachsene. Sie begann ihr Leben darin, als sie so alt war wie ich jetzt. Auf diese Art bin ich ihr nah. Komme ich ihr wieder nah. Ich bin gespannt, ob ich etwas finde, was mir eine unbekannte Frieda zeigt.

Die letzten Kilometer folge ich gut ausgebauten Landstraßen. Die Dörfer hier wirken so idyllisch. Ein bisschen so wie in den Märchen, die mir alle drei so gerne vorgelesen haben und von denen ich nie genug bekam.

Endlich taucht das gelbe Ortsschild vor mir auf. Fronhausen. Unweigerlich schaue ich, ob der Strich über dem n verlängert ist – und dass, obwohl ich weiß, dass es nicht das richtige Schild ist. Schon bin ich vorbeigefahren und tuckere langsam an den niedlichen Fachwerkhäusern mit üppig bepflanzten Blumenkästen an den Fensterbänken vorbei, bis ich in die erste Straße nach rechts einbiege – die Straße, an deren Ende auf der linken Seite Friedas Plantage war. Im Schritttempo fahre ich durch den Ort und bin froh, dass der Verkehr hier es zulässt. Die Straße ist beidseitig bis zum Ortsende dicht bebaut. Von einer Apfelplantage gibt es keinerlei Spuren mehr. Dort, wo sie sein müsste, stehen mehrere neue Häuser, deren Äußeres mir zeigt, dass ihre Eigentümer genug Geld haben.

Jetzt passiere ich das Ortsschild, das Fronhausen zu Frohhausen machte. Neugierig schaue ich in den Rückspiegel und lache erfreut auf, als ich sehe, dass sich manche Dinge nicht geändert haben. Auch der schmale Asphaltweg, auf dem ich weiterfahre, ist noch immer von uralten knorrigen Apfelbäumen gesäumt. So, wie ich es gelesen habe, beugen sich die Bäume unter ihrer rotwangigen Last.

Dort, wo der Wald beginnt, ist immer noch ein Parkplatz. Ein Auto steht dort. Vielleicht von jemandem, den es zur Kummerkurve zog? Ich biege vorsichtig nach links und holpere über einen Grasweg. An dessen Ende bleibe ich stehen. Ungefähr zweihundert Meter vor mir sehe ich mir das Rot des Bauwagens entgegenleuchten, der auf einer frisch gemähten Wiese steht. Ich verharre in dem Anblick des Wagens. Ganz still sitze ich im Auto und betrachte ihn. Ich versuche, mir vorzustellen, wie Frieda in ihm gelebt habt. Im Bauwagen inmitten einer Apfelplantage. Die Vorstellung passt. Ein kleiner dummer Teil von mir hofft, dass sich die Türe nun von innen öffnet und Frieda die Stufen hinab und mir entgegenspringt.

Plötzlich habe ich es eilig. Schnell zerre ich meine große Reisetasche aus dem Kofferraum und gehe auf den Bauwagen zu. Es ist nicht nur Friedas Wagen. Auch Ben und sogar Pastor haben hier gewohnt. Mit jedem Schritt wird mir mehr so, als ob ich ihnen auf eine Art und Weise nahekomme, die ohne diese Reise nicht möglich gewesen wäre. Hier entstand die Idee für Tupambaé. Hier entstand ihre Gemeinschaft. Erst hier trete ich ihrer Gemeinschaft bei.

Mir rinnen Tränen über die Wangen, während ich in meiner Jeans nach dem Schlüssel suche, den mir der Notar mit allem anderen gegeben hat.

„Ich bin zu spät!", klage ich leise vor mich hin. Wie gerne würde ich heute Abend mit ihnen hier am Lagerfeuer sitzen und Pläne schmieden. Sogar Ben würde glücklich lachen.

Während ich in meiner Hosentasche suche, sehe ich, dass derjenige, der den Bauwagen bewahrt und für mich hierhergebracht, auch sorgfältig Brennholz unter ihm gestapelt hat. Der Himmel ist ruhig und hellgrau – nur am Horizont sind dunkle Wolken zu sehen.

Ich werde Lagerfeuer entzünden, nehme ich mir vor und stecke den alten Schlüssel ins Schlüsselloch. Ganz leicht lässt er sich drehen und die Tür schwingt auf.

Mein Blick fällt auf einen Obstkorb, der, mit Äpfeln und Bananen gefüllt, auf dem schmalen Holztisch steht. Außerdem liegen noch einige Müsliriegel neben dem Korb. Hinten an der Wand ist ein Bett befestigt, das mit einigen Kissen drapiert auch als Sofa dient. Mir gegenüber ist die Küchenzeile, in deren Mitte ein kleiner Holzofen steht. Etwas seitlich von dem Ofenrohr hängt ein Bild. Neugierig trete ich näher. Frieda und Ben sind darauf. So jung! Beide lachen und sehen gleichzeitig konzentriert aus. Jetzt erkenne ich auch warum: Sie jonglieren gemeinsam mit ein paar Äpfeln. Um ihre Füße liegen die, die aus der Bahn geraten sind. Zwei weitere erkenne ich auf ihrer Flugbahn. Einen scheint Frieda gerade mit ihrer rechten, nach oben gestreckten, Hand aufgefangen zu haben. Das waren gute Zeiten, denke und fühle ich, als ich die Stimmung in mir aufnehme.

Weil es für das Lagerfeuer noch zu früh ist, entzünde ich ein Feuer in dem kleinen Ofen und beginne, den Wagen systematisch zu durchsuchen. Brot, Käse, eine harte rote Wurst, ein Glas Gurken, Bier und Wein finde ich. Außerdem – und schon wieder kullern Tränen, finde ich einen Collegeblock und diverse Stifte. Überall, wo Frieda war, waren Collegeblocks und Stifte. Schniefend blättere ich ihn auf. Natürlich ist er leer. Ich sehe aber, dass Seiten hinausgerissen wurden. Prüfend streiche ich mit den Fingern über die Seite. Vielleicht hat sich etwas durchgedrückt? Tatsächlich spüre ich Linien auf dem karierten Papier. Über zwanzig Jahre nachdem Frieda – es war mit Sicherheit Frieda – etwas dort hineingeschrieben hat, sind noch Spuren zu spüren. Schnell blättere ich das Blatt um und halte es gegen den Lichtschein des Ofenfeuers.

Es ist eine Tabelle mit drei Spalten. Ganz sicher steht über der ersten Spalte Frieda. Das Wort über der zweiten Spalte kann ich fast gar nicht erkennen – nur, dass es sehr kurz ist: Ben! Natürlich steht über der dritten Spalte Pastor.

In den Spalten stehen einzelne Wörter. Plötzlich begreife ich, was ich in den Händen halte. Es ist die Auflistung der Adjektive, mit denen sie ihren Traum einer schöneren Welt definiert haben. Es ist der Grundstein für Tupambaé! Ich sehe, dass bei Frieda das erste Wort „gerecht" ist und das zweite „friedlich". Sowohl bei Pastor als auch bei Ben heißt das oberste Wort „friedlich".

Mein Herz pocht wie verrückt. Mir ist, als habe ich etwas Heiliges gefunden. Ein Kleinod. Einen Moment lang höre ich ihre Stimmen draußen am Lagerfeuer. Friedas Stimme, wie sie die Adjektive vorliest. Und dann Pastor, der feststellt, dass sie alle ungefähr die gleichen Wünsche haben und Ben, der infrage stellt, ob sie ihren Vorstellungen gerecht würden.

Ich bin doch nicht zu spät! Ich bin dabei. Ich bin mitten drinnen.

Um noch weiter mitten drinnen zu sein, gehe ich hinaus und ziehe das Brennholz unter dem Wagen hervor. Ich will, dass es so brennt wie vor über zwanzig Jahren und will als Vierte diesen heimlichen Eid schwören, mein Leben so zu leben, wie es die Drei an diesem Tag beschlossen haben.

„Friedlich", sage ich vor mich hin, während ich das Holz aufschichte, „friedlich, gerecht, maßhaltend, naturschonend", deklamiere ich, was mir gerade einfällt.

Als das Feuer brennt, gehe ich in den Wagen, nehme einen von Friedas Stiften und schreibe die Adjektive der Reihe nach auf. Außerdem nehme ich mir eine Flasche Bier. Mit beidem gehe ich wieder hinaus und stelle mich neben das Feuer:

„Gerecht!", beginne ich mit zu leiser Stimme. Damit es besser wird, nehme ich einen Schluck Bier: „friedlich, übersichtlich, empathisch, wohlwollend, kreativ, fröhlich, beschützend, fürsorglich, liebevoll, bescheiden, sorgsam, vorsichtig, nachhaltig, klug, neugierig, interessiert, aufgeschlossen, großzügig, frei, demokratisch, gleichberechtigt, maßvoll, friedlich, tolerant, wahrheitssuchend, menschenfreundlich, naturschonend, maßhaltend, liebevoll, humorvoll, kunstsinnig, musikalisch, fair, chancengebend, fortschrittlich, machtverteilt, friedlich, offen, hell, warmherzig, sauber, naturbelassen, gesund, gleichberechtigt, ausgeglichen, umweltfreundlich", werde ich immer lauter und rufe die Worte in den Himmel. „Tupambaé", brülle ich als letztes, als Fazit!

Danach setze ich die Flasche Bier an und trinke sie in einem Zug leer – um meinen Eid zu besiegeln. Der Himmel antwortet mit Blitz und Donnerschlag. Es donnert tatsächlich und ich schicke meinem Eid einen Jauchzer hinterher! Jetzt passt es! Ein Windstoß zerrt an dem Blatt in meinen Händen. Mir ist, als habe mich der Blitz getroffen und irrsinnige Energie rase durch meine Adern. Ich stampfe mit den Füßen und lache. Stampfend und lachend tanze ich um das Feuer. Ich heule wie ein Wolf!

„Gerechtigkeit, Frieden und Freiheit!", brülle ich. Mir ist, als habe mich der Blitz getroffen und jedes einzelne Wort in mich hinein tätowiert.

Während ich lache und weine und stampfe und tanze, schießt mit einem weiteren Blitz und Donnerschlag eine Idee durch meinen Kopf. Ich renne zum Bauwagen und stolpere die Stufen hoch. Aus dem Besteckkasten ziehe ich ein kleines, scharfes Messer. Schnell renne ich wieder hinaus. Am Feuer ritze ich mich. Ich ritze mir ein „T" auf den linken Handrücken. „T" für Tupambaé. Links für mein Herz. Das bisschen Blut, das aus der Wunde quillt, drücke ich in die Flammen. „Tupambaé" brülle ich dem Donner entgegen! Der Donner brüllt zurück: „Tupambaé!"

23.

Müde schleppe ich mich Kehre für Kehre den Waldweg hinauf zur Kummerkurve. Das „T" auf meinem Handrücken hat sich entzündet. Nach meiner exzessiven Ankunft im Bauwagen habe ich tief und fest geschlafen, während der Donner noch lange über mir grollte. Glaube ich zumindest. Vielleicht habe ich es auch nur geträumt.

Meine üblichen zwei Bananen habe ich längst gegessen. Ich fühle mich eher wie ihre Schale, die ich in den Wald geworfen habe, als wie ihr Inhalt. Schlaff und leer! Dennoch muss ich unbedingt zur Kummerkurve. Ich will auf der Bank sitzen, auf der Frieda und auch Ben gesessen haben. Und wer weiß, wer noch?

In den Bäumen glitzern die Regentropfen des Gewitters, das gestern mein Feuer gelöscht hat. Es ist kalt und die Sonne scheint. Wäre es ein Laubwald, durch den ich gehe, hätte er gestern sein Laub verloren. Es ist aber ein Nadelwald. An seinen Nadeln glitzern die Tropfen.

„Allüberall auf den Tannenspitzen

Sah ich goldene Lichtlein sitzen",

murmele ich vor mich hin; wohlwissend, dass es sich um ein Weihnachtsgedicht von Theodor Storm handelt, es weder Tannen sind, sondern Fichten, noch goldenes, sondern eher silbrig-weißes Funkeln.

Pastor hat mir oft deutsche Gedichte vorgelesen. Vielleicht hatte er manchmal Heimweh.

Während ich noch darüber nachdenke, bin ich um die letzte Kehre gestiegen und sehe eine Bank auf der linken Seite auf der Böschung stehen, rechts öffnet sich der Wald und lässt den Blick frei über die Berge und Täler. Obwohl ich wunderschöne und gewaltigere Aussichten gewöhnt bin, verstehe ich, dass die Menschen gerne hierherkommen, um ihre Gedanken schweifen oder ihre Sorgen davon fliegen zu lassen. Über der Landschaft liegt eine schöne und sanfte Schwermut, die ich so nicht kenne. Es ist eine Melancholie, die ich mir hier auch an einem Sommertag vorstelle.

Unaufhaltsam drängt sich ein weiterer Spruch Pastors in meine Erinnerung:

„Mut zeiget auch der Mameluck, Gehorsam ist des Christen Schmuck." Ich weiß, dass er von Schiller stammt.

Die Strophe endet mit:

„Denn wer des Herren Joch nicht trägt, Darf sich mit seinem Kreuz nicht schmücken."

Die Verse stammen aus der Ballade „Der Kampf mit dem Drachen".

Inzwischen sitze ich auf der Bank, von der ich die Nässe der Nacht weggewischt habe.

Ich hatte andere Gedanken erwartet, als über Traurigkeit, Gehorsam und „des Herren Joch" zu grübeln.

„Und die Furcht vor der Sünde ist die Macht der Kirche", sagt plötzlich eine Stimme neben mir. Erschrocken drehe ich mich um. Aber ich bin alleine. Natürlich bin ich alleine.

„Der folgt ihm mit dem Blicke, dann ruft er liebend ihn zurücke Und spricht: „Umarme mich mein Sohn! Dir ist der härtre Kampf. Nimm dieses Kreuz: es ist der Lohn Der Demut, die sich selbst bezwungen."

Das sind die letzten Zeilen des Gedichts. Es endet mit Unterwerfung.

„Im Ranking ganz oben. Ausbildungsplatz nach Wahl, Studienfach und -ort nach Wahl. Dann wieder im Ranking. Am besten wieder eine „Eins". Eine „Eins" im Funktionieren", höre ich Christiane die Zeilen zu mir sagen, die sie vor so vielen Jahren hier auf der Bank in ihren Block geschrieben und dann herausgerissen und weggeworfen hat.

Ich glaube, es waren Christianes Worte, die ich unbewusst im Kopf hatte, die die anderen Worte über Gehorsam und Unterwerfung hervorgerufen haben. Ich denke an Tupambaé und die Welt, die mir Pastor, Ben und Frieda aus ihren Adjektiven gewoben haben. Als erstes denke ich sofort an Geborgenheit und an die größtmögliche Freiheit, die ich darin erlebt habe. Und obwohl ich mich frei fühlte, bestand auch mein Leben aus Verpflichtungen und Regeln. NIE-MALS wurde bei uns gefrühstückt, bevor nicht alle Tiere und Pflanzen versorgt waren. Pferde, Hühner, Enten, Katzen, Hunde, Vögel und alles, was Wasser brauchte. Das wurde nicht befohlen – das wurde gemacht seit ich mich erinnern kann und immer begleitete ich einen von den Dreien und als Pastor starb, ging ich „seine" Runde ohne ihn. Obwohl ich alle unsere Tiere liebe, ist meine Lieblingsstation bei unseren vier Eseln. Sie heißen Pastor, Ben, Frieda und Hänry. Ich erinnere mich, dass Frieda einmal zu Pastor sagte: „Ben ist ein solcher Esel!", als sie Streit mit Ben hatte, woraufhin wir alle furchtbar lachten und zu unseren Eseln liefen und ihnen ein paar Möhren brachten und ihre langen Ohren kraulten. Inspirierend war meine Kindheit also auch. Während plötzlich Christiane neben mir sitzt, überlege ich, warum ihre Zeit als Teenager so viel schwieriger war als meine.

„Wir waren arm", erzählt sie mir. „Wir waren arm, obwohl meine Mutter geschuftet hat!"

Ich denke an all die Kinder und Freunde, die ich kenne und habe und die ebenfalls arm sind.

„Das ist es nicht!", glaube ich. „Ich glaube, es liegt eher daran, wie eine Gesellschaft damit umgeht.

„Wie meinst du das?", verlangt Christiane zu wissen. Ich sitze neben ihr auf der Bank und schaue auf die weißlichen Narben, aus denen ihre Haut auf den Unterarmen zu bestehen scheint. Unablässig streicht sie sich mit den Händen abwechselnd über den rechten und linken Arm. Auf meinem linken Handrücken leuchtet das entzündete und schorfige „T". In der Hand selbst pocht es, als schlage ein Herz darin.

„Wenn ich deinen Wert nicht an deinem Eigentum messe, sondern daran, wie du bist, ist es egal. Nein", verbessere ich mich, „egal ist es natürlich nicht. Es ist schlimm, dass deine Mutter schuften musste und ihr dennoch wenig hattet. Aber unter Freunden sollte es nicht zählen. Und die, für die es zählt, haben kein Selbstbewusstsein!" Ich merke, dass ich wütend werde.

„Wenn ich mehr darauf schaue, ob du neue Kleidung oder das neueste iPhone besitzt, als ob du nett bist, freundlich und hilfsbereit, bin in Wirklichkeit ich arm. Ein Bewusstsein, das sich auf Eigentum bezieht, ist kein Selbst – sondern ein Eigentumsbewusstsein. Und wehe, das Eigentum geht verloren!", ereifere ich mich.

„Du träumst, Hänry!", sagt Christiane. „Jetzt haben wir jedenfalls genug Geld und meinen Kindern geht es deshalb gut!" Dann steht sie auf und geht weg.

Ich sehe, wie sie verschwindet. Dann sehe ich mich um und sehe, dass noch immer eine Brombeerhecke um die Bank herum wächst, die voll von schwarz-violetten Brombeeren hängt.

Alles scheint noch genauso wie früher. Plötzlich denke ich, dass es vielleicht Christiane ist, die in einem der neuen, schicken Häuser wohnt, die dort stehen, wo Friedas Apfelplantage war.

Ich stehe auf und schlängele mich durch die Brombeeranken, die mich festhalten wollen. Ein Wildwechsel führt in den Wald hinein und ich folge ihm, bis ich an eine Böschung komme, in deren Tiefe ein Bächlein gurgelt. Ich klettere die Böschung hinab und knie am Bächlein nieder, um aus meiner hohlen Hand zu trinken. Dann mache ich einen großen Schritt darüber und klettere die gegenüberliegende

Böschung wieder empor. Oben ist eine kleine Lichtung und an ihrem Ende steht eine gewaltige Fichte, deren Zweige bis weit hinab reichen. Ich gehe zu der Fichte, ziehe ihre Äste auseinander und betrete das Baumzelt, das sich darunter befindet. Wohlige Müdigkeit lässt mich zu Boden sinken. Ich kuschele mich auf das Bett aus Fichtennadeln, deren ätherische Öle in meiner Nase kitzeln. Meine Körper wird immer schwerer und schwerer und sinkt in das Erdreich, umarmt von den Wurzeln des Baumes über mir. Ich spüre, wie ich zerfalle und meine Atome von den Wurzeln aufgesaugt werden. Ich fließe im Stamm empor, ich verteile mich auf alle Äste und Zweige und Nadeln und trete aus ihnen heraus. Der Wind nimmt mich auf und trägt mich. In den Norden, den Süden, den Westen, den Osten. Ich fliege und bin überall. Und dann bin ich plötzlich wieder über der Fichte, deren Nadeln mich einsaugen und aus allen Zweigen und Ästen hinabsaugen bis in die Wurzeln, aus denen meine Atome austreten und sich zusammenfügen und ich langsam aus dem Erdreich wieder auftauche und auf einem Bett aus Nadeln liege.

24.

Gestern Abend hatte ich keine Lust mehr, das Lagerfeuer zu entzünden, obwohl das Wetter viel besser war, als an dem Abend zuvor.
Mit Wurst und Käse und Bier saß ich auf Friedas Bett-Sofa und ließ mich von der Wärme des kleinen gusseisernen Ofens einlullen. Mein Blick wanderte immer wieder zu dem Foto von Frieda und Bens.

Jetzt ist es früher Morgen und ich verlasse den Bauwagen mit meinen zwei Bananen in der Hand. Es zieht mich unweigerlich den Berg zur Kummer-Kurve empor, zu der Bank, auf der schon Ben und Frieda saßen, zu der Fichte, unter der sie träumten.

Obwohl ich gleichzeitig die Bananen esse, gehe ich zügig. In der kalten Luft sehe ich meinen Atem, während meine Schuhe über die Kiesel des Waldweges knirschen. Ich weiß nicht, warum ich mich so sehr beeile. Ich gehe in einem Tempo, als müsse ich eine Verabredung einhalten. An der Bank gehe ich vorbei, durch die Brombeerhecke, von der ich einige Früchte abstreife und mir als Nachtisch in den Mund schiebe. Nahezu lautlos schreite ich den Pfad durch den Wald entlang bis zu dem Bächlein, an dem ich mich mit einigen Schlucken Wasser erfrische, bevor ich die Böschung emporklimme und die Lichtung betrete. Die Äste der Fichte schaukeln sanft im Wind und murmeln mir einen Gruß entgegen, den ich liebevoll erwidere. Dann schiebe ich ihre Zweige beiseite und betrete die schummerige und duftende Höhle. Die Müdigkeit, die mich fast augenblicklich erfasst, ist unglaublich angenehm. Es ist, als ob ich in eine Art Winterschlaf sinke. Mir fallen die Augen zu, obwohl ich plötzlich meine, ein fernes Motorenbrummen zu hören.

Ich muss irgendwo hin. Ich weiß nicht wo hin, aber ich weiß, dass ich es muss. Also ziehe ich mich an und gehe zum Auto. Mein Tank ist leer, also fahre ich zuerst zur Tankstelle.

Es gibt Benzin und Kaffee. Und dann folge ich einfach dem grauen Band des Asphalts, das mich irgendwo hinführt.

Ich fahre, ich trinke Kaffee, ich höre Musik. Und ich fahre nach irgendwo.

Ich betrachte die Landschaft, die auf dem Weg nach irgendwo an mir vorbeizieht. Ich ziehe an der Landschaft vorbei, die sich kaum verändert.

Meine Geschwindigkeit ändert sich auch nicht. Der Tempomat schickt mich mit unveränderter Geschwindigkeit durch eine gleichbleibende Landschaft.

Im Radio singt „The Police." Ich singe mit.

„Every breath you take"

„Every breath you take and every move you make
Every bond you break, every step you take
I'll be watching you...", singe ich.

„Bei jedem Atemzug,
bei jeder Bewegung,
Bei jedem gebrochenen Versprechen,
Bei jedem Schritt,
Ich werde dich beobachten...", singt die Polizei, während ich mit unveränderter Geschwindigkeit durch eine gleichbleibende Landschaft fahre.

Ich versuche zu erkennen, was hier wächst. Es sieht aus, als ob riesige Schneeflocken an den Sträuchern hängen.

„Baumwolle", stelle ich fest und fahre weiter geradeaus. Geradeaus fahre ich direkt in eine Eichenallee hinein, die zu einem gewaltigen Herrenhaus führt, dessen Säulen schon von ferne durch die Kronen der alten Eichen schimmern.

Die Kutschpferde scheuen etwas und werfen ihre Köpfe unruhig hin und her. Die Räder der Kutsche knirschen auf dem feinen rötlichen Kies. Schließlich hält der Kutscher vor dem Anwesen.

„Erstens, Missus", sagt er, als er mir die Türe öffnet und mir seinen Arm reicht, damit ich mich nicht mit meinem Reifrock verfange und stolpere, „müssen Sie dort die soziale Leiter empor" und zeigt zu einer langen Himmelsleiter, die an dem Haus lehnt.

„Und zweitens", fügt er hinzu, „spukt es hier!" Noch während er spricht, beginnt er sich vor meinen Augen aufzulösen und zu verschwinden.

Da ich nicht weiß, was ich sonst machen soll und mein Kutscher verschwunden ist, wende ich mich der Himmelsleiter zu.

Vor der untersten Sprosse drängeln sich Sklaven. Einige liegen mit entstellten Rücken auf dem Boden und versuchen nach der Sprosse zu greifen.

„Entschuldigung!", sage ich, während ich durch die Menge gehe, „aber ich muss die soziale Leiter hinauf!"

Murrend treten die Sklaven zur Seite. Ich steige auf die erste Sprosse. Um die zweite Sprosse herum lungert eine Masse weißer Menschen, die arm, verhärmt und mager aussehen. Alle haben ein Gebetbuch unter dem Arm.

„Entschuldigung!", sage ich, während ich durch die Menge gehe, „aber ich muss die soziale Leiter hinauf!" Die Menschen weichen vor meinem eleganten Rock zurück, weil sie sehen, dass ich nach ganz oben auf der Leiter gehöre.

Von Sprosse zu Sprosse sehen die Menschen nun wohlhabender und besser ernährt aus.

Schließlich bin ich auf der vorletzten Stufe und schaue auf die oberste Sprosse, auf der ein viel zu dicker Mann mit blondem Haar kniet.

Als ich genauer hinschaue, sehe ich, dass die Sprosse keine Sprosse ist, sondern ein schwarzer Mann, auf dessen Genick ein viel zu dicker Mann mit blondem Haar kniet.

„Every breath you take, George, and every move you make, George,
Every bond you break, George, every step you take, George.
I'LL BE WATCHING YOU", singt der Dicke.

„I can't breathe", keucht George.

Ich schaue auf meine Uhr.
Der Dicke singt und kniet 8 Minuten und 46 Sekunden.
George keucht nicht mehr.
Der viel zu dicke Mann mit blondem Haar und der seltsamen Haartolle steht auf und schaut die soziale Leiter hinab.
„Das ist ein großartiger Tag für ihn, das ist ein großartiger Tag für alle!", ruft er den Menschen zu.
Die Menschen an der zweiten Stufe jubeln ihm geschlossen zu. Von ganz unten hört man nur weinen.
Einer von der zweiten Stufe ruft verzückt:
„In Gegenwart eines solchen Mannes zu sein!"
Noch immer fahre ich mit unveränderter Geschwindigkeit durch eine gleichbleibende Landschaft.
„Every move you make, every vow you break
Every smile you fake, every claim you stake
Every single day, every word you say
I'll be watching you", beenden „The Police" ihren Song.
In der unendlichen eintönigen Landschaft steht plötzlich ein Mann und winkt mir anzuhalten. Ich halte an und lasse das Fahrerfenster heruntergleiten.

Xi Yinping steht dort, lässig in ein buntes Hawaihemd ge-
kleidet und von einer umgedrehten Baseballkappe behütet.
Um seinen Hals baumeln dutzende Kameras. Aus den
Baumwollpflanzen sind Terrakotta-Krieger geworden.
Tausende stehen hinter ihm. Ordentlich in Reih und Glied.
Sie starren mich an. An ihren Helmen sind Dashcams befes-
tigt. Jeder trägt vier. Mich filmen gerade mindestens acht-
tausend Dashcams.

„I'll be watching you, Hänry!", singt er, während er mich
durchdringend mustert.

„And we'll watching you, Xi!", pampe ich zurück, betätige
den Schalter, der das Fensterglas wieder nach oben fährt
und gebe Gas.

„Bei jeder Bewegung,

Jedem gebrochenen Schwur,

Jedem falschen Lächeln,

Jeder Forderung, die du stellst,

Ich werde dich beobachten", singe ich. Dann halte ich bei
der nächsten Gelegenheit an, wende und fahre nach Hause.

Keuchend, und mit beiden Händen meinen Hals umklam-
mernd, erwache ich. Die achttausend Dashcams liegen mir
im Magen, als habe ich mit dem blonden, viel zu dicken
Mann viel zu viel Fastfood gegessen.

Mir ist kalt und die Feuchtigkeit des Waldbodens ist durch
meine Kleidung gedrungen. Sehnsüchtig denke ich an eine
Badewanne. Im Bauwagen gibt es noch nicht einmal eine
Dusche. Aber es gibt den kleinen Ofen, der ihn schnell er-
wärmt. Also rappele ich mich auf und verlasse die Höhle
unter der Fichte.

Auf einmal habe ich unglaubliche Sehnsucht nach meiner Heimat, dem hellen Licht, der Weite und dem Sternenhimmel über der Wüste. Die unglaubliche Dichte der Sterne, die freundlich auf mich herabfunkeln. Keine Melancholie und keine bedrückenden Träume.

Hastig eile ich den Pfad entlang und quetsche mich durch die Dornen der Brombeerhecke, die heute gierig nach mir fassen und meine Flucht erschweren. Wütend reiße ich mich los und mir ein Loch in meine Jacke. Ich will nach Hause.

Frieda liebte den roten Sand der Kalahari, Ben liebte den goldenen der Namib. Wir fuhren abwechselnd einmal in die Kalahari und einmal in die Namib. Mir hat es in beiden Wüsten gut gefallen. Ich liebte unsere prasselnden Lagerfeuer unter dem unendlichen Himmel. Ich liebte es, neben dem Feuer liegend in den Sternen übersäten Himmel zu blicken. Die Gespräche wurden immer weniger und das Schauen wurde immer mehr.

Geborgen in der Unendlichkeit zwischen Frieda und Ben liegend, schlief ich meist schnell ein – dick eingemummt in der eisigen Kälte der Wüstennacht.

Warum muss ich gerade jetzt so intensiv daran denken, frage ich mich, während ich den Weg hinab zum Dorf entlanglaufe. Warum denke ich nicht über meinen seltsamen Traum nach?

Meine Erinnerung atmet die klare kalte Luft der Wüste. Die Klarheit. Das Unvermittelte. Das Direkte. Die dunklen Regenwolken über mir hängen so niedrig. Die Sterne waren so weit entfernt.

Klarheit. Strukturen.

„Du musst strukturiert vorgehen, Hänry!"

Wie strukturiert man etwas, was man nicht versteht? Ich beeile mich immer mehr. Ich möchte in dem warmen Bauwagen in Friedas Bett liegen, zusammengerollt wie ein Igeltier. Also beeile ich mich.

Plötzlich reißt die dichte Wolkendecke über mir auf. Millionen Wassertropfen funkeln aus den Zweigen der Bäume. Als ich genauer hinschaue, sehe ich, dass es keine Wassertropfen sind. Millionen Kameras funkeln mich durch ihre gläsernen Augen kalt an. Was ich für Lichtstrahlen hielt, sind ihre Augen, die mich absorbieren, die mein Ich ins sich hineinsaugen. Ausgesaugt und ängstlich fühle ich mich und renne los. Dann schiebt sich eine Wolke vor die Sonne. Ich renne trotzdem weiter.

25.

Seite an Seite fliegen unsere Pferde über die staubige Straße. Die Mähne kitzelt mich im Gesicht.

„Reiten wir nach Rom?", rufe ich zu Boudicca hinüber, die, geduckt und nahezu reglos an den Hals ihres Pferdes geschmiegt, grimmige Entschlossenheit zeigt.

„Rom. Papperlapapp. Rom war gestern!", weht mir ihre Antwort zu. Da dreht sie sich zu mir und ich sehe ihr wildes Lachen, bevor ich es höre.

„Wir leben im 21. Jahrhundert, Hänry!", ruft sie und stößt ihrem Pferd die Fersen sanft in die Weichen, um es zu noch mehr Eile anzutreiben.

„Wir reiten nach Konstantinopel, was heute Istanbul genannt wird", jauchzt sie. Die zwei Schwerter an ihrer Seite klappern gemeinsam mit den galoppierenden Hufen. Boudicca scheint von infernalischer Eile getrieben.

Stunde um Stunde vergeht auf schwitzenden Pferdeleibern. Der Tag vergeht. Die Nacht beginnt und noch immer jagen wir rastlos gen Süden.

Schließlich klappern die Hufe unserer Schlachtrösser an der Hagia Sophia vorbei. Und schließlich tauchen zwei weiße Türme vor uns auf, die eine Toreinfahrt bewachen.

„Das ist der Topkapi-Palast", erklärt mir Boudicca, ohne mir sonst noch etwas zu erklären. Ich rutsche von meinem Pferd und folge ihr. Am Tor zieht sie eine Sprühdose aus ihrem Gewand und sprüht die Farbe den Kameras, die dort hängen, direkt ins Gesicht.

„They're watching us!", ärgert sie sich und ich folge ihr ins Innere des Palastes. Wir sind nachts im Museum und kommen in einen großen Raum, dessen Boden aussieht wie ein Schachbrett.

Am hinteren Ende knien Frauen in der Reihe, in der sonst die Bauern stehen. Dahinter stehen als Krieger verkleidete Männer, die ihre Lanzen gegen die Rücken der Frauen drücken. Ihnen gegenüber steht schweigend ein einzelner schwarzer Mann mit einer Rasta-Frisur. An einer der Längsseiten steht ein überdimensionales Standbild. Es zeigt einen Mann mit Tränensäcken und Schnauzbart.

„Gewalt war gestern!", sagt Boudicca und löst ihren Schwertgürtel.

„Steht auf!", sagt sie zu den knienden Frauen.

„Get up!", sagt der Rasta-Mann.

Boudicca geht zwischen die Frauen und Männer und starrt auf deren Lanzen, von der eine nach der anderen herabsinkt und schlaff mit der Spitze nach unten zeigen.

„Get up, stand up!", singt Bob. Er wiegt sich sanft im Rhythmus seiner Worte.

„Stand up for your right!", singt Bob weiter.

Eine der Frauen erhebt sich. Sie wiegt sich in Bobs Rhythmus. „Get up!", singt sie leise mit. Eine weitere Frau erhebt sich. Auch sie beginnt zu singen.

„Das schadet der Familie!", protestiert das Standbild. Als es spricht, wird der Jahrhunderte alte Staub, der auf ihm liegt, aufgewirbelt. Das Standbild niest. Jetzt wirbelt noch mehr verstaubter Staub durch den Raum.

„Stand up for your right!", singt Bob unbeirrt. Er wird lauter und immer mehr Frauen singen mit.

„Get up, stand up!", singen sie und erheben sich. Es müssen Tausende sein. Hundertausende.

„Das schadet der Familie!", kreischt das Standbild wütend.

„Keine Zeit mehr für Feiglinge!", sagt Boudicca und geht zu dem Standbild, das reglos in seiner Position verharrt.

„Hilfst du mir, Hänry?", fragt sie mich. Ich eile zu Boudicca. Wir beginnen, das Standbild wegzuschieben – in Richtung Tür.

„Das schadet der Familie!" Nahezu hysterisch intoniert es den immer und immer gleichen Satz.

„Wer andere unterdrückt, hat Angst vor ihnen!", sagt Boudicca. „Wir *leben*", bei dem Wort leben, grinst sie mich kurz an, „im 21. Jahrhundert!"

„Stand up for your rights!", donnert der Chor der Frauen und wiegt sich sanft hin und her.

„Der Kerl muss an die frische Luft!", lächelt Boudicca. Gemeinsam schieben wir ihn Richtung Ausgang. Endlich fehlt nur noch ein kleiner Schubs und das Standbild steht draußen. Gleichzeitig schickt die Sonne ihre ersten Strahlen über die Häuserdächer.

Ein golden-orangener Strahl trifft auf die staubige Figur. Es beginnt zu rieseln. Es rieselt und rieselt immer mehr. Vor meinen Augen entsteht aus ihr eine gewaltige Staubwolke, die sofort in sich zusammenfällt und von einem Windstoß verteilt wird.

„Upps!", sagt Boudicca. Dann schwingt sie sich auf ihr Pferd und galoppiert den Sonnenstrahl empor.

Hinter mir singen die Frauen:

„If you wanna get up, you don't have to sit. We are family, na,na, yeah! Get up everybody and sing. We are family."

Sister Sledge und Bob wiegen sich gemeinsam mit ihnen in diesem schönen Rhythmus.

Einige Sonnenstrahlen mogeln sich durch die Bahnen meines Fichten-Zeltes, als ich die Augen aufschlage. In ihnen schweben Staubkörper. Ob das eventuell? Nein, das ist Unsinn. Meine Augenlider sind unglaublich schwer. Mühsam richte ich mich auf und stütze mich auf meine Unterarme. Aus der Ferne klingt das Geklapper von Hufen an meine Ohren. Ob das Boudicca ist, die davonreitet? Nein, das ist auch Unsinn. Das Geklapper kommt außerdem immer näher und klingt nach sehr sehr vielen Hufen und nicht nach einem Pferd. Je näher die Pferde kommen, desto müder werde ich. Meine Arme zittern erst, dann knicken sie weg und ich sinke zurück in den Schlaf.

Seite an Seite mit Dschinghis Khan fliegen wir auf den kleinen stämmigen Mongolenpferden durch wechselnde Landschaften. Meine Hände sind an den Sattelknauf gefesselt. Unsere dicken Umhänge flattern wie Fledermausflügel. Hinter uns grölen seine Horden:

„Moskau, fremd und geheimnisvoll, Türme aus rotem Gold, kalt wie das Eis."

Vor uns taucht Moskau aus dem morgendlichen Nebel. Kurze Zeit später traben wir über den Roten Platz und ich bewundere die Zwiebeltürme der Basilius-Kathedrale, die aus dem Morgendunst strahlen. Dann tauchen auf der einen Seite neben mir die roten Mauern des Kremls auf, während auf der anderen die Moskwa leise ihre Wellen gegen das Ufer plätschert. Wir biegen durch ein Tor in den Park des Kremls und halten schließlich vor den riesigen Flügeltüren.

„Moskau, Tor zur Vergangenheit, Spiegel der Zarenzeit, Rot wie das Blut", verabschiedet mich Dschinghis Khan, nachdem er mich losgebunden, aber gefesselt gelassen hat und gibt mir einen helfenden Stoß in Richtung des Tores, der mich hindurch stolpern lässt.

Empört drehe ich mich um und stolpere gleichzeitig weiter. Das Tor hinter mir schließt sich bereits wieder. Deswegen schaue ich wieder nach vorne.

Da sitzt, in einem gewaltigen Ledersessel mit lässig ausgestreckten Beinen, Wladimir Wladimirowitsch und schaut mich an. Mit gefesselten Händen stehe ich vor ihm, zerzaust, verschwitzt, verschmutzt.

Umgeben von dem kalten Grau seiner Iriden, starren mich seine schwarzen Pupillen an, als seien sie aus geschliffenem Obsidian. Aus magnetischem geschliffenem gesplittertem Obsidian. Wie können Pupillen scharfe Kanten haben, denke ich noch, bevor sie mich in sich hinein saugen und ich durch eine Landschaft aus messerscharfen Spitzen und Abbruchkanten stürze, mich zerschneide, prelle, quetsche und schürfe. Zerschnitten, geprellt, gequetscht und aufgeschürft, stürze ich auf meine Knie und schaue zu ihm auf. Die Fesseln meiner Hände liegen zerschnitten vor mir.

„Hast du Angst, Hänry?", fragt er mich mit warmer Stimme, die mir eiskalt über den Rücken rinnt, während ich mich auf meine Füße quäle und aufrichte.

„Hast du denn Angst?", versuche ich zu fauchen wie eine Löwin.

„Setz dich doch!", lädt er mich ein, auf einen zweiten Sessel zu sinken und zieht eine Flasche Wodka zu sich heran. Obwohl mein Blick jetzt an seinen Augen abprallt, als versuche ich durch einen Spiegel hindurchzuschauen, glaube ich eine Frage darin zu sehen.

„Wodka trinkt man pur und kalt!", singe ich.

Wladimir Wladimirowitsch schenkt uns ein. Pur und kalt.

„Nastrovje, Hänry!", sagt Wladimir.

„Nastrovje, Wladi!", sage ich und führe das Glas an meine Lippen. Er lächelt kurz, bevor er den ersten Schluck nimmt und ich es ihm dann nachtue.

„Isst du immer noch jeden Morgen zwei Bananen zum Frühstück?", fragt er mich, während der Wodka kalt brennend durch meine Kehle rinnt und setzt, als ich meine Augen erschrocken aufreiße, hinzu: „So wie Frieda?"

Der Alkohol in mir lässt die Flammen meines brennenden Herzens noch höherschlagen.

„Lässt du immer noch Menschen verschwinden?", frage ich ihn, während er unsere Gläser füllt und setze hinzu: „denen du dich unterlegen fühlst?"

Wladimir schiebt mir mein Glas zu.

„Nastrovje, Hänry!", sagt er.

„Nastrovje, Wladi!", sage ich. Dann trinken wir.

„Wie läuft's auf Tupambaé?", fragt er mich. „Hängt ihr noch immer dem idealistischen, unrealistischen Traum von Freiheit und Gleichheit an?"

„Auf Tupambaé leben wir so wie immer!", presse ich mühsam heraus.

„Aber wie könnt ihr da so wie immer leben, wenn doch fast alle tot sind, Hänry?", fragt er mich. „Alle außer dir!", fügt er mit warmer Stimme hinzu.

Meine Hände zittern. Das „T" auf meiner Hand vibriert. Sie möchte ihm ins Gesicht schlagen. In den Bauch boxen. Meine Füße wollen ihn treten.

„Lass dich nicht provozieren, Hänry!", flüstert mir Frieda ins Ohr. Ich fasse nach der Wodkaflasche. Mit bebenden Händen schenke ich uns ein.

„Nastrovje, Wladi!", sage ich.

„Nastrovje, Hänry!", sagt Wladi.

Der Wodka in meinem Glas schaukelt wie ein stürmisches Meer, während Ben mir ins Ohr flüstert:

„Er will, dass du Gewalt anwendest - genauso wie er!"

Wladimir Wladimirowitsch beobachtet mich und lässt mich offen seine Freude an meinem inneren Kampf erkennen.

„Kennst du das Milgram-Experiment, Hänry?", fragt er mich und fügt selbst hinzu: „Ach ja, natürlich. Du hast es ja in dem Manuskript von Pastor gelesen, was er schrieb, bevor er starb. Woran genau ist eigentlich Frieda gestorben, Hänry?" Diesmal schenkt er uns wieder ein. Irgendwie schafft er es dabei, mich keine Sekunde aus den Augen zu lassen. Ich schnappe mir mein Glas und schütte den kalten Wodka in mein glühendes Ich.

„Nastrovje, Wladi!", sage ich nachträglich.

„Nastrovje, Hänry!", sagt Wladi und trinkt.

„Wie du ja weißt, Wladi", antworte ich ihm, während Friedas Lippen sanft über meinen Nacken streicheln – so wie sie es so gerne getan hat – „ist meine Mutter an einem Schlangenbiss gestorben. Äußerst qualvoll!" Meine äußerst kurz geschnittenen Fingernägel bohren sich in meine Handinnenflächen.

„Ja, wie traurig!", sagt Wladi und schenkt nach. „Aber du siehst an diesen Experimenten, dass es *hard power* ist, was die Menschheit braucht. Mein Beileid, übrigens! Nastrovje, Hänry!", sagt er dann und trinkt.

„Nastrovje, Wladi!", sage ich und trinke auch, bevor ich ihm antworte:

„Was sie braucht, ist nicht einmal *soft power*", kontere ich, „was sie braucht, ist den Mut und die Fähigkeit, selbst zu denken!", halte ich ihm weiter entgegen, „es ist die Übung darin, sich des eigenen Verstandes zu bedienen, die manchen fehlt! Danke, übrigens!

Lass alle frei, statt dich hinter Gewalt, Giftmischern und Panzern zu verstecken! Die, die denken können, verschwinden hier!"

„Ah, Hugo!", merkt Wladi an.

„Nee, Kant!", korrigiere ich.

„Du bist alleine, Hänry! So alleine!"

Wladimir Wladimirowitsch greift wieder zur Flasche, als es ein riesiges Getöse an der Tür gibt. Ein Reiter, gefolgt von zwei Unberittenen, dringt ein.

„Nein! Ist sie nicht!"

Den toten und komplett ausgeweideten William Wallace umgibt ein so warmes, sanftes Leuchten, dass ich seine zwei Begleiter nicht sofort erkenne. Erst als ich die Stimme und den Text höre, weiß ich, wer der Mann ist:

„Die Verträge sind gemacht
Und es wurde viel gelacht
Und was Süßes zum Dessert
Freiheit, Freiheit",
intoniert Marius. Nicola und William singen mit. Gleichzeitig treibt William sein Pferd bis an den Tisch, der zwischen Wladi und mir steht.

„Die Kapelle, rum ta ta
Und der Papst war auch schon da
Und mein Nachbar vorneweg",
singt Marius weiter.

„Trink Whisky!", sagt William zu Wladi und zieht eine Flasche schottischen Single Malt Whiskys unter seinem Umhang hervor.

„Freiheit, Freiheit
Ist die einzige, die fehlt
Freiheit, Freiheit,
ist die einzige, die fehlt",
höre ich Marius, während meine Augen auf Wladi und William gerichtet sind. Wladis Beine sind nicht mehr lässig ausgestreckt, sondern wie bereit zum Sprung angezogen. Auch der Oberkörper wirkt geduckt wie eine gespannte Feder.

„Der Mensch ist leider nicht naiv
Der Mensch ist leider primitiv
Freiheit, Freiheit
Wurde wieder abbestellt",
beschwert sich Marius. Wladi beobachtet uns in Alarmbereitschaft. Nicola tritt an den Tisch. Sie öffnet die Whiskyflasche. Dann gießt sie den goldenen schimmernden Whisky in vier Gläser. Bevor sie sich dem fünften zuwendet, blickt sie fragend auf William. Der schaut kurz auf seinen hohlen

Körper und zuckt bedauernd und ablehnend mit den Schultern.

„Alle, die von Freiheit träumen

Sollen's Feiern nicht versäumen

Sollen tanzen auch auf Gräbern",

donnert Marius, wobei er mir und William einen mitfühlenden Blick zu wirft. Ich glaube, ich verstehe, was er meint.

Er, Nicola und ich greifen nach den Whiskygläsern. Wladis Hand zögert, schwebt über dem Wodka und greift schließlich auch nach dem Whisky.

„Na also!", sagt William.

„Geht doch!", sagt Nicola.

„Freiheit, Freiheit

Ist das einzige, was zählt

Freiheit, Freiheit

Ist das einzige, was zählt", singt Marius.

„Slainthé mhath!", sage ich.

„Nastrovje!", trotzt Wladi.

William lenkt sein Pferd zu mir und zieht mich vor sich in den Sattel.

„Freiheit!", flüstert er mir ins Ohr. Jeder einzelne Buchstabe fließt als lebensrettende Infusion in mich hinein. Ich spüre eine ungeheure Kraft durch meine Adern strömen, spüre, wie sie jedes Körperteil erreicht und mich flutet.

Diese Freiheit ist so süß, so heiß, so würzig und so schwer wie Glühwein. Und gleichzeitig perlt sie so leicht wie Champagner.

Ich werfe noch einen Blick auf Wladi, während William sein Pferd zur Türe lenkt. Vielleicht täusche ich mich, aber in dem Obsidian seiner Augen schimmert ein wenig Bernstein. Und ich? Ich drehe meine Hand so, dass er das „T" auf der offenen Hand mit den nach oben gereckten Fingern sieht. Dann halte ich den Zeigefinger der rechten Hand quer über die Senkrechte des „Ts".

„F…", liest Wladi.

„Freiheit!", sage ich mit einem süßen Geschmack im Mund.

26.

„Du, Hänry?", fragt William, als wir an der Moskwa entlang galoppieren.

„Was ist?", frage ich, bequem in Höhle seiner fehlenden Innereien gekuschelt.

„Wenn die Disziplin nicht von außen kommt, dann muss sie von innen kommen. Freiheit erfordert viel Selbstdisziplin!"

Da hat er wohl schlechte Erfahrung gemacht, denke ich.

„Du, William?", nuschele ich schlaftrunken im Wiegegalopp seines Pferdes.

„Was ist?", fragt William.

„Weißt du, warum die Menschen nicht mit- sondern gegeneinander arbeiten?" Ich bin so müde, dass ich nicht weiß, ob ich die Frage noch gestellt oder geträumt habe.

Die Antwort – hat William geantwortet? – höre ich nicht mehr.

Mein Kopf fühlt sich an, als habe ich fünf Wodka und einen Whisky getrunken, als ich unter der Fichte erwache und mein Körper schmerzt, als sei er in Schlucht gesplitterten Obsidians gestürzt.

Ich starre in die schaukelnden Äste über mir und weiß, dass es vorbei ist. „Frieda", murmele ich vor mich hin und nach einem kleinen Zögern setze ich noch „Hugo" dazu.

Um zu Frieda und Hugo zu kommen, muss ich in das kleine rote Haus an dem wunderbaren Wald aus Buchen und Eichen in Norddeutschland. Dem *wunderbaren* Wald. In mein kleines rotes Haus.

Stöhnend richte ich mich auf und verlasse zum letzten Mal den Traumplatz unter der Fichte, über deren harzige Rinde ich zum Abschied streichele. Ich klettere zum Bach hinab und trinke ein paar Schluck Wasser aus der hohlen Hand, dann steige ich mit einem großen Schritt hinüber, erklimme die gegenüberliegende Böschung und folge dem Wildwechsel bis zum Brombeergebüsch hinter der Bank. Vorsichtig schlängele ich mich durch die Ranken und bleibe einen Moment stehen. Ich überlege, ob ich mich auf die Bank setzen soll, aber das erscheint mir falsch. Also streichele ich auch über sie und stelle mir vor, wie es wäre, wenn jetzt zwei Raben hier säßen und mich begrüßen würden. Nein, mich verabschieden würden. Ich fahre gen Norden.

Trotz meiner Schmerzen eile ich leichtfüßig den Berg hinab, an dem Parkplatz vorbei und biege in den kleinen Grasweg, der mich zum Bauwagen bringt. Das Rot seiner Wände leuchtet mir heimelig entgegen. Ein kleines Bedauern nistet in meinem Herzen, vor allem, als ich den Lagerfeuerplatz betrachte, an dem vor über zwanzig Jahren Tupambaé als Idee entstanden ist, aber die Freude auf das, was noch kommt, ist größer. Noch größer ist das Chaos, was ich Inneren angerichtet habe. Bevor ich aufräume und packe, schaue ich nach, wie ich fahren muss. Richtung Kassel. Und dann auf die A7. Auf der A7 kann ich bis Schleswig bleiben.

Schleswig. Bei Schleswig liegt Haithabu! Ich springe auf und werfe meine umherliegende Kleidung in die Reisetasche. Egal – in dem kleinen roten Haus werde ich eine Waschmaschine haben. Und Strom. Und eine Badewanne fällt mir ein! Das schmutzige Geschirr spüle ich mit kaltem Wasser – jetzt habe ich keine Lust mehr, den kleinen Ofen zu entzünden, um ein paar Tassen zu spülen.

Eine Stunde später verabschiede ich mich von dem Bauwagen, indem ich zärtlich über seine rote Holzfassade streichele und setze mich ins Auto. Eine Träne rollt über meine linke Wange. Hier waren Frieda, Ben und Pastor gemeinsam. Hier haben sie ihren Bund geschmiedet. Hier bin ich dazu gekommen. Das vierte Musketier!

Über Marburg fahre ich die B3 Richtung Kassel und werde kaum eine halbe Stunde nach Fahrtbeginn geblitzt. Diese intensive Verkehrsüberwachung ist mir neu. Ich verstehe aber, dass die Dorfbewohner keinen Wert auf hindurch rasende Autos haben. Auch wenn es schwerfällt, zügele ich meine Lust auf den Norden, indem ich vom Gas gehe.

„Freiheit erfordert viel Selbstdisziplin", hatte William zu mir gesagt, bevor ich eingeschlafen war.

Entweder war es damit hier nicht so weit her oder aber das Vertrauen der Zuständigen war nicht so groß, überlege ich, während ich lächelnd weitere zehn Blitzer mit eingeschaltetem Tempomat passiere, bevor ich bei Borken auf die A49 biege, die mich nach Kassel bringt.

Reuig denke ich daran, selbst gerade geblitzt worden zu sein und wie meine Fahrweise wäre, wäre das nicht passiert. So schnell kommt man in die Bredouille zwischen Theorie und Praxis. Und wie schnell man dazu neigt, für sich selbst Ausnahmen geltend zu machen, bei Regeln, von denen man möchte, dass andere sie einhalten, überlege ich weiter. Von jetzt an, verspreche ich es mir selbst, werde ich mehr darauf achten.

Aus den Lautsprechern des Autos singt Roy Orbinson *Pretty Woman*. Zwei Menschen, zwei Welten. Ein Happy End. Ich singe mit.

Die A7 ist von Kassel bis Göttingen wie eine riesige Achterbahn, die sich durch die Kassler Berge und durch den Harz schlängelt. Mein rechter Fuß möchte immer schwerer werden und das Gaspedal hinabdrücken. Aber gegen diese Unvernunft schütze ich mich, indem ich erneut mein Tempo durch den Tempomat reguliere. Gleichzeitig stelle ich mir vor, wie die Autobahn von oben aussieht – mit all den Lkw und Pkw als Spielzeuge darauf. Deutschland ist wunderschön, stelle ich fest und bewundere die Farbenpracht des Herbstwaldes, die herausfordernd leuchtet, wenn die Sonne hin und wieder durch eine Wolkenlücke linst. Dennoch liegt auch über dieser Landschaft eine unerklärliche Melancholie.

„Ich weiß nicht, was soll es bedeuten, dass ich so traurig bin", erinnere ich mich an eines der vielen Zitate, die Pastor ständig auf den Lippen trug. Frieda sang es manchmal für ihn. Das Lied von der Loreley. Den Rhein und den Felsen der Loreley werde ich auf meiner Reise nicht sehen, aber ich glaube, dass ich die Stimmung erkenne, in der es geschrieben wurde. Unwillkürlich hat sie auch mich erfasst. Vielleicht ist es die Wehmut, den Bauwagen verlassen zu haben. Abschied.

„Wie du handelst, ist eine Hybris!", sagt plötzlich Wladi neben mir auf dem Beifahrersitz. Vor Schreck ziehe ich den Wagen nach links, als ich mich zu ihm wende und schlingere auf den Standstreifen, was den Fahrer hinter mir zu einem Hupkonzert veranlasst.

„Der Hochmut derer, die glauben, im Recht zu sein und deswegen alles dürfen – auch das, was sie selbst verurteilen", vervollständigt er seinen Gedanken noch, „schwarzweiß, gut gegen böse und im Gutsein böse werden", bevor er sich verdünnisiert, indem er sich vor meinen Augen auflöst und den Geruch nach Wodka und Whisky in meinem Wagen zurücklässt.

Ich ärgere mich, dass er meinen eigenen Gedanken aufgenommen und gegen mich verwendet hat und dass er weg ist und diesmal das letzte und einzige Wort hatte.

„Ein Feigling bist du", beschimpfe ich den leeren Beifahrersitz.

„Ein Feigling, der anderen unterstellt, was er selbst ist und tut. So, wie alle Feiglinge!", setze ich nach kurzem Überlegen noch hinzu.

Ich fahre durch die Norddeutsche Tiefebene, ohne ihr viel Aufmerksamkeit zu schenken.

„Komm zurück!", fauche ich schließlich und schiele nach rechts, ob er sich nicht eventuell wieder materialisiert. Es ist ein kluger Schachzug von ihm, mir nur vordergründige Rechtschaffenheit zu unterstellen – etwas, was sehr weit verbreitet ist und sich von tatsächlicher Rechtschaffenheit nicht immer leicht unterscheiden lässt. Sie ist wie eine Tarnkappe, deren Träger zu oft nicht enttarnt werden oder nur (zu) spät.

Dass gute Menschen und „Gutmenschen" nicht dasselbe sind, weiß auch ich. Grob gesagt, geht es dem einen um den Schein eines Handelns oder Denkens, in dem er sich aufmerksamkeitsheischend sonnt, während der andere im Stillen handelt.

Ich weiß auch, dass er nicht Tupambaé meint, wo nie irgendjemand nach außen gerichtet gehandelt hat, sondern das reflexhafte „Sonnenbad" derer, die eigentlich nichts oder wenig machen, in populären Meinungen, die oft wenig hinterfragt werden. Gut gegen böse. Vermeintlich gut gegen vermeintlich böse. Durch das vermeintliche Gutsein böse werden.

Kann man das Böse provozieren, indem man vermeintlich gut handelt, frage ich mich.

„Ja!", antworte ich mir selbst. Und dann schiebe ich all diese Gedanken aus meinem Kopf und entlasse sie mitsamt dem Alkoholgeruch aus dem geöffneten Fenster, das es erlaubt, mir kalte Luft in den Kopf zu wehen. Inzwischen bin ich kurz vor dem Elbtunnel und fahre durch den Containerhafen. Wahnsinn – all diese Container, die kreuz und quer über die Weltmeere reisen werden oder schon gereist sind. In einer langen Schlange anderer Autos tauche ich in den Elbtunnel ein und unter der Elbe durch. Nach ungefähr drei Kilometern bin ich auf der anderen Seite. Beschreiben kann ich es nicht, aber es fühlt sich anders an, auf dieser Seite zu sein. Mir scheint der Himmel über mir anders: Größer? Ein größerer Himmel?

Kaum habe ich Hamburg hinter mir gelassen, provoziert der größere Himmel über mir zu schnellerem Fahren. Vielleicht bin ich auch schon im Bann des kleinen roten Hauses am Waldrand, das mich genauso sehnsüchtig zu sich, wie es mich zu ihm zieht. Mein Herz pocht. Friedas geliebtes rotes Haus. Ich freue mich so sehr, es nun bald zu betreten, dass der rechte Fuß schon wieder das Gaspedal hinabdrückt. Um mit Tempomat zu fahren, bin ich zu unruhig. Ich muss mich bremsen. Will ich aber nicht.

Auf einmal weiß ich, was anders ist. Die wehmütige Stimmung, die Melancholie hat mich verlassen, nachdem ich die Elbe unterquert habe. Vielleicht ist nicht der Himmel größer, sondern leichter. Oder nicht leichter, sondern offener. Anders.

Mein Herz pocht noch heftiger. Mir scheint, dass mein Körper vibriert wie bei einer schnurrenden Katze, aber es ist kein Schnurren, das mich so in Bewegung versetzt. Ich reise dorthin, wo die Geschichte begann. Nein, das stimmt nicht. Sie begann mit Frieda und Ben in Fronhausen. Oder? Eigentlich begann sie mit Bens Entscheidung, sich zu verschulden, um im Wettbewerb von „schöner, größer, mehr" mitzuhalten. Also doch hier. Zumindest hier im Norden.

Es ist ein Wettbewerb, von dem einem ständig suggeriert wird, dass man an ihm teilnehmen muss. Dabei ist es ein rein Äußerliches „schöner, größer, mehr!" Ein Wettbewerb, an dem Ben innerlich zerbrach!

Ich denke an die Frau des Fischers, die ständig mehr wollte. „Manntje, manntje, timpe te", murmele ich vor mich hin und stelle fest, schon wieder deutlich zu schnell zu fahren.

Das blaue Hinweisschild, das Schleswig ankündigt, rauscht an mir vorbei. Ich rausche an ihm vorbei. Ich bin ganz nah an Haithabu. Bin ich auch nah an Frieda? Und an Hugo? Bin ich nah an der Wahrheit? Wessen Wahrheit?

27.

Im Dämmerlicht leuchten die Scheinwerfer meines Autos auf das weiße Holztor. Im Lichtkegel wirbeln die Blätter im böigen Wind. Ich selbst fühle mich mindestens genauso durcheinandergewirbelt, als ich aussteige und das Tor öffne. Aus einem der Fenster des Hauses glimmt ein Lichtschein. Aus dem, was ich gelesen habe, müsste es die Küche sein. Ob da jemand ist?

Ich fahre den Wagen durch die Einfahrt und in die Garage, danach schließe ich das Tor wieder und hole mein Gepäck. Mit der Reisetasche in der Hand und einem Herzschlag, der so laut scheint, als wolle er an die Tür pochen, gehe ich auf das Haus zu, in das Frieda sich vor – wie lange ist das jetzt her – nahezu achtzwanzig Jahren blitzartig verliebt hat. In das Haus und in dem Haus.

Vor Aufregung japse ich nach Luft, als ich den weißen Vorbau betrete, in dem der Schlüssel rechts oben auf einem Balken liegen soll. Ich stelle mich auf die Zehenspitzen und taste mit der rechten Hand den Balken entlang. Da liegt er. Ich schnappe hastig nach ihm, als sei er der Heilige Gral. Ob mir das Innere des Hauses Erlösung in Form von Erkenntnis bringen wird? Das kleine Stück Metall entgleitet meinen zittrigen Fingern und verschwindet in der Dunkelheit. Seufzend knie ich nieder und taste über die rauen Fliesen. Weg kann er nicht sein. Quadratzentimeter für Quadratzentimeter fühle ich den Boden ab. Dann erspüre ich ihn und schnappe erneut nach ihm. Endlich steckt er im Türschloss und ich drehe ihn langsam um. Wird damit auch mein Leben eine Wendung nehmen? Ich drücke die Tür nach innen und betrete den kleinen Raum, in dem die Garderobe und das Schuhregal befanden. Alles ist so, wie Pastor es in seinen Aufzeichnungen beschrieben hat. Nur leer. Ich öffne die nächste Türe und trete in die Küche, deren Wärme mich sofort einhüllt. Mein Blick fällt auf die Küchenhexe, in der ein gemütliches Feuer glimmt. Lange kann es nicht her sein, dass auf das Feuer aufgelegt wurde.

Auf dem Tisch steht eine Obstschale, die mit Bananen und Äpfeln gefüllt ist. Daneben liegen Müsliriegel umher. Auf den Fensterbänken stehen Blumentöpfe. Es ist sehr aufgeräumt. Aber es wirkt nicht verlassen. Vor meinem inneren Auge sehe ich Frieda mit einem kleinen Küchenmesser, laut singend Äpfel schälen. Aber nicht ich trete zu ihr in die Küche, sondern ein schmutziger Wikinger stürmt mit erhobenem Schwert durch die Tür.

„Freude schöner Götterfunken!", murmele ich. „Deine Zauber binden wieder, was die Mode streng geteilt. Alle Menschen werden Brüder, wo dein sanfter Flügel weilt."

Welch unglaubliche Magie in diesem Moment in diesem Raum geherrscht haben muss, als Hugo hereinkam, während Frieda die 9. Sinfonie von Beethoven schmetterte und Äpfel dufteten.

Augenblicklich verstehe ich, dass Pastor sich danach sehnte, ebenfalls den Duft von Äpfeln und Ofenfeuer zu riechen, als er die Küche betrat, denn mir ergeht es gerade genauso. Ich freue mich, dass es wieder Herbst ist. Morgen werde ich Äpfel im Garten sammeln und nachsehen, ob der Entsafter noch hier ist. Vielleicht finde ich auch einen Radiosender, der klassische Musik spielt?

Mit der Reisetasche in der Hand wende ich mich nach rechts, wo die Küche durch eine breite Türöffnung ohne Tür ins Wohnzimmer übergeht und gehe mit zögernden – ja, irgendwie ehrfürchtigen - Schritten über den leise knarrenden Dielenboden. Das Wohnzimmer ist so behaglich wie die Küche. Raum für Raum taste ich mich durch Friedas Leben. Im Schlafzimmer lasse ich die Tasche zu Boden gleiten und betrachte das Bett. Ob hier tatsächlich ein ermordeter Wikinger die Augen aufschlug und in Friedas Augen blickte? Ich öffne den Schrank. Ganz alleine hängt dort eine bunte Wolljacke. Marke Frieda. Ich greife vorsichtig nach ihr. Ganz so, als ob sie dort schon Hunderte von Jahren hinge und ich Angst haben müsse, dass sie zerfällt, wenn ich sie berühre. Genauso vorsichtig hebe ich sie an meine Nase. Ob sie vielleicht noch nach Frieda riecht? Sehnsüchtig vergrabe ich mein Gesicht in der Jacke. Ich lasse mich von den Wollfasern streicheln und beschließe, die Jacke mitzunehmen.

Es wird so schön sein, die Nacht hier zu verbringen. Vorher werde ich mich in die Küche setzen, eine Flasche Bier trinken oder zwei, mich in die Badewanne legen und dann hier schlafen, mit geöffnetem Fenster, durch das mir der Wald nebenan seine Herbstmusik spielen kann.

Ich beginne damit, in die Küche zu gehen, mir eine Flasche Bier aus dem Kasten zu nehmen, ein Stück Holz in die Küchenhexe zu schieben, Zettel und Stift zu greifen und aufzuschreiben, was ich in den nächsten Tagen alles unternehmen will. Der Verschluss der Bierflasche ploppt laut, als ihn mit den Daumen umdrücke.

Hügelgrab, Haithabu, Äpfel sammeln, Anna besuchen, Bens Kinder suchen, notiere ich mir und lasse das Bier eine gemütliche Runde durch meine Mundhöhle nehmen, bevor ich es schlucke. Währenddessen summe ich die *Ode an die Freude* und singe als das Bier abgetaucht ist: „Wir betreten feuertrunken, Himmlische, dein Heiligtum."

Ich fühle mich genau wie die Worte und die Melodie. Ganz enorm! Ergriffen! Erhaben! Und froh! So ähnlich wie ich mich fühlte, als William mir die Freiheit mit ihrer

Schwerelosigkeit und Schwere zugleich durch mein Ohr hindurch für immer in meinen Körper und in meine Seele injizierte.

28.

Am nächsten Morgen klappern und reißen die hölzernen Fensterläden an ihren Verankerungen, wie Galeerensklaven mit ihren Ketten klirren, wenn sie sich Zug um Zug in die Riemen legen. Bei solchem Wetter hieß es bei uns zu Hause, es sei pustig. Möwen kreischen. Das tun sie auf Tupambaé auch. Wohlig räkele ich mich in den Kissen. Die kühle Herbstluft streichelt über mein Gesicht, während der Rest von mir geborgen unter Friedas dicker Bettdecke ruht. Minutenlang träume ich von frischem Kaffee und Frühstück vor dem Ofenfeuer, bevor ich schließlich aufstehe und mich daranmache, den Traum zu verwirklichen. Neugierig schaue ich in den Garten und aus dem Wohnzimmerfenster noch weit darüber hinaus in die Hügellandschaft Angelns. Obwohl es Herbst ist und stürmisch, sieht es heimelig aus. Es ist eine Landschaft zum Wohlfühlen, deren Anblick mich entspannen könnte.
Ich gehe zurück in die Küche und hole die Aufback-Brötchen aus dem Herd. Der Tee ist fertig und ich setze mich an den gedeckten Tisch. Dann beobachte ich den Honig, der gemächlich von meinem Löffel auf die Brötchenhälfte fließt. Auf die mit salziger Butter bestrichene Brötchenhälfte. Der Honigklecks breitet sich langsam in alle Richtungen aus. Müßig schaue ich ihm dabei zu. Und das, obwohl ich eigentlich zum Grabhügel will. Und zwar, so schnell es geht. Zu Hugos Grabhügel.

Der Name Hugo leitet sich von Hugbald ab und kommt aus dem Althochdeutschen. „Hugu" bedeutet Verstand, Gedanke und „bald" bedeutet kühn. Das habe ich in Pastors Aufzeichnungen gelesen. Ein kühner Gedanke!

Wenn es nach Pastors Aufzeichnungen geht, ist diesem Grabhügel „ein kühner Gedanke" entsprungen.

Mein eigener Name, also Henriette, kommt ebenfalls aus dem Althochdeutschen und kann mit „die Mächtige" oder „die Herrscherin" übersetzt werden. Der Umlaut in der Koseform ist die Referenz an meine deutsche Herkunft. Das y wiederum steht für Internationalität.

Frieda meinte immer, ich könne beides sein: Eine Deutsche und eine Kosmopolitin. Das finde ich auch!

Der Honig schimmert golden auf meiner Brötchenhälfte und ich zögere das, wonach ich mich sehne, hinaus.

Ohne dass ich es wusste, hat Hugo mein ganzes Leben bestimmt. Tupambaé hätte es ohne ihn nicht gegeben. Nur weil Frieda ihm gewissermaßen folgte und Pastor und Ben Frieda folgten und sie fanden, ist Tupambaé entstanden. Meine Heimat, mein Zuhause. Und jetzt sitze ich nur wenige hundert Meter von dem Grabhügel entfernt und trödele herum.

Ich weiß, dass ich dort nichts anderes als einen Grabhügel sehen werde, auf dem einige Bäume wachsen und der von rötlichbraunem Laub bedeckt sein wird.

Ich fürchte mich vor der Enttäuschung, obwohl ich Pastors Geschichte so immer noch nicht glauben kann.

Für Frieda war der Wald neben dem kleinen roten Haus ein *wunderbarer* Wald, also ein magischer Ort. Was ist, wenn ich keine Magie spüre? Was ist, wenn ich hindurchgehe, ohne dass mich irgendetwas berührt, außer einem Blatt, das der Herbstwind aus dem Blätterdach schüttelt?

Am Lagerfeuer vor dem Bauwagen fühlte ich mich dazugehörig, als die Vierte im Bunde. Wenn der Wald mir nun nichts Anderes zeigt, als seine kalte Schulter? Wenn ich fröstelnd und leer vor einem leeren Hügelgrab stehe? Schnell schiebe ich ein Holzscheit in die Küchenhexe. Schon der Gedanke lässt mich frieren.

Inzwischen hat der Honig meine Brötchenhälfte gefangen genommen, indem er über die Ränder und auf den Teller geflossen ist und das Brötchen mit feinen Goldfäden auf dem grünen Teller verklebt hat.

Verrückterweise überlege ich mir, ob ich lieber die Brötchenhälfte oder lieber der Honig wäre. Umarmt oder umarmend?

Plötzlich springe ich auf, weil ich weiß, was ich sein will: Aktiv! „Es gibt nichts Gutes, außer: Man tut es!", sage ich laut und lache fröhlich, weil ich auch weiß, dass dieser Satz häufig in diesem Haus ausgesprochen wurde.

Schnell schlüpfe ich in meine Schuhe und in Friedas Wolljacke – vielleicht hilft es ja – greife nach der Brötchenhälfte und verlasse das Haus. Frieda konnte auf ihrem Sterbebett nichts mehr zu mir sagen, aber über verpasste Gelegenheiten hätte sie mir sicherlich nichts erzählt. Sie nahm sich die Zeit zum Nachdenken, die sie brauchte, aber sie verbrauchte ihre Zeit nicht mit Nachdenken.

Zielstrebig gehe ich durch den Garten und durch das weiße Tor hindurch, um nach links in den Wald einzutauchen. Beim Bauwagen ist es mir gelungen, mich als Vierte im Bunde zu fühlen, das will ich hier auch. Keinen Platz auf einem abseitigen Sofa, sondern ebenbürtig mit am Tisch sitzen. Pastor und Ben waren hier, Frieda und Hugo sowieso. Und ich bin jetzt auch hier und werde mir den Platz erobern. Als fünfte in einer Gemeinschaft.

Ein schmaler Pfad führt mich am Waldessaum entlang. Rechts schimmern die umgepflügten Schollen eines Ackers. Ich gehe unter dem dünner werdenden Baldachin des Herbsts in Richtung des Hügels, der schon vor mir auftaucht. Gleichzeitig schnuppere ich den Herbstgeruch von feuchter Walderde, Pilzen und verrottendem Laub. Es ist ein kraftvoller und intensiver Duft. Irgendwo in den Bäumen sitzen ein paar Krähen und rufen ihr „Krok, krok."

Obwohl mich der Hügel magisch – irgendwie magisch – anzieht, werden meine Schritte immer kleiner, je näher ich ihm komme. Ich lausche gleichzeitig in mich hinein und zum Hügel. Frieda meinte, sie hätte gespürt, dass er nicht betreten werden wollte. Ich höre nichts dergleichen. Ich spüre auch nichts dergleichen. Was ich spüre, ist Enttäuschung und Leere. Ich fühle mich innerlich genauso leer, wie dieses Grab es ist. Mehr Gemeinsamkeiten haben wir nicht.

Ein großer Hügel mit einigen Buchen darauf. Ein leerer großer Hügel mit einigen Buchen darauf. Langsam und vorsichtig mache ich meinen ersten Schritt auf ihn. Dann den zweiten. Den dritten, vierten. Ein paar weitere Schritte und ich stehe oben. Vor mir ist entweder die Decke eingesunken oder irgendjemand hat hier ein großes Loch gegraben. Das muss aber schon lange her sein. Sogar das Loch sieht unbewohnt, leer, ereignislos aus. Vermutlich ist bei den Krähen in den Bäumen mehr los als hier unten, denn sie rufen laut und eindringlich. „Krok, krok!"

Ich scharre mit der Fußspitze im Laub, stupse sanft gegen einen kleinen Felsbrocken, der in dem Loch liegt. Gehorsam rollt er ein paar Zentimeter weiter und bleibt liegen. Die Erde ist kalt und feucht, aber ich setze mich dennoch hin. Obwohl ich noch nie näher an der Geschichte Friedas war, habe ich mich noch nie weiter entfernt gefühlt. Hier und nur hier müsste sie sich doch viel glaubwürdiger, intensiver und auch mehr als meine eigene Geschichte anfühlen. Ich fühle mich wie der Stein, den ich mit der Fußspitze weitergerollt habe. Es ist belanglos, wo ich sitze oder liege. Es ändert nichts. Nicht für andere und nicht für mich. Ich bin einer Geschichte hinterhergelaufen, die es nur in der Fantasie einer Person gibt oder gab, von der ich immer noch nicht weiß, wer sie ist oder war.

Nein, das stimmt nicht. Diesen Teil der Geschichte hat Pastor geschrieben. Pastor, der sie selbst als völlig unglaubwürdig bezeichnet hat. Die Krähen scheinen mir ausnahmslos zuzustimmen. Sie zetern in den schwankenden Baumwipfeln. Am liebsten würde ich mitmachen. „Krok, krok!", rufe ich ihnen schließlich zu. Die haben gut lachen.

„Krok, krok", antworten sie mir. Irgendetwas berührt mein Haar. Ich greife danach und halte ein gelbliches Blatt in meinen Händen.

„Wer war Hugo?", murmele ich vor mich hin.

„Krok, krok", antworten die Vögel.

„Hugo. Hugbald."

Irgendetwas schiebt sich wie eine Nebelwand durch mein Gehirn. Ein Gedanke, der noch aus tausend Einzelteilen besteht und sich nicht formulieren lassen will. Gedankenatome wie die Wassertropfen des Nebels. Die

Wassertröpfchen zusammen ergeben den Nebel. Meine Gedankenatome ergeben auch Nebel.

Ich wühle mit meinen Händen im Laub. Sie helfen, zu suchen. Ich taste mich durch Nebel und Laub. Mit jeweils einem Stein tauchen meine Hände wieder auf. Sie sind völlig
ungleich. Ich wiege sie in meinen Händen. Pretty Woman,
Vivian und Edward, denke ich. Frieda und Hugo. Ein Un-
gleichgewicht. Vor meinem geistigen Auge erscheint Friedas Küchenwaage. Eine Waage mit zwei Waagschalen.

29.

Am nächsten Morgen wiederhole ich das Vorgehen des vergangenen Morgens: Ofenfeuer, Tee, Backbrötchen mit Honig, Herumtrödelei. Die Gedanken scheinen mir ebenso
identisch. Ich will nach Haithabu, aber ich will es auch
nicht. Außer dem gestrigen Gedankennebel, in dem Friedas
alte Waage auftauchte, auf der ich abends noch Zutaten für
Apfelgelee abgewogen habe, ist nichts geschehen. Genau
so, wie ich es vermutet hatte, ist nichts geschehen. Nichts,
außer, dass ich allmählich das Gefühl der Zugehörigkeit,
das sich beim Bauwagen eingestellt hatte, verliere und eher
glaube, dass ich eigenen oder Hirngespinsten anderer hin-
terherlaufe.

Davon abgesehen, war das abendliche Hantieren mit dem
frischen Obst und den duftenden Zutaten entspannend und
gemütlich. Aber auch das eifrigste Herumhantieren mit
Friedas Küchenmesser hat mir keinen Wikinger ins Haus
gezaubert. Vermutlich geschehen solche Dinge nicht, wenn
man auf sie wartet.

Fasziniert beobachte ich, wie der goldene Sirup über die Brötchenhälfte kriecht und überlege, ob der morgige Morgen mir die gleichen Gedanken und Gefühle bringen wird. Ich erlebe mein ganz eigenes Raum-Zeit-Kontinuum. Morgen werde ich mich auf die Suche nach Bens Kindern machen, nachdem ich heute enttäuscht aus Haithabu zurückkommen werde.

Brötchen und Honig für eine Wiederholung habe ich noch genug. Leah und Bjarne Jensen.

Inzwischen tropft der Honig vom Brötchen auf den Teller und zieht goldene Fäden. Ob ich morgen Abend so enttäuscht sein werde wie gestern und heute? Leah heißt wahrscheinlich gar nicht mehr Jensen und überhaupt scheint mir der Name Jensen weit verbreitet zu sein. Meine Geschwister. Halbgeschwister. Anfang bis Mitte dreißig.

Der Ofen seufzt. Oder war ich es? Heute ist es ziemlich kalt. Dafür ist der Himmel weitestgehend blau. Ich bin neugierig auf den Ort, von dem Hugo stammt. Auf Bens Kinder bin ich auch neugierig. Ich piekse mit dem Messer in den Honig und beginne Honigfädenmuster auf den Teller zu zeichnen. Bald sieht mein Teller ebenso verworren aus wie meine Geschichte es ist. Fäden ziehen sich kreuz und quer über ihn und über die Brötchenhälfte, die reglos in der Mitte liegt. Festgeklebt.

Eine unbekannte Stimme klingt in mein Ohr: „Es gibt nichts Gutes, außer: Man tut es!" Ich schrecke aus meiner Honigmalerei auf. Ich bin es gewöhnt, Friedas oder Bens Stimme zu hören. Aber diese Stimme kenne ich nicht. Eine Männerstimme, zu der der Satz passt, als sei er von ihr erfunden. Das wäre Erich Kästner. Nein, das glaube ich nicht. Hugo?!

„Hugo?", frage ich in die leere Küche. Meine Stimme zittert. Ich lausche dem Echo meiner Stimme und gleichzeitig vibriert der bekannte Satz in meinem Inneren. Die Luft in der Küche scheint plötzlich elektrisch geladen zu sein und mir kleine Stromstöße zu verpassen. Dann springe ich auf. Natürlich Friedas bunte Wolljacke, feste Schuhe, Autoschlüssel und los geht es.

Die Hügellandschaft Angelns mit ihren Knicks und grünen Wiesen ist lieblich. Fröhlich schlängele ich mich im Sonnenschein über kleine Nebenstraßen Richtung Schleswig. Die Fahrt dauert nicht lange und ich parke den Wagen auf dem Parkplatz des Museums. Aber statt direkt dorthin zu gehen, wähle ich den Weg an dem Restaurant Odins vorbei und an der Bundesstraße entlang, der zwischen der Schlei linkerhand und dem Hadebyer Noor rechterhand über eine Art Damm führt und etwas später als Rundweg um das Noor nach rechts in den Wald abbiegt. Der Seitenarm der Schlei liegt still wie ein Spiegel. Beschwingten Schrittes erklimme ich den Pfad, der mich oberhalb der steilen Uferböschung durch einen duftenden und herbstlich leuchtenden Eichenwald führt. Außer etwas Vogelgezwitscher und dem „Krok" einiger Krähen höre ich mich nur selbst atmen. Auf meiner rechten Seite lichtet sich der Wald ein wenig. Eine Bank steht dort und ich sehe von da direkt hinüber auf die andere Seites des Noors, wo ein paar winzige reetgedeckte Häuser auf einer flachen Wiese am Ufer stehen. Haithabu. Ein schmaler Holzsteg führt auf die Wasserfläche hinaus.

Von dort ist Hugo als Knabe hierher geschwommen, um mit seinen Freunden zu spielen und Entdeckungstouren zu unternehmen. Ich glaube, Kinderstimmen und -lachen zu hören.

Versonnen betrachte ich die Landschaft, die, obwohl die kalte Luft und der klare, sonnige Tag ihr scharfe Konturen verleihen, etwas Mildes und Weiches hat. In meiner Heimat ist das anders. Sogar an bedeckten Tagen wirkt die Landschaft dort fordernder, extremer. Selbst die liebliche Landschaft der Kapregion wirkt nicht so weich, nicht so, als sei sie mit einem Weichzeichner gemalt, sondern mit spitzem Bleistift. Ich finde beides schön.

Der Pfad windet sich weiter. An manchen Stellen sind Holzstufen verlegt. Es lässt sich hier sehr gut laufen. Schließlich führt mich der Weg hinab zu der Enge, die das Selker und das Hadebyer Noor voneinander trennt. Eine Brücke führt hinüber und in dichtes Schilf hinein. Auf der Brücke bleibe ich kurz stehen und spähe in das glasklare Wasser unter mir. Ein paar Algen hängen in der Strömung und wiegen sich sanft. Obwohl ich es liebe, in so klares Wasser zu schauen, gehe ich bald weiter. Etwas später rieselt ein Bächlein über meinen Weg und ich mache einen etwas größeren Schritt über es hinweg.

Auf einmal stehe ich vor einem gewaltigen Wall, auf den eine Eisengittertreppe führt. Bei jeder Stufe, die ich hinaufsteige, denke ich an die fleißigen Hände, die diesen Wall geschaufelt haben. Sklavenhände! Erst oben angekommen, übersehe ich, wie gewaltig die Verteidigungsanlage um das Wikingerdorf wirklich ist. Unglaublich, dass das mit nahezu bloßen Händen und spartanischem Werkzeug geschaffen wurde. Auch der Wall ist mit alten Eichen bewachsen, die eine gedämpfte Atmosphäre schaffen. In ihren Ästen ärgern sich Eichhörnchen über meinen Besuch.

Ein paar Minuten später komme ich an die Abzweigung zum Museumsdorf und gehe dorthin. Auf dem Holzsteg spielt ein Kind – es sieht aus, als trüge es ein Kostüm aus der Wikingerzeit, die blonden Haare sind zu zwei dicken Zöpfen geflochten. Die Kleine spielt mit einem Ball, den sie über die Planken des Stegs kullert. Immer wieder rollt sie den Ball und rennt ihm quietschend vor Freude hinterher. Als sie am Ende des Stegs angekommen ist, dreht sie sich um, um den Ball wieder zurück zu kullern. Gleichzeitig kommt ein großer Hund den Steg entlang gerannt. Offensichtlich will er mitspielen. Das Mädchen greift nach ihrem Ball und hält ihn in die Höhe. Der Hund springt an ihr hoch und schnappt nach dem Ball. Die Kleine stolpert rückwärts und ich renne los. „Tu es!", ruft eine Stimme in mir und ich werde schneller – so schnell, wie es in den schweren Wanderschuhen und der dicken Wolljacke geht. Das Kind rudert mit den Armen in der Luft, bevor es vom Ende des Stegs fällt. Ich höre sie schreien und ich höre das Aufklatschen im Wasser. Meine Schuhe poltern über die Holzplanken und dann springe ich. Ich sinke wie der sprichwörtliche Stein. Im Sinken schlage ich mit den Armen um mich und bekomme den Kittel der Kleinen zu fassen. Mir schwinden die Sinne vor Kälte und Atemnot. Verzweifelt versuche ich, das Kind dorthin zu heben, wo ich oben und Luft vermute. Meine Beine strampeln auf dem Weg zum Grund. Meine Lunge sticht. Sie schreit vor Schmerzen.

„Halb zog sie ihn, halb sank er hin", denke ich und bin verblüfft, dass ich im Sterben an deutsche Gedichte denke. „Und ward nicht mehr gesehen!", schließe ich dann mit dem Gedicht und meinem Leben ab, während sich ein Bild von Tupambaé vor meinem inneren Auge bildet.

30.

Plötzlich sind alle Schmerzen vorbei. In dem trüben grünen Wasser um mich herum leuchten Farbtupfer in den Farben eines Regenbogens auf. Immer weiter breiten sich die Farben aus, zerfließen und bilden einen großen Bogen nach oben. Mir wird ganz leicht und heiter und ich spüre, dass ich wieder gehen kann. Ich atme. Und ich gehe. Über den Regenbogen. Einen Fuß in blau und einen grün. Meine Füße sinken nur ein bisschen ein und es ist überhaupt nicht schwer, den Bogen empor zu steigen. Schritt für Schritt steige ich empor. Ein Ende ist nicht abzusehen. Einfach einen Schritt nach dem anderen. Um mich herum glitzern Sterne. Unermüdlich bewege ich mich weiter. Langsam und unermüdlich. Nichts hat mehr Eile.

Die Sterne zwinkern mir oder einander zu. Um mich herum ist die Unendlichkeit. Das fühlt sich bemerkenswert an. Ich habe gerade die Endlichkeit an meinem eigenen Leib erfahren. Deswegen bewundere ich die Unendlichkeit noch mehr. Es hört sich zwar seltsam an, aber das Unendliche der Unendlichkeit ist äußerst beeindruckend. Auf eine gewisse Art und Weise hat es auch etwas Furcherregendes. Wahrscheinlich liegt es daran, dass die Menschen sich vor allem Fremden und Unbekannten fürchten. Während ich den Regenbogen weiter emporsteige, überlege ich mir, ob ich nun die Unendlichkeit kennenlernen werde und ob das überhaupt geht und wenn, ob sie dadurch ihren Schrecken verlieren wird. Gleichzeitig bin ich etwas enttäuscht, dass Aurora Borealis mich nicht mit geheimnisvollem Flackern auf meinem Weg begleitet. Ich bin ganz alleine. Vielleicht liegt es daran, dass mich keine Walküren abgeholt haben und auf diesem Weg begleiten. Aurora Borealis und die Walküren gehören zusammen. Ich fände es schöner, wenn das Polarlicht über das Firmament zucken würde und ich nicht ganz alleine wäre.

Ich schaue die Regenbogenbrücke entlang. Genau dort, wo grün und blau ineinanderfließen, taucht am Horizont die Laubkrone Yggdrasills auf. Sie sieht winzig aus und gar nicht so, als wäre sie die Krone eines Weltenbaumes.

Mein Herz pocht nicht so heftig, wie ich es vermutet hätte – es fühlt sich eher an wie der Flügelschlag eines Kolibris. Ganz leicht flattert es in meiner Brust. Unwillkürlich beschleunige ich mein langsames Gehen. Yggdrasills Krone wächst. Schließlich sehe ich die oberen Balken eines der gewaltigen Tore, die ins Innere Walhallas führen. Und dann erkenne ich eine Gestalt, die reglos Wache hält.

„Heimdallr", murmele ich vor mich hin. Jetzt wächst er gemeinsam mit dem Tor und der Laubkrone. Mit jedem meiner Schritte wächst er und wird zu einem stattlichen Mann. Ich sehe, dass er mich beobachtet. Dann stehe ich direkt vor ihm und schaue zu ihm auf. Er ist sehr groß. Auf seinen Schultern liegen einige nasse und welke Blätter, die Yggdrasill auf ihn geworfen hat. In seiner rechten Hand hat er das Gjallarhorn.

„Hallo Hänry", begrüßt er mich und ich sehe seine goldenen Zähne blitzen.

„Hallo Heimdallr", erwidere ich und neige meinen Kopf.

Heimdallr schwenkt seinen rechten Arm und das Gjallarhorn in Richtung des gewaltigen Tores, das sich daraufhin zu öffnen beginnt.

Ich nicke noch einmal mit dem Kopf, um mich zu verabschieden und mache einen Schritt auf das Tor zu. Dann erinnere ich mich an etwas.

„Heimdallr?", frage ich und schaue auf sein Horn.

„Ja?"

„Was ist eigentlich mit Ragnarök?" Ich erinnere mich, dass er das Horn an dem Tag blies, als Frieda und der liebe Gott nach Walhalla kamen. Ich erinnere mich auch, dass es bedeutet, dass der Weltuntergang und der letzte Kampf der Götter und ihrer Kämpfer, der Einherjer, dagegen damit begonnen hat.

„Wir sind mitten drinnen, Hänry", erklärt mir Heimdallr, „und du machst deine Sache gut!"

Vielleicht habe ich sie ganz gut gemacht, denke ich. Ich traue mich aber nicht, Heimdallr zu berichtigen. Wer korrigiert schon einen Gott?

„Danke", verabschiede ich mich nun und gehe durch das weit offenstehende Tor. Im Gehen lege ich meine Hand auf Yggdrasills Haut, die sich wie Rinde anfühlt und streiche über sie, bis meine Hand sie nicht mehr erreicht.

Ich hebe den Kopf und schaue nach vorne.

Der Schritt durch das Tor zu Walhalla bringt mich buchstäblich in eine andere Welt, in der mir zwei Dinge gleichzeitig auffallen.

Zum einen scheint es mir, als betrete ich die Erde – nur eine andere Erde, eine Erde, auf der anders gelebt wird und zum anderen stehen vier Menschen vor mir, von denen ich drei bestens kenne, aber der vierte mich noch mehr anstrahlt, geradezu mit seinen Augen aufsaugt, als Frieda, Ben und Pastor es tun. Und die drei strahlen schon so sehr, dass die Sonne neben ihnen verblassen würde.

Frieda und er halten sich an den Händen. Neben ihm steht Ben und neben Frieda steht Pastor.

Hugos Blick saugt mich auf, wie die Sonne eine Pfütze trocknet. Sein Blick lässt mich dabei nicht schwinden, sondern ich fühle, wie ich immer mehr werde, wie seine Liebe mich erfüllt und immer mehr werden lässt. Ein Blick, der mich gleichzeitig aufsaugt und füllt. Meine Zellen dehnen sich. Ich weiß es jetzt so sicher. Vor mir steht mein Vater. Ein kurzer Blick auf Ben bestätigt es. Ben lächelt mich ganz ruhig an. Liebevoll und zärtlich. Und ein wenig zurückhaltend, denn neben ihm steht der, der bis jetzt verzichten musste. In dem Moment, in dem ich das begreife, stürme ich los. Direkt in seine Arme. In seine Arme, die er mit Frieda an der Hand um mich schließt, so dass die beiden einen umarmenden Kreis um mich bilden, in dessen Zentrum ich bin. Ich zerschmelze in der Liebe meiner Eltern. Ich löse mich auf und bilde mich dabei neu.

„Somewhere over the rainbow", singt mir Frieda ins Ohr und lacht ihr Frieda-Magma-Lachen. Selig lasse ich mich von ihrer Lach-Lava überrollen. Sie ist so fruchtbar. Ich bin endlich wieder zuhause. Wie sehr habe ich ihr Lachen vermisst. Ich lasse es auf meinen ausgedörrten Boden fallen.

Weitere Arme umschlingen mich, Hände streicheln mich. Ich spüre Bens schmalen Körper, der sich sanft an mich schmiegt und Pastors faltige Wangen, die sich an meine lehnen. Obwohl ich mich leicht wie eine Feder fühle und um mich herum nichts als Leichtigkeit herrscht, umgibt mich die Liebe meiner Lieben wie ein dicker süßer Brei, den ich hungrig in mich hineinschaufele.

„Danke!", murmelt Ben in meine Haare. „Danke wofür?", versuche ich zu denken.

„Du hast meiner Enkeltochter das Leben gerettet!"

Erstaunt sehe ich ihn an.

„Das kleine Mädchen ist deine Enkeltochter? Sie lebt?" Meine Glückseligkeit wächst. Ben legt seine Hände auf meine Schultern.

„Sie ist Leahs Tochter. Sie heißt Claire. Sie war mit ihrem Onkel, Bjarne, in Haithabu, um für ein Wikinger-Festival zu üben. Und Bjarne hat erst sie und dann dich aus dem Wasser gezogen."

„Bjarne? Mein Bruder? Ähm!" Ich bemerke meinen Fehler und drehe mich zu Hugo.

„Gewissermaßen dein Bruder", lächelt mein Vater mich an.

„Gewissermaßen bist du ja auch Bens Tochter. Auch!" Neben ihm steht Frieda. Meine Frieda. Frieda wirkte fast immer gelassen und zufrieden, aber die Frieda, die nun vor mir steht, leuchtet wie die Sonne selbst. Hugo und Frieda leuchten gemeinsam, erkenne ich. Ihre Hände lassen einander nicht los. So habe ich sie noch nie gesehen.

„Jetzt bin ich wieder bei euch!", stelle ich fest.

„Nun ja!", antwortet mir Frieda.

„Nun ja?"

Meine Mutter streichelt über meine Wange.

„Du bist gewissermaßen bei uns. Aber du liegst auch in Flensburg in der Diakonie und die Ärzte kämpfen um dein Leben."

Ich spüre, dass ich meine Augen erstaunt aufreiße.

„Ich bin nicht tot?"

„Nein, Hänry – du bist nicht tot, du musst dich noch entscheiden!"

„Aber", sage ich. Mehr fällt mir nicht ein.

Ich beginne noch einmal: „Aber", dabei habe ich meine Augen auf die gerichtet, die ich liebe und die ich nur hier um mich und bei mir haben kann.

Frieda nimmt meine Hand: „Komm, Hänry! Ich stelle dir jemanden vor und zeige dir etwas!"

31.

Alles um mich herum ist wunderschön. Alles blüht und wogt gleichzeitig in sattem Grün sanft im Wind. Es wirkt, als sei es gleichzeitig Frühling und Sommer. In all der Schönheit herrscht kein Müßiggang. Diejenigen, denen wir begegnen, scheinen zielstrebig mit etwas beschäftigt. Nicht hastig, aber mit Eifer.

„Es ist", ich überlege ein wenig, um die richtigen Worte zu finden, „es ist irgendwie paradiesisch, aber irgendwie ist es auch nicht wie ein Paradies, das ich mir vorstellen könnte", versuche ich Frieda zu erklären, was ich empfinde. „Es ist friedlich, aber es ist nicht so ruhig, wie ich mir das Paradies denke. Alle sind beschäftigt."

Friedas Hand drückt meine fester.

„Erinnere dich, Hänry – so, wie dein Herz der Wohnsitz der Götter auf Erden ist, so ist der Wohnsitz der Götter das Innere deines Herzens."

Bevor ich weiter darüber nachdenken kann, kommen wir zu einer Halle, die aussieht wie ein Gewächshaus. Hier wachsen die Gewächse außen. Überall schlängeln sich Efeu- und Knöterich-Ranken über das Glas. An Friedas Hand betrete ich das Atelier.

Es scheint, als habe ich ein gewaltiges Fernrohr betreten. In Wirklichkeit ist es ein Bild. Der letzte und fünfte Teil des Polyptychons!

Es ist riesig und es ist rund. Der äußere Rand erweckt den Eindruck, man schaue durch ein Teleskop in die Ferne und sehe diese ganz groß. Der Rand besteht aus den Flaggen sämtlicher Nationen, die auf der Erde existieren. Meine Augen kreisen, die Flaggen entlang. Auf einer ist ein großes blaues „V".

„Was für ein Land ist das?", frage ich Frieda.

„Das ist keine Landesflagge. Es ist das Symbol der Gesellschaft für bedrohte Völker. Auch sie sind hier vertreten!", antwortet mir eine angenehme Altherrenstimme. Hieronymus ist leise zu uns getreten.

In der Mitte steht eine Waage. Es ist ein Abbild von Friedas alter Küchenwaage, die messingfarben schimmert und mit Gewichten austariert wird. Und rechts von der Waage leuchtet der Himmel rosa-orange. Die aufgehende Sonne.

In der linken Waagschale befinden sich drei riesige Ungeheuer: Jörmungandr, Fenrir, Hel.

Die Midgardschlange hebt den vorderen Teil ihres endlosen Leibes aus einer aufgewühlten See. An ihrer Seite schaukelt ein kleines Ruderboot, von dem aus zwei Menschen versuchen, Plastikmüll aus ihren scharfkantigen Schuppen zu ziehen. Das Maul der Schlange ist geschlossen, um sie herum schwimmen bunte Fische.

Der Fenriswolf steht vor einem Spiegel, der ihn selbst in einer leeren, zerstörten Welt zeigt. Sein Spiegelbild bildet ihn abgemagert und struppig ab. Die Flanken sind eingefallen. Die brennenden Augen des Originals sind im Spiegel erloschen. Der echte Fenrir hängt wohlgenährt an einer Kette, aber sein Fell glänzt. Neben ihm steht ein Kind und streichelt über seinen hohen Rücken.

Mein Blick gleitet zu Hel. Hel sieht genau so aus, wie Frieda sie beschrieben hat. Um sie herum liegen Bücher und Äpfel, weggeworfen von denen, die in letzter Sekunde beschlossen haben, sich doch nicht eines Besseren belehren zu lassen und die Erkenntnis lieber weggeworfen haben. Das sind gar nicht so wenige, wie ich feststelle. Teilweise sind Seiten aus den Büchern gerissen worden und flattern in der Gegend herum, an einer Stelle sehe ich die verkohlten Reste von Büchern in einer Feuerstelle.

In der Mitte, genau zwischen den beiden Schalen, wächst ein riesiger Apfelbaum, an dem zwischen all den Äpfeln Bücher hängen. An dem Baum lehnt eine Figur und scheint die schmale Planke zu bewachen, die die linke mit der rechten Waagschale verbindet. In der einen Hand hält sie einen Apfel, in der anderen ein Buch. Ein paar Menschen gehen über die Planke. Einer greift nach dem Apfel, der ihm angeboten wird. Andere gehen achtlos vorbei.

In der rechten Waagschale beherrscht ein alter Kahn auf einem grünlich schimmernden Meer das Bild, in dem Menschen aus allen Gegenden der Welt an einem Strick ziehen. Der Strick führt aus dem Holzboot durch einen strahlend blauen Himmel bis zu dem Apfelbaum, von wo aus er über eine Seilwinde zu der linken Waagschale führt. Die meisten Menschen ziehen mit beiden Händen an dem Tau, manche andere schöpfen mit einer Hand Wasser aus dem Boot, das durch Löcher in einigen fauligen alten Planken eindringt. Schweißperlen glänzen auf den Stirnen der sich mühenden Menschen und rollen über ihre Gesichter. Die Muskeln der Arme sind stark und angespannt. Mein Blick fällt auf ein kleines Kind, das seine winzige braune und irgendwie füllige Kinderhand ebenso auf den Strick gelegt hat, wie alle anderen. Sein Gesicht zeigt eine drollige Konzentration, während es sich bemüht, es den anderen gleichzutun. Ein Mann hat den Strick um seinen Bauch gebunden und stemmt sich mit beiden Beinen gegen ie Kraft, die an ihm zerrt. Gleichzeit rührt er in einem gewaltigen Kochtopf.

Um das Boot herum gleiten Frachtensegler über die Weltmeere. An Land wachsen dichte Wälder, über denen Vögel kreisen oder auf die Meere hinausfliegen. Zwischen den Bäumen wachsen Blumen und Büsche, in deren Blüten Bienen Nektar sammeln. Im Hintergrund sehe ich Städte, über denen keine Rußwolken hängen und Felder.

„Es ist die Zukunft, Hänry, und sie muss rund sein, denn sie hat keinen Anfang und kein Ende", sagt Hieronymus hinter mir.

„Ich musste von Neuem anfangen", fügt er noch bei.

„Du wirst auch noch einmal von vorne beginnen müssen!", keift Loki, der unbemerkt herangetreten ist. „Die Sonne…"

„Papperlapapp!", herrscht Hieronymus ihn an. „Die Sonne ist genau da, wo sie sein soll!"

„Wirst du schon sehen!", rebelliert Loki, ohne dass jemand auf ihn hört.

Meine Augen sind auf den Kahn gerichtet. Er kommt mir näher und näher. Als er nah genug ist, steige ich mit einem schnellen Schritt über die Bordwand und ergreife mit beiden Händen den Strick, an dem alle anderen auch ziehen. Während sich meine Muskeln anspannen, höre ich das Plätschern des Wassers, das der Bug des Kahns in die Wellen schneidet. Ich rieche das Salz der Gischt und spüre, wie sich die   Wassertröpfchen   mit   meinen   Schweißperlen vermischen. Mit der Luft, die ich in meine Lungen sauge, sauge ich Zufriedenheit in mich, die sich in meinem Körper ausbreitet. Es fühlt sich gut an, mit all den anderen gemeinsam an einem Strick zu ziehen. Im Inneren meiner Hände spüre ich die rauen, aber festen Fasern des Stricks.

„We all live in a yellow submarine", beginne ich zu singen. Erst leise und verschämt und dann immer lauter.

„As we live a life of ease

Everyone of us

Has all we need

Sky of blue

And sea of green

In our yellow

Submarine."

„We all live in a yellow submarine, yellow submarine, yellow submarine", schmettern nun alle mit. Manche in der richtigen Tonlage und manche so schief wie ich, aber alle laut und glücklich.

Wir ziehen, singen, schnaufen und lachen.

„In our yellow submarine", höre ich Friedas vertrautes Singen an meiner Seite. Lächelnd drehe ich mich zu ihr.

„Seit wann singst du, Hänry?"

Sie betrachtet mich aufmerksam.

„Seit gerade eben!", lächele ich weiter.

„Und, Hänry, wie gefällt dir diese Sicht auf die Zukunft?"

Hieronymus betrachtet mich mindestens genauso aufmerksam wie Frieda.

„Nun, das Paradies ist es nicht", setze ich den Gedanken fort, den ich schon bei Friedas Frage im Kopf hatte und schaue auf meine Hände, in deren Innenflächen sich rote Striemen zeigen, „und das Schlaraffenland ist es auch nicht!

Aber ich glaube, es gefällt mir viel besser, als mir das Schlaraffenland gefallen würde!"

Dann fällt mir auf, dass ich gar nicht weiß, was es bedeutet, im Paradies zu leben. Vielleicht sind die Umstände hier ja doch paradiesisch?

„Seid ihr glücklich?", will ich wissen. „Die Menschen in dem Boot auf dem Bild sind es. Vielleicht ist es dann ja doch paradiesisch. Oder bedeutet das Paradies mehr, als glücklich zu sein? Oder weniger? Zufrieden zu sein?

„Komm, Hänry!", beendet Frieda meine Überlegungen. „Die anderen warten auf uns!"

Sie warten an einem riesigen Lagerfeuer auf uns, das unter dem Blätterdach Yggdrasills brennt. Als erstes kommt William auf mich zu und zieht mich kurz in seine Arme. „Coole Nummer, Hänry!", sagt er.

Ich weiß nicht, ob er die Sache mit Wladimir meint oder, dass ich ins Noor gesprungen bin.

„Wie geht es mir eigentlich?", fällt es mir plötzlich ein.

„Die Ärzte machen sich Hoffnungen!", erklärt eine mir unbekannte Stimme. Verwundert drehe ich mich um.

„Snorri Sturluson heiße ich", stellt sich der Mann vor.

„Du bist Snorri?", staune ich. „Und du hast das Manuskript geschrieben", frage ich schnell die Frage, die mir seit Wochen unter den Nägeln brennt.

„Ja oder auch nein!" Snorris Brust bläht sich ein wenig auf. „Das war meine Eintrittskarte nach Walhalla. Bitte frage keinen Schriftgelehrten oder…", Snorri sucht nach dem richtigen Wort.

„Forensischen Gutachter für Schriftuntersuchungen."

„Ja!", sagt er noch einmal. „Das würde dich doch in Schwierigkeiten bringen. Ich habe gerade Heimdallr gefragt, wie es um dich steht. Er hat alles im Blick und manchmal plaudern wir ein wenig", erklärt mir Snorri weiter. „Die Ärzte hoffen und der junge Mann an deinem Bett hofft auch!"

Verblüfft reiße ich die Augen auf: „Welcher junge Mann?"

„Nun ja, der, der dich aus dem Noor gefischt hat. Bens Sohn. Bjarne." Snorri grinst ein Verschwörergrinsen. „Dein Bruder ist er ja nun nicht! Oder nur gewissermaßen!"

„Bens Sohn sitzt an meinem Bett?" Ich wundere mich.

„Immerhin hast du seiner Nichte das Leben gerettet. Und - gewissermaßen - seines damit auch!"

„Die Frage deines Lebens entscheidest du, Hänry!", erinnert mich Frieda.

„Und was bedeutet ja oder auch nein?", wende ich mich wieder an Snorri.

„Da solltest du besser Pastor fragen", lächelt der.

„Pastor?" Suchend sehe ich mich um. Und erinnere mich: „Ewig hätte ich diese Geschichte weiterschreiben können, der Chronist sein wollen, der die Taten von Hugo und Frieda in blauer Tinte verewigt. Der Chronist einer Geschichte sein wollen, die von einem Weg in ein freundlicheres Miteinander erzählt", zitiere ich seine Worte aus dem Manuskript über Hugo.

„Genau, Hänry! Ich war es." Pastor tritt aus dem Schatten des etwas größeren Snorri.

„Die Geschichte war einfach noch nicht zu Ende erzählt!" Mein guter alter Pastor schaut mich mit fragenden Augen an.

Ich weiß, was er wissen will. Ob ich böse auf ihn bin.

„Ich bin nicht böse. Dankbar bin ich!" Voller Zärtlichkeit schlinge ich meine Arme um ihn.

„Aber?"

„Aber was?" Erneut sehen mich Pastors liebe, alte Augen fragend an.

„Aber die unterschiedlichen Handschriften?"

Jetzt lacht er.

„Ich gehöre noch zu der Generation, in der es nicht gerne gesehen wurde, wenn man mit links schrieb. Also habe ich gelernt mit rechts zu schreiben, aber links kann ich es genauso gut." Endlich sehe ich es wieder. Das verschmitzte Pastor-Lächeln.

Den Rest des Abends verbringe ich in die Arme meiner Lieben gekuschelt oder Menschen umarmend und Hände schüttelnd.

Immer wieder starre ich die an, von denen ich weiß, dass sie ermordet wurden: Elisabeth, Rosa, Tupac Amaru, George und all die vielen anderen.

Ob es etwas ändert, frage ich mich. Ob es etwas ändert, wenn man hier in Walhalla ist, ob man vorher ermordet oder hingerichtet wurde oder ob man nach einem gewöhnlichen Tod hierhergekommen ist? In meiner Vorstellung bleibt eine gewaltige Wut zurück, wenn man ermordet wurde. Aber vielleicht sieht man daran ja auch nur, dass ich noch lebe und eine andere Sicht auf die Dinge habe? Emotional auf eine Weise, die die Menschen hier abgelegt haben.

Emotionalität herrscht hier auch. Sie wirkt so viel konstruktiver, positiver – selbst im Streit fehlt ihr das Wütende. Das zerstörerisch Wütende.

Nachts schlafe ich zwischen Frieda und Hugo liegend unter Yggdrasills raschelnden Blättern. Meine Eltern haben ihre jeweils rechten und linken Hände ineinander gefaltet und ich liege in diesem Zauberkreis der Liebe, der mir Geborgenheit schenkt.

Während der ganzen Nacht fliegt das Schiffchen des Webstuhls, den sie gebildet haben, um mich herum. Sie weben mir eine Rüstung aus ihrer Liebe zu mir, in der ich sicher bin und die mir Stärke verleiht. Meine Entscheidung habe ich bereits getroffen, als ich zu allen anderen ins Boot gestiegen bin und mit ihnen am selben Strick gezogen habe. Morgen früh werde ich noch viel stärker sein, wenn ich mich bereit mache, den Strick wieder in meine Hände zu nehmen.

Mit diesem Wissen sinke ich in tiefen Schlaf.

Ich erwache durch ein lautes Quietschen. Es ist ein seltsamer Augenblick, in dem ich mich gleichzeitig benommen fühle und sehnsüchtig zurück in die Obhut meiner nächtlichen Geborgenheit sinken möchte und gleichzeitig pulsierende Energie durch mich fließen spüre. Verschlafen reibe ich mir die Augen und sehe ein Fahrrad vor mir. Ein Tandem. Den Allvater erkenne ich sofort an seinem Schlapphut, unter dessen Krempe mich sein eines Auge fixiert. Davor sitzt der liebe Gott, der sich mit beiden Händen auf den Lenker stützt und mich ebenfalls mustert.

„Guten Morgen, Hänry", begrüßen sie mich im Duett.

„Guten Morgen", antworte ich. Meine Eltern räkeln sich neben mir aus dem Schlaf.

„Hänry!", spricht mich der Allvater an und kramt in seiner Umhängetasche. „Ich habe dir etwas mitgebracht."

Zwischen seinen Fingern blitzt es golden auf. Dann streckt er mir seine geöffnete Hand in, auf deren Handfläche der schönste Halsreif liegt, den ich jemals gesehen habe. Ich starre auf den Goldschmuck. Meine Hand kann ihn erreichen. Sie könnte ihn erreichen. Das Brisinga men funkelt und glitzert nicht. Es leuchtet. Es leuchtet so warm, dass es wie lebendig wirkt und nicht wie ein Stück Metall.

„Wenn du es nimmst, kannst du uns jederzeit besuchen kommen", lockt mich der Verführer und streckt sich noch näher an mich heran. Begehren rast durch meine Adern. Meine Hände zucken. Vor mir liegt der Schlüssel zu all denen, die ich liebe. Die Verheißung auf weitere Nächte zwischen meinen Eltern, die wortlos auf meine Entscheidung warten.

Ich werde den Regenbogen hinauflaufen können, wann immer mich die Sehnsucht erfasst und in die Liebe meiner Eltern und all der anderen eintauchen können. Ich werde mich dem Kummer und den Sorgen des Alltags entziehen können und neuen Mut in den Armen meiner Familie finden. Getröstet und gestärkt werde ich wieder ins Erdenleben gehen können, um dort meine Pflichten zu erfüllen. Ich wäre von unglaublicher Stärke. Mächtig. Nahezu unbesiegbar.

„Ich denke", höre ich mich sagen. „Ich denke, Freya wird sich freuen, es zu behalten!" Ich sage es mit einer Stimme aus meinem Bauch hinaus, die mir gleichzeitig sagt, dass mir die Liebe meiner Eltern gewiss ist und der Gang über den Regenbogen mich eher schwächt als stärkt. Alles, was ich brauche, trage ich in mir.

„Du weißt zu ritzen? Du weißt zu erraten?

Du weißt zu finden? Du weißt zu erforschen?

Du weißt zu bitten? Du weißt Opfer zu bieten?

Du weißt, wie man senden, weißt, wie man tilgen soll?", fragt mich der Verführer. „Das musst du nicht, Hänry!", schmeichelt seine Stimme und sein listig glitzerndes Auge zerschmilzt in honiggoldene Wärme. „Nimm es ruhig!"

„Alles, was ich brauche, trage ich in mir!", antworte ich, greife nach seiner ausgestreckten Hand und schiebe sie weg.

32.

Es ist ein warmer und sonniger Tag. Mein Auto habe ich auf den Parkplatz der „Table Mountain Cableway" gestellt, an der ich vorbei und bis zur Bushaltestelle gehe. Hier beginnt der Pfad auf den Tafelberg. Kein Rucksack lastet auf meinen Schultern. Ich trage keine Asche den steilen Weg empor. Energisch erklimme ich die steilen Passagen, klettere über blanke Felsen und balanciere über Holzleitern.

Immer wieder bleibe ich stehen und genieße den Blick über die Kaphalbinsel und darüber hinaus auf den Atlantik. Über mir ist der Himmel, unter mir liegt das Kap und vor mir glitzert das Meer. Es ist atemberaubend schön. Der Wind zaust an meinen Haaren und kühlt meinen erhitzten Körper. Manchmal muss ich mit beiden Händen in die Steine oder in den Fynbos greifen, der den Pfad entlang wächst, um den Halt nicht zu verlieren. Es gefällt mir, mich anzustrengen. Vor mir springen zwei Klippschliefer über die Felsen und verschwinden unter einer krüppeligen Kiefer, die dem kalten Wind trotzt.

Oben angekommen, gehe ich zu der Stelle, an der ich vor über einem Jahr die Asche Friedas dem Wind überlassen habe. Und Jahre vorher die Asche Bens und Pastors. Ich setze mich auf den Felsrand und baumele mit den Beinen.

Mein Blick richtet sich auf die Linie zwischen Himmel und Meer – auf den Horizont.

Noch einmal erlebe ich, wie ich auf der Intensivstation der Diako in Flensburg erwache und und in die ängstlich fragenden Augen Bjarnes schaue, der nicht weiß, dass er seiner Schwester, die nicht seine Schwester ist, das Leben gerettet hat, während die Nicht-Schwester ihrer Nicht-Nichte ihres rettete. Er sieht ihm so ähnlich. Vor meinen Augen verschärft sich das Bild Bens, ohne die Falten des Grams und der Zerstörung. Ben, wie er hätte sein können. Bjarne.

„Bjarne", flüstere ich und Bjarne starrt mich an.

„Woher weißt du, wie ich heiße?", fragt er. „Kennen wir uns?"

„Du bist Bens Sohn", antworte ich mühsam.

„Da verwechselst du mich", erklärt er mir bedauernd. „Mein Vater heißt Lars!".

„Dein Vater hieß Lars Jensen bevor er Ben Niemand wurde. Und mein Vater!", krächze ich mühsam.

„Lars Jensen. Das stimmt. Wieso Ben Niemand, wieso hieß? Bist du meine Schwester?", Bjarne ringt nach Luft. Ich auch.

„Wo ist mein Vater?", will Bjarne wissen. „Wer ist deine Mutter? Wer bist du? Du hattest einen südafrikanischen Ausweis bei dir."

„Meine Eltern sind", ich stocke und spüre, wie sich Tränen in meinen Augen bilden und schließlich über den Lidrand hinweg nach unten kullern.

„Meine Eltern waren Frieda und Hugo Hammer!", jammere ich, weil es mir so unendlich weh tut, die zwei, in deren Armen ich die letzte Nacht so friedlich geschlafen, für tot zu erklären.

Bjarne starrt mich entsetzt an. Ich sehe ihm an, dass er an meinem Geisteszustand zweifelt.

„Eben meintest du noch, mein Vater sei auch dein Vater?", erinnert er mich sanft.

„Das ist er ja auch!", stöhne ich. „Gewissermaßen! Ich bin die leibliche Tochter von Hugo, aber Ben, also dein Vater, hat mich großgezogen! Er hat mit meiner Mutter zusammengelebt, nachdem Hugo verschwunden war."

„Du bist wirklich die Tochter von dem Hugo Hammer und der Frieda, die kurz nach ihm auch verschwunden ist?" Bjarne mustert mich prüfend.

„Ich bin Hänry. Hänry Hammer!", bestätige ich. „Geboren und aufgewachsen in Südafrika."

„Wo ist mein Vater? Und deine Mutter? Wo sind alle?

„Alle sind tot!", weine ich los. Es fühlt sich scheußlich an, sie so zu verleugnen.

Bjarne greift nach meiner Hand.

„Um Gottes Willen!", entfährt es ihm.

„Aber der ist doch auch tot!", jaule ich unvorsichtig. Bjarne starrt mich mit sehr runden Augen an.

„Du musst schlafen und dich beruhigen!", beschließt er dann.

Mit den Augen im Horizont verweilend, überspringen meine Gedanken die folgenden Tage und setzen in dem kleinen roten Haus am Rande des wunderbaren Waldes wieder ein.

In der Küchenhexe flackert ein gemütliches Feuer und lässt die Kiefernadeln krachend zerspringen, die ich wegen des Dufts und des Krachens hineingeworfen habe. Außerdem duftet es noch nach dem Apfelkuchen, den ich vor wenigen

Stunden gebacken und zum Abkühlen auf die Fensterbank gestellt habe.

Es klopft an die Tür und noch bevor ich „Herein!", sagen kann, wird sie geöffnet und Bjarne kommt mit Blumen im Arm und viel kalter Luft um sich herum in die Küche getreten.

Prüfend gleitet sein Blick durch die Küche und durch das angrenzende Wohnzimmer – durch die Räume, die er von dem Haus sehen kann, in dem einst Frieda und Hugo Hammer lebten.

Mich mustert er genauso prüfend.

„Wie geht's dir, Hänry?", möchte er wissen und reicht mir den Strauß aus Sonnenblumen.

„Gut geht's mir!", antworte ich und stelle die Kaffeemaschine an, bevor ich die Blumen nehme und eine von Friedas Blumenvasen aus dem Regal ziehe.

Wir reden und reden und reden. Für Bjarne ist es nicht leicht, alles zu glauben, was ich erzähle, obwohl ich das meiste weglasse, von dem, was ich in den letzten Wochen erlebt habe und ihm nur erkläre, dass ich wegen meines Eigentums und um ihn und seine Schwester zu suchen nach Deutschland gekommen bin.

Es ist längst dunkel, als ich ihm das Blatt reiche, auf dem steht, was Ben von sich selbst dachte, bevor die drei nach Tupambaé gingen.

„Misstrauisch bin ich und gequält, von einer Welt, in die ich nicht zu passen scheine", liest er halblaut. „Ich scheitere an allen Aufgaben, die mir das Leben stellt. Statt individuell zu sein, bin ich einsam im Anderssein…weil ich ein Verlierer bin", flüstert er schließlich beinahe unhörbar.

„Wie ging es ihm in der Zeit bevor er starb?", fragt Bjarne, dessen Stimme in Tränen schwimmt.

„Es ging ihm gut. Er war so glücklich, wie er es sein konnte", tröste ich und würde Bjarne furchtbar gerne von dem Ben erzählen, der mich vor wenigen Tage in seine Arme geschlossen hat. Aber das geht natürlich nicht. Also erzähle ich ihm von unserem Leben auf Tupambaé, von all den vielen, unvergesslichen Dingen, die wir dort erlebt haben, von Bens Liebe für die Namib und von den scheinbar unwichtigen Dingen, die den Alltag füllten.

Ein Stück Holz nach dem anderen wandert in die Küchenhexe und aus dem Kaffee ist längst Wein geworden. Die Flammen im Ofen lassen Schatten durch die Küche tanzen, in der wir auf anderes Licht verzichtet haben, weil es sich so viel besser reden lässt.

Am nächsten Morgen begleitet Bjarne mich nach Hamburg zum Flughafen, von wo aus ich nach Kapstadt fliege. Heim. Nach Tupambaé! Tupambaé!

Ich erwache aus meinen Gedanken und nehme meine Augen aus dem Horizont. Kalt ist es hier oben. Kaum ein Tag, an dem es hier nicht kräftig weht.

Ich erhebe mich und gehe über das weite Plateau zur Seilbahn. Mein Körper ist zu kalt, um die steilen Pfade hinabzuklettern. Minuten später steige ich in mein Auto und schlängele mich durch den dichten Verkehr Kapstadts. Kaum eine Stunde später fahre ich die Allee aus Jacaranda-Bäumen entlang, die zu unseren Garagen führt. Melancholie erfüllt mich. Es ist eine sanfte Trauer, die mich nicht lähmt. Ich stelle den Wagen in das schummerige Licht des Carports.

Als ich um die Garagenecke biege und auf das Haus zugehe, höre ich Musik. Sie scheint aus dem Garten zu kommen. Also streichele ich im Vorübergehen über die hellen Köpfe der Raben und betrete das Haus nicht, sondern gehe weiter. Weißbräunliche Hibiskusblätter rieseln herab, als ich sie streife.

Überrascht bleibe ich stehen. Im Garten tanzen alle meine Lieben aus Walhalla. Fröhlich wirbeln sie durcheinander, Gläser klirren, Stimmen lachen. Ich starre sie völlig fassungslos an. Nur einen winzigen Moment scheint es mir, als seien sie es gar nicht selbst, sondern ihre Gedanken, Gefühle und Ideale, aber das bilde ich mir bestimmt nur ein.

Hugo kommt und nimmt mich in seine Arme, nur um mich gleich wieder an Frieda abzugeben, die mich zärtlich umschlingt. Und schon werde ich weitergereicht, an Ben, Pastor, William, an Elisabeth und Rosa, an Patrice und immer weiter. Und dann auf einmal sind es Bjarnes Arme, die mich halten und wir sind ganz alleine.

„Alles okay?", fragt er besorgt, als ich schwanke.

„Alles bestens!", lache ich. „Tupambaé wächst. Es wächst als ein Ort und es wächst als eine Idee." Und weil ich mich darüber so freue, küsse ich Bjarne auf die Nase.

Und dann bricht ein ungeheures Lachen aus meinen Magma-Lachkammern heraus.